EL SECRETO
DEL MONTE ARARAT

Tim LaHaye

& Bob Phillips

El
SECRETO
del
MONTE
ARARAT

mr · ediciones

Título original: *The Secret on Ararat*

Esta edición ha sido publicada de acuerdo con The Bantam Dell Publishing Group,
una división de Random House, Inc.

© 2004, Tim LaHaye
© 2004, Bantam Book (Bantam Dell)
© 2006, de la traducción del inglés: Bruno G. Gallo
© 2006, Ediciones Martínez Roca, S.A.
Paseo de Recoletos, 4. 28001 Madrid
www.mrediciones.com
Primera edición: septiembre de 2006
ISBN-13: 978-84-270-3301-6
ISBN-10: 84-270-3301-X
Depósito legal: M. 31.021-2006
Preimpresión: J.A. Diseño Editorial, S.L.
Impresión: Gráficas Rógar, S.A.

Impreso en España-Printed in Spain

Dedicado a la memoria del célebre astronauta James Irwin, que caminó sobre la superficie de la Luna en 1971. Su fe en Jesucristo y en la Biblia le impulsó a seguir el rastro de forma exhaustiva durante la década de los ochenta del arca de Noé, que se ha demostrado siempre muy difícil de encontrar. Muchos creen que será hallada algún día en lo alto de los escarpados picos de Ararat, conservada por el hielo desde hace unos cinco mil años a la espera de que alguien como Irwin dé con el que muchos piensan que será «el mayor descubrimiento arqueológico de todos los tiempos».

PRÓLOGO

Ya incluso antes del gran terremoto de 1840, que destruyó cerca de un tercio de las regiones superiores del monte Ararat, se había tenido noticia de avistamientos de los restos del arca de Noé. Multitud de gente fiable ha asegurado haberla visto, desde habitantes de la montaña que moran en esa área hasta exploradores profesionales. Hay pruebas creíbles de que al menos ciento cincuenta soldados de la Rusia Blanca la vieron y examinaron en 1917, justo antes de la Revolución bolchevique. La evidencia de que se conserva esa prueba irrefutable de la historia bíblica de cómo Noé y su familia salvaron a la humanidad podría fácilmente ser el descubrimiento arqueológico más importante de todos los tiempos.

Y, sin embargo, al unir todas estas historias aparece un aterrador hilo que las entreteje. Debe de haber una siniestra fuerza por detrás que se ha enfrentado a los valientes esfuerzos de todos los buscadores impidiendo que salga a la luz del día hasta el momento. Pero creemos que el *tempo* de estas exploraciones se está acelerando y que nosotros podemos ser, en efecto, la generación que permita que el mundo vea al fin el arca de Noé.

Michael Murphy, el célebre arqueólogo protagonista de *La profecía de Babilonia*, se pondrá al frente en este libro, *El secreto del monte Ararat*, de la expedición más arriesgada hasta la fecha. Una aventura que podría dar un emocionante paso adelante más en el camino del cumplimiento de las profecías del fin de los días... que

Jesucristo predijo que se asemejaría a «la época de Noé». ¿Puede de verdad alguien dudar de que la sociedad de nuestros días es muy similar a la que antecedió al Diluvio Universal?

TIM LAHAYE

I

Respirar. Necesitaba desesperadamente respirar. Pero sabía instintivamente que si abría la boca para intentar atrapar una bocanada de aire, moriría.

Así que no lo hizo y en su lugar apretó con fuerza los dientes y abrió sus párpados. Y un par de ojos amarillos de animal le devolvieron la mirada. A continuación pudo ver en aquella penumbra verdosa una mandíbula salvajemente grande, con unos dientes afilados asomando en un gruñido silencioso. Murphy extendió la mano, esperando que esos colmillos se cerraran a su alrededor, pero la cara del perro se había desvanecido, hundiéndose en las tinieblas acuáticas.

Eso no le servía de nada. Tenía que meter algo de aire en sus pulmones antes de que estallaran. Giró la cara hacia arriba, en dirección a la débil luz, y tras un puñado de segundos agónicos durante los que le embargó la horrorosa sensación de que se estaba hundiendo en lugar de ascender, su cabeza traspasó la superficie.

Engulló una enorme bocanada de aire al tiempo que se agarraba a la estrecha cornisa de piedra que sobresalía del lado del pozo. Descansando la cabeza contra la piedra de bordes aserrados, pudo sentir algo caliente entremezclado con el agua helada. Sangre. En el momento en el que el dolor al fin le golpeó, un tiovivo desenfrenado de pensamientos comenzó a girar a toda velocidad en su cerebro.

Laura. Nunca más la volvería a ver. Ella ni siquiera sabría que había muerto aquí, en este remoto lugar perdido de la mano de Dios. Ella nunca sabría que sus últimos pensamientos fueron para ella.

Y luego recordó. Laura estaba muerta. Ella había muerto en sus brazos.

Y ahora él estaba a punto de ir a hacerle compañía. Con esa idea en la cabeza, su cuerpo pareció relajarse, como si aceptara su destino, y él mismo se sintió como si se estuviera hundiendo de nuevo en la repentina riada.

¡No! No podía rendirse. No dejaría que el viejo loco por fin le derrotara. Tenía que hallar una salida.

Pero antes debía encontrar esos cachorros de perro.

* * *

Agarrándose al borde con ambas manos, Murphy llenó sus pulmones de aire, hiperventilando para almacenar la mayor cantidad posible de oxígeno. Había hecho las excursiones de espeleología necesarias como para poder resistir bajo el agua dos minutos enteros si era necesario. Pero eso era en condiciones ideales. En este momento tenía que tener en cuenta los efectos de la conmoción, la pérdida de sangre y el frío que le estaba congelando los huesos. Y todo ello mientras se esforzaba por hallar dos perritos en medio de aquel rugiente *maelstrom*. Mientras se dejaba hundir de nuevo en el agua helada, se preguntó (y no por primera vez) cómo se las arreglaba siempre para verse envuelto en estos follones.

La respuesta era sencilla. Una sola palabra: Matusalén.

* * *

Murphy había estado avanzando por la cueva con cuidado, iluminando con su linterna las paredes negras, húmedas y frías, cuando de repente se encontró con que bajo sus pies el esquisto arenoso había sido sustituido por tablones de madera. Siempre alerta ante posibles trampas, instintivamente reaccionó como si hubiera pisado una bandeja llena de brasas de carbón al rojo vivo, pero antes de que pudiera echarse a un lado, la trampilla se abrió de par en par. Según sentía que se desplomaba hacia el abismo, una risa parecida a un cacareo y que le resultaba muy familiar quebró el silencio, rebotando hasta la locura entre los muros de piedra.

—¡Bienvenido al juego, Murphy! ¡Líbrate de ésta si es que puedes!

Mientras daba volteretas de un lado para otro, su cerebro aún tuvo tiempo para buscar la respuesta adecuada. Pero todo lo que salió de su boca fue un gruñido cuando su cuerpo se estrelló contra el suelo como un saco de cemento y el aire escapó de golpe de sus pulmones, antes de que el impacto le arrojara hacia un lado y su cabeza fuera a dar contra un pedrusco. Durante un instante se hizo la oscuridad, un zumbido negro. Luego se incorporó sobre sus manos y rodillas y fue recuperando sus sentidos progresivamente: pudo sentir la gravilla húmeda entre sus dedos; pudo saborearla en su boca; pudo oler el agua estancada; pudo atisbar vagamente los muros oscuros del pozo al que había caído.

Y pudo escuchar el lamento lleno de inquietud de lo que parecía sonar como dos perritos helados, empapados y aterrorizados.

Se volvió hacia el lugar del que provenía el sonido y allí estaban, temblando el uno contra el otro en una estrecha cornisa. Un par de cachorros de pastor alemán. Murphy meneó la cabeza: siempre intentaba estar listo para encontrarse *cualquier* cosa cuando se trataba de Matusalén, pero ¿qué estaban haciendo un par de cachorros de perro en mitad de un complejo subterráneo de cavernas a decenas de kilómetros de ninguna parte? ¿Podría ser que se hubieran perdido y de alguna forma hubieran terminado tan lejos de la superficie? Se imaginaba que no. Era más probable que estuvieran allí porque Matusalén los había dejado allí.

Formaban parte del juego.

Luchando contra su instinto natural de arrebujar a los destrozados cachorros entre sus brazos y decirles que todo iba a salir bien, se fue aproximando con cuidado a la cornisa. Parecían tan indefensos. Lo que no significaba que fueran inofensivos. Nada en los juegos de Matusalén resultaba inofensivo, y si los había colocado allí para que él los encontrara, sólo podía significar que algo no cuadraba. Ahora lo único que tenía que hacer era averiguar de qué se trataba.

Justo entonces el sonido regular de goteo que había estado molestándole en una esquina de su conciencia se hizo más fuerte. Se giró en dirección al sonido y de repente se convirtió en un rugido, al tiempo que una enorme ola de agua surgía por una estrecha brecha entre las rocas. Un segundo después una marea de espuma le arrastraba por los tobillos desequilibrándolo. Dejando a un lado los juegos mentales de Matusalén, se incorporó de nuevo dirigiéndose hacia la cornisa, recogió a los cachorros y se los metió dentro de la chaqueta. Sus ojos rastrearon como flechas los muros del pozo en busca de cualquier cosa que le sirviera para salir de allí, mientras que los remolinos de agua le llegaban ya hasta el pecho. Los cachorros habían sido tan sólo una distracción, pensó con amargura, mientras luchaba para mantenerse en pie. No se había dado cuenta del verdadero peligro hasta que fue demasiado tarde. «No os preocupéis, muchachos, os voy a sacar de aquí», les aseguró con más confianza de la que él mismo sentía. Luego el torrente de agua le elevó sobre sus pies y los aterrorizados perrillos salieron expulsados de su chaqueta.

Luchando para mantener la cabeza fuera del agua, trató de atraparlos, pero sus dedos se cerraron alrededor del agua helada que estaba empezando a tragárselo, haciéndole girar fuera de control como un montón de ropa mojada dentro de una lavadora.

Cerró sus ojos, y aunque sus pulmones empezaban a exigirle hambrientos que los llenara de aire, trató de rescatar algo de paz dentro de su cabeza para poder pensar. Repasó las opciones que tenía. El agua pronto alcanzaría el nivel de la trampilla, que sin duda estaba cerrada para que no pudiera escapar por allí. Así que le quedaba buscar otra salida bajo el agua o tratar de buscar a los perrillos de nuevo antes de que se ahogaran. Si intentaba hallar la salida, los cachorros morirían antes de que le diera tiempo a rescatarlos. Si optaba por salvarlos primero, probablemente acabaría demasiado agotado como para descubrir la salida. Si es que *había* una salida.

Así estaban las cosas.

El único hilo de esperanza que le quedaba era saber que se trataba de un juego. Y en un juego, por mortífero que resulte, siempre hay reglas.

Pero no tenía forma alguna de desentrañarlas mientras sus pulmones aullaban y sus procesos mentales empezaban a emborronarse por la falta de oxígeno.

Consigue algo de aire. Luego busca los cachorros. Si después de hacer todo eso seguía vivo, tal vez Dios le ayudara a averiguar cómo salir de ésta.

* * *

Nada más entrar en el laboratorio le dio la bienvenida la imagen de una joven inclinada sobre una mesa de trabajo; su pelo de color negro azabache, anudado en una coleta, contrastaba fuertemente con su reluciente bata blanca de laboratorio. Escrutaba un pergamino. No levantó la vista cuando la puerta se cerró a su espalda, así que Murphy se quedó allí de pie durante un instante, sonriendo por la expresión de intensa concentración que veía en su cara.

—¿Qué es lo que encuentra tan gracioso, profesor? —preguntó ella, sin levantar los ojos del pergamino.

—Nada, Shari. Nada de nada. Es sólo que da gusto ver a alguien tan absorto en su trabajo, eso es todo.

Ella exhaló un breve gruñido sin levantar la vista, y la sonrisa de Murphy se agrandó. Shari Nelson era una de sus mejores estudiantes de la clase de Arqueología Bíblica en la Universidad de Preston, y durante casi dos años había sido además ayudante a tiempo parcial en sus investigaciones. En ese tiempo había llegado a agradecer su pasión por la materia, su ilimitada capacidad para el trabajo duro, y su aguda inteligencia. Pero sobre todo valoraba su espíritu cálido y generoso. Aunque parecía que le ignoraba, habían sufrido juntos tiempos trágicos y dolorosos suficientes durante el último año —la muerte de su mujer y del hermano de Shari aún les dolía cada hora del día— como para saber que ella lo dejaría todo (incluso un fascinante pergamino antiguo como el que ahora estaba estudiando) si él la necesitaba.

—Bueno, y ¿qué tal va, Shari? ¿Ya tienes los resultados de las pruebas de datación con carbono a las que sometiste ese pequeño fragmento de cerámica?

—Aún no —respondió Shari, devolviendo el pergamino al contenedor de plástico transparente del estante—. Pero tengo *algo* que ha llegado para ti.

Hizo un gesto señalando un gran sobre blanco con indicaciones en morado y naranja de Federal Express.

Shari no le quitó ojo mientras él se acercaba a coger el paquete. Estaba claro que lo había pasado bastante mal conteniendo su curiosidad mientras esperaba su regreso.

—Qué extraño —musitó Murphy—. No tiene remitente. Sólo pone *Babilonia*. No tiene pinta de haber pasado por el proceso postal habitual de FedEx. —Oyó a Shari pegar un respingo. Babilonia, lo sabía demasiado bien, sólo podía significar una cosa: un montón de problemas.

Murphy abrió con cuidado el sobre y vació su contenido en la mesa: un sobre más pequeño con la leyenda *Profesor Murphy* escrita con un rotulador gordo, y una fotocopia de un mapa. Echó una ojeada al mapa, y luego abrió el segundo sobre. Dentro había una tarjeta para clasificar documentos con tres palabras escritas a máquina:

CHEMAR. ZEPHETH. KOPHER

Le dio la tarjeta a Shari mientras él examinaba el mapa. Había una ruta marcada con un rotulador fluorescente rosa que salía de Raleigh hacia el oeste y atravesaba la frontera del Estado de Tennessee. La línea serpenteante se detenía en una equis con cuatro palabras apenas legibles escritas con unos garabatos como patas de araña:

—Cueva de las Aguas. ¿Te suena de algo, Shari?

—Suena a un sitio al que de ninguna manera deberías ir —respondió con firmeza.

Su cara se contrajo con una mueca de dolor. Eso era exactamente lo que Laura le habría dicho. Incluso el tono de voz era el mismo.

—Ahora recuerdo. He oído hablar de este sitio. Está en las montañas Great Smoky... pasado Asheville, en algún lugar entre Waynesville y Bryson City.

Si no le fallaba la memoria, la cueva fue descubierta a principios del siglo XX, pero nunca había sido explorada en su totalidad porque las fuertes lluvias inundaban periódicamente sus recovecos; y eso sin mencionar los al menos tres torrentes subterráneos que la atravesaban. Se suponía formada por un vasto laberinto de pasajes, pero nadie sabía hasta dónde llegaban. Las expediciones espeleológicas habían sido desaconsejadas por las autoridades después de que tres exploradores desaparecieran sin dejar ni rastro a principios de los años setenta.

—De acuerdo, así que lo que tenemos aquí es la dirección de una cueva. ¿Y qué pasa con el mensaje de la tarjeta? ¿Qué crees que significa, Shari?

Ella repitió las tres palabras: «Chemar. Zepheth. Kopher».

—Es hebreo. Hasta ahí no hay problema. Pero más allá de eso, ya no sé. ¿Tendrá algo que ver con Babilonia?

—No me sorprendería —dijo él, acariciándose la barbilla pensativo—. Pero en este momento yo tampoco soy capaz de dar con su significado.

—Y no hay una firma en ninguna parte, ni remitente. ¿Así cómo vamos a averiguar quién te lo ha mandado?

Murphy esbozó una media sonrisa.

—Vamos, Shari. ¿Un mensaje misterioso en un lenguaje arcaico? ¿Un mapa que indica el camino a un lugar remoto? ¿*Babilonia*? Realmente no necesitaba firmar esto, ¿no crees?

Shari suspiró.

—Supongo que no. Simplemente esperaba... ya sabes, que fuera otra cosa. Algo inocente. No uno de esos juegos disparatados en los que tú...

Se dio cuenta de que ya no la estaba escuchando. Estaba estudiando el mapa atentamente, ya casi a mitad de camino de aquel lugar. Su corazón le dio un vuelco al darse cuenta de que ya no había nada que pudiera hacer para detenerle.

Ahora todo lo que podía hacer era rezar.

* * *

El trayecto había sido agradable desde Winstom-Salem, cuando dejó atrás el lago Hickory. Había partido antes del amanecer y había recorrido cuatrocientos cincuenta kilómetros en muy buen tiempo. Ahora el sol brillaba con fuerza a su espalda, dejando paso a un intenso frío a medida que se adentraba en las montañas, bajo su cubierta de majestuosos robles y pinos. Se detuvo para volver a echarle una ojeada al mapa y se metió por una carretera sin asfaltar, avanzando de bache en bache durante aproximadamente un centenar de metros hasta llegar a una bifurcación. Volvió a detener el coche. En esta ocasión el mapa no le servía de mucha ayuda. Frunció el ceño, dejó el mapa en el salpicadero y se bajó. Plantado sobre la tierra abrasada por el sol, miró en ambas direcciones. Los dos tramos de carretera parecían iguales. Ambas se internaban serpenteando entre los árboles. No había nada que las diferenciara en ese sentido.

¿Qué era eso que solía decir el yogui Berra?

Cuando te encuentres con una bifurcación en la carretera, sigue adelante.

Meneó la cabeza. *Gracias, yogui, me has sido de mucha ayuda.* Entonces algo le llamó la atención entre los densos matorrales de malas hierbas del borde de la carretera. Se arrodilló y apartó los hierbajos hasta descubrir una señal oxidada. La pintura amarilla casi se había evaporado del todo, pero pudo descifrar lo que decía la leyenda: CUEVA DE LAS AGUAS. Y algo más, pero en rojo. PELIGRO.

Levantó con cuidado la señal y la volvió a clavar con fuerza en la tierra. Parecía señalar hacia la izquierda. «Ni siquiera he llegado aún y ya me están gastando jugarretas, viejo», musitó Murphy mientras volvía al coche y lo cerraba de un portazo. Aceleró, revolucionando el motor, y se internó por la estrecha senda.

Le llevó otra media hora llegar hasta la entrada de la cueva. En un primer momento, cuando el camino de tierra se terminó abruptamente frente a un enorme roble, sospechó que se trataba de otro de los trucos de Matusalén. Por detrás del árbol la ladera de la montaña ascendía empinada y cubierta por una densa maleza. No había ninguna señal que le indicara que se encontraba en el lugar correcto. Estaba buscando algo que le mostrara hacia dónde seguir cuando sintió que se le ponía la carne de gallina. Estaba solo. Desarmado. A kilómetros del lugar habitado más cercano. Invitado por un loco que ya había tratado de asesinarle en varias ocasiones anteriormente y que probablemente estaba observándole justo ahora desde algún escondrijo en la montaña. Casi podía sentir cómo el punto de mira se fijaba sobre su corazón.

Desde luego, visto así no sonaba nada bien.

Pero había llegado demasiado lejos como para ahora echarse atrás, y tenía confianza en estar haciendo lo correcto de acuerdo con los designios divinos. Después de todo, puede que se tratara de un juego, pero la apuesta era muy alta. Para un arqueólogo bíblico como él, no podía mejorarse.

Rastreó con la mirada la ladera de la montaña, buscando cualquier irregularidad que pudiera delatar la entrada a la cueva, y sus ojos captaron un destello metálico entre las rocas y los delgados arbustos. Centró la mirada en el resplandor, tratando de escrutarlo más a fondo. Sin duda, había algo allí. Si se trataba de la cueva, eso ya era otra cosa, pero ¿qué otra opción tenía? Levantó la mochila del suelo y comenzó a trepar ladera arriba.

Veinte minutos después estaba de pie sobre un afloramiento horizontal, limpiándose el sudor de las cejas y tratando de recuperar el aliento. Frente a él había una maraña de alambre de espino que en su día formó parte, sin duda, de la valla que sellaba aquel agujero en la roca. Eso era lo que le había llamado la atención desde abajo. Se puso en cuclillas y con mucho cuidado dejó atrás el alambre de espino para introducirse en la boca de la caverna.

Sacó la linterna de la mochila y la encendió.

Sin querer vinieron a su mente las dos reglas de la exploración espeleológica: nunca entres en una cueva solo, y nunca lo hagas sin tres fuentes de luz. *Y supongo que se podría añadir nunca entres en una cueva si sabes que hay un psicópata al acecho en alguna parte*, pensó.

Aunque la entrada a la cueva era relativamente ancha, pronto se estrechó y Murphy tuvo que ponerse a gatear con manos y rodillas sobre un suelo de arena y gravilla. Después de unos minutos de camino serpenteante y suaves giros, la única luz que podía atisbar era la del foco de su linterna. Entonces le invadió un estremecimiento familiar, esa mezcla única de ansiedad y emoción que todos los espeleólogos experimentan al internarse en una nueva red de cavernas. Hacía años que no lo hacía, pero el olor a piedra caliza húmeda y el fogonazo de adrenalina le trajo a la mente el recuerdo de aquellas vacaciones con Laura en México, y más en concreto en el extraordinario sistema de cuevas Flint-Mammoth, en el Estado norteamericano de Kentucky. Se decía que medía trescientos sesenta kilómetros (lo que lo convertía en el más largo del mundo) y, aunque sólo recorrieron una parte, la sensación de profundidad infinita fue maravillosa. Si seguías adelante, te imaginabas que tarde o temprano acabarías en el infierno. Pero ésa no era la cueva más profunda. Ese honor correspondía a la Gouffre Jean Bernard, en Francia, que se hundía mil cuatrocientos metros en las entrañas de la tierra. Todos los años hacían planes para viajar hasta allí, pero nunca lograban encontrar un momento libre en sus aceleradas vidas, dando clase y desenterrando artefactos. Y luego...

Murphy meneó la cabeza y volvió a centrarse en lo que estaba haciendo. Notaba cómo la humedad crecía a medida que la temperatura dentro de la cueva iba descendiendo. Empezaron a caer sobre su cabeza y su cara gotas de agua de las estalactitas que había en el techo. Se las limpió con la manga y siguió adelante, ignorando el dolor que sentía en rodillas y codos, con la esperanza puesta en que el camino no siguiera estrechándose más adelante. Diez minutos después decidió darse un respiro, descansando sobre la espalda. Conservar la energía es un elemento clave si se quiere sobrevivir en este tipo de entorno desconocido. Eso era algo que había aprendido de Laura: «Tienes que marcarte el ritmo, Murphy», solía decirle. «No es una carrera, ¿sabes?»

Y tenía que mantenerse además alerta. No se enfrentaba sólo a una red de cavernas sin cartografiar en la que pudiera acabar despeñándose por un escarpado precipicio a un abismo sin fondo, o que en cualquier momento se estrechara en una curva atrapándole sin remedio. Cada vez que daba un paso debía recordar para qué había venido. Matusalén le había traído hasta aquí. Él lo había planeado todo. Y eso quería decir que había en juego un artefacto de gran valor para cualquier arqueólogo (y en especial para uno especializado en la Biblia) al final del camino. Pero Matusalén no se contentaría con verle arañarse un par de veces y hacerse algún moratón en pos de su premio. Siguiendo su lógica demente, Matusalén iba a obligar a Murphy a jugarse la vida en el empeño. Así era como se jugaba a este juego.

Y el juego podía comenzar en cualquier momento.

Inspiró una profunda bocanada de aire con tranquilidad y se dio la vuelta para apoyarse de nuevo sobre manos y rodillas y seguir reptando. Pronto los muros de la caverna empezaron a hacerse más altos y el suelo, más alto y ancho. Unos minutos después ya caminaba sin dificultad y sin necesidad de mantener la cabeza gacha, cuando de repente dobló una esquina y se encontró en una gran cámara subterránea. Iluminó las paredes con la linterna en busca de cualquier señal que le indicara que alguien había pasado antes por allí. Algo que no cuadrara, algo que no pareciera natural. Pero todo lo que vio fue el reflejo del agua en los muros negros verticales y un ramillete de estalactitas colgando del techo sobre su cabeza.

—No hay trampas a la vista —musitó para sus adentros—. O mucho me equivoco, o aquí no hay nada que no haya sido obra de Dios.

Pero entonces, ¿por qué se le estaba empezando a poner la carne de gallina? ¿Por qué había saltado una alarma en su subconsciente que le indicaba que algo no iba bien?

Entonces se dio cuenta. No era lo que estaba viendo. Era lo que estaba oyendo. Casi en los límites de lo audible. Un aullido agudo y sordo, similar a un lamento. Como si un animal, o quizá más de uno, estuviera en problemas. Pero ¿cómo era eso posible? Ningún animal podía sobrevivir allí abajo, exceptuando tal vez murciélagos, aunque seguramente era demasiado profundo incluso para ellos.

Avanzó despacio hacia ese sonido, levantando la linterna como si de un arma se tratase y con todos los sentidos alerta ante el peligro. Y fue entonces cuando sus pies se posaron sobre los tablones de madera.

✳ ✳ ✳

Con los pulmones llenos de aire, Murphy no lo tuvo fácil para hundirse en las profundidades heladas de ese pozo inundado, pero tras unas potentes brazadas se las arregló para agarrarse a una roca e impulsarse hacia el fondo. Le costó un rato orientarse. Podía sentir la fuerza del agua a su espalda a medida que se iba abriendo camino hacia el fondo de la cueva. Supuso que sería de donde venía la luz que convertía lo que debía ser una oscuridad absoluta en un fantasmal resplandor verdoso. Y los cachorros debían de haber sido arrastrados en dirección contraria. Se impulsó hacia adelante, esperando poder vislumbrar un revoltijo de carne machacada. Y entonces de repente vio en su lugar un par de cuerpecitos que volaban por su lado. Estiró la mano pero era demasiado tarde. Sin embargo, algo en la forma en que los cachorros eran arrastrados por el agua aumentó sus esperanzas. Parecía como si se encontraran en una enorme bañera y se vieran absorbidos por el desagüe. En ese caso, el agua estaba saliendo del pozo igual que había entrado.

Quizá después de todo sí hubiera una salida.

Siguió la dirección que habían tomado los cachorros y tras un par de brazadas pudo verlos; sus pequeños cuerpos se agitaban en el agua a medida que los escombros y rocas se precipitaban por una estrecha brecha en el muro de roca. Pensó en regresar a la superficie para coger algo de aire, pero se dio cuenta de que ésta era su única oportunidad. O se las arreglaban para salir por allí, o se acababa la historia.

Cogió los cachorros y volvió a metérselos bajo la chaqueta; pudo sentir cómo se retorcían aterrorizados mientras las últimas moléculas de oxígeno se desvanecían dentro de sus pulmones. Encontró un lugar donde agarrarse en el muro, se aferró a ella y empujó las piernas hacia delante de golpe, hasta que sus pies desaparecieron dentro de la hendidura. Su instinto le gritaba que saliera de allí, que volviera a la superficie, a sabiendas de que probablemente no haría otra cosa que atorarse en una fisura por la que no podría escapar. Pero continuó con sus esfuerzos denodados por hundirse aún más, con los pies ya por encima de la cabeza y el agua pasando junto a él por la grieta.

Cuando su torso se coló por la abertura, cruzó los brazos sobre su pecho con la esperanza de poder proteger a los cachorros para que no quedaran aplastados. Ahora ya no podría salir de allí aunque quisiera. La fuerza del agua le mantenía atrapado. Sólo había una escapatoria: colarse por la grieta. Giró las caderas para atornillarse aún más dentro, mientras los afilados bordes de la abertura le arañaban los muslos. Pero apenas sentía dolor. Era como una máquina y sólo tenía una cosa en mente: atravesar al otro lado de la pared de roca.

Cuando su cabeza se coló en la fisura pudo sentir como sus pulmones se rendían. En cuestión de cinco segundos abriría la boca en busca de aire y se llenarían de agua. Para los cachorros seguramente era ya demasiado tarde. Sus pataleos habían perdido fuerza. Quizá sólo fue la corriente la que le había hecho pensar que seguían con vida. Con su última brizna de voluntad se impulsó hacia adelante, y de repente pareció como si una mano gigante le arrastrara hacia el otro lado. Sintió un violento tirón y su cabeza golpeó con dureza contra la roca. Había sido escupido al suelo de otra cámara. El agua seguía cayendo sobre él con fuerza, pero se las arregló al fin para llenar sus pulmones con una enorme bocanada de aire (y agua).

Ahogándose se incorporó sobre manos y piernas y, por vez primera en lo que le pareció que había sido una eternidad, sacó la cabeza del agua, notando la caricia del precioso aire helado sobre ella. Luego notó la caricia de dos lenguas rosas ansiosas; los cachorros habían escapado de la chaqueta, gimoteando de alegría al llenar de aire sus pequeños pulmones. Murphy sintió que jadeaba, reía y lloraba de alegría, todo al mismo tiempo.

Una vez que pudo estabilizar su respiración y recuperar la compostura, empezó a examinar el lugar en el que se encontraba. Tras él podía escuchar cómo el agua manaba aún por la grieta en la roca, pero gracias a Dios esta cámara no se estaba llenando igual que la otra. El nivel del agua seguía siendo de tan sólo unos centímetros de profundidad, y parecía estar escapando por un desagüe al otro lado de la cámara. Al menos por ahora estaban a salvo. Murphy agradeció en silencio su suerte.

Fue entonces cuando se dio cuenta de que estaba temblando involuntariamente. Hipotermia. La principal causa de fallecimiento entre los espeleólogos. Y el tema de una clase sobre supervivencia en territorio salvaje que él mismo había dado. Recordó como aquel jovencito había levantado la mano al final de la clase.

—¿Cuánto tarda una persona en morir de hipotermia? —preguntó.

—Eso depende de lo rápido que descienda tu temperatura corporal. Cuando baja de los 35 °C, empiezas a temblar con fuerza. Entre 35 °C y 33 °C, tu capacidad para pensar se reduce. La lengua se te traba y te sientes desorientado. Cuando tu temperatura corporal desciende a entre 32 °C y 30 °C, sufres amnesia y los músculos se te ponen rígidos. El pulso y la respiración se ralentizan y la mirada se vuelve vidriosa. Entre 29 °C y 25 °C, mueres.

Eso pareció dejar impresionado al joven inquisidor. Y ahora era Murphy el impresionado por haber sido capaz de recordar su respuesta palabra por palabra. Por lo menos aún no había llegado la fase de amnesia. La buena noticia era que aún estaba en la etapa de los fuertes temblores. Pero no era algo de lo que estar satisfecho. Lo siguiente era aquello de no poder pensar correctamente, y eso era precisamente lo que más necesitaba hacer en ese momento. Sobre todo porque ya no tenía su linterna y además tenía que arreglárselas para mantener bajo control a un par de cachorros sorprendentemente activos que parecían haberse olvidado ya de que habían estado a punto de morir ahogados y chapoteaban y ladraban felices en los pequeños charcos de agua embarrada.

Con delicadeza apartó a uno de los perrillos, que había empezado a roer la correa de su reloj de pulsera. ¿Cómo podía mantener la cabeza fría para pensar cuando...? ¡Pero claro! «Eres tú más ingenioso que yo, pequeño chucho listillo», exclamó con alegría mientras manoseaba la parte inferior de su reloj de las Fuerzas Especiales. Una pequeña luz azul iluminó un área de cerca de un metro a su alrededor. La apagó enseguida para ahorrar pilas, e intentó pensar en algo. El agua escapaba de la cámara a través de una salida, pero ya había tenido bastantes experiencias acuáticas aquel día. Ni de casualidad iba a ponerse a bucear por el desagüe con la esperanza de emerger en otra bolsa de aire sin salida. Pero había otra cosa que le hacía concebir esperanzas. La parte derecha de su cuerpo estaba un poco más fría que la izquierda, lo que quería decir que tenía que estar corriendo algo de aire, aunque fuera ligeramente. Soplaba una brisa que venía de alguna parte y por tanto quizá existía un camino hasta la superficie.

Volvió a encender la luz y movió la muñeca lentamente formando un arco alrededor de su cuerpo. Sus ojos se posaron en una estrecha columna de roca que había en medio de la cueva. Había algo con una forma extraña en su parte superior. Avanzó lentamente y con mucho cuidado hacia ella, jaleando a los cachorros para que le precedieran. Cuando llegó, extendió una mano hacia ese objeto. Tenía el tacto de algún tipo de madera muy densa; se parecía a esos pedazos desgastados por el mar que llegaban arrastrados por la marea hasta una playa. ¿Lo había puesto allí Matusalén? ¿Era esto lo que había venido buscando? ¿Era este despreciable fragmento de pecio su premio por haberse jugado la vida?

No tenía sentido especular ahora sobre ello. Si Matusalén había perdido la cordura de una vez por todas, tampoco constituía una gran sorpresa, y si éste era su premio de tómbola, quizá se lo merecía por haberse plegado al juego de un tarado y seguir sus reglas. Se metió el pedazo de madera en un bolsillo de sus pantalones militares y giró la cabeza hacia el lugar del que provenía esa suave brisa.

—Vamos, chicos. Si no tenéis una idea mejor, creo que es tiempo de rastrear el camino para volver a casa.

2

JERUSALÉN. AÑO 30 D. C.

El forastero larguirucho se abrió camino a codazos a través del bullicio de la muchedumbre. Aunque era de los más altos del lugar, los constantes empujones hacían difícil que pudiera ver quién era el que estaba hablando. Pero una cosa estaba clara: fuera quien fuera, parecía haber captado la atención de la multitud. La gente empujaba a quienes tenía delante para intentar hacerse un hueco más cerca de la primera fila. Había quien incluso se había intentado subir a una cesta o a un montón de ropa para tratar de ver mejor. Un niño tiraba de la falda de su madre, desesperado por saber qué era lo que estaba ocurriendo; el forastero se lo subió encima de los hombros sonriendo. El chiquillo aplaudió encantado y la mujer ladeó la cabeza en un gesto tímido de agradecimiento. La multitud pareció callarse de golpe, como si así se lo hubieran indicado, y un hombre comenzó a hablar con voz suave pero clara. Percibiendo la emoción de aquellos que le rodeaban, el forastero se esforzó por escuchar lo que decía...

* * *

Era la primera vez que iba a Jerusalén, y nunca había vivido algo parecido a esto. El ruido de la gente haciendo trueques en el mercado resultaba abrumador. Cada cierto tiempo se detenía a observar cómo se gritaban los unos a los otros, de una forma tan fiera que parecía que estaban a punto de pelearse cuando, de repente, chocaban las manos y cerraban el trato. Realmente era muy diferente a su tranquila aldea en las montañas, donde nadie parecía alterarse nunca por nada. Y la multitud de puestos, con productos tan variados y exóticos que se descubría a sí mismo con la mirada fija en ellos y la boca abierta como un idiota, era realmente increíble. Los cuerpos de cabras, vacas y corderos muertos y abiertos en canal colgaban de los postes que sostenían en pie los tenderetes de los mercaderes, que voceaban su precio al tiempo que apartaban con desgana las moscas que se arremolinaban sobre la carne recién cortada. Las mujeres que vendían pedazos de tela de colores chillones le hacían señas llamando su atención para que comprobara la calidad del material; una de ellas incluso le cogió del brazo con brusquedad e intentó introducirle en su puesto. El reflejo de joyas brillantes y dagas relucientes le deslumbraba, mientras el escandaloso estruendo de los patos y gansos encerrados en jaulas de mimbre le golpeaba los tímpanos.

Sin mucha dificultad podría haber dejado que fueran empujándole y tirando de él de un lado a otro del mercado durante el resto de la mañana, como si fuera una hoja seca atrapada en un remolino de viento, pero su primo (que era mayor que él y había visto más mundo) le había dicho que la ciudad albergaba maravillas aún más increíbles, cosas que un hombre debía ver al menos una vez en la vida. El viaje de su aldea hasta Jerusalén para hacer la ofrenda anual de medio shekel de plata obligatoria para todo varón adulto podría ser sólo el primero de muchos. Quizá algún día incluso podría vivir en la ciudad (aunque no sabía cómo se iba a ganar la vida allí un pobre pastor). Pero sería tonto confiar en el futuro en una época tan turbulenta como ésta, con la incertidumbre que conllevaba la ocupación romana. Lo más inteligente sería ver todas las maravillas de Jerusalén ahora que tenía la oportunidad de hacerlo.

Así que siguió su paseo saliendo del mercado, y los muros de la parte alta de la ciudad comenzaron a alzarse en la distancia. A medida que ascendía por la empinada calzada se encontró con el parbar, en donde se guardaban los animales que iban a ser sacrificados, y rió al escuchar de repente del chillido de uno de ellos. Luego vio las enormes hojas de piedra de la puerta de los Desperdicios que se alzaban ante él, y sintió cómo se le aceleraba el pulso al adentrarse en el corazón de la ciudad.

Lo que vio a continuación hizo que se le atragantara el aire en la garganta. Los enormes muros que rodeaban el templo de Herodes relucían de un blanco inmaculado. Varias de las piedras de sus cimientos medían hasta veinte metros de largo y más de uno de alto. No se le ocurría cómo hombres de carne y hueso habían podido crear algo así a partir de rocas. Su mera existencia parecía ser testimonio de la majestuosidad y omnipotencia de Dios.

Entonces su mirada se desplazó hacia un lado, hasta el lugar en el que el poder de Roma se mostraba sin tapujos bajo la sombra de los gigantescos muros del templo. Una centuria de legionarios romanos, con sus armaduras de cuero relucientes de aceite y las espadas y puntas de lanza brillando al sol, marchaban hacia la fortaleza de Antonia, donde se habían acuartelado. El estrépito que causaban sus sandalias con suela de hierro al golpear sobre las antiguas baldosas provocó que un escalofrío recorriera durante un segundo su cuerpo. Luego aceleró la marcha con impaciencia hacia su destino.

Había oído decir que el templo contaba con siete entradas, pero que tenía que subir por la rampa del viaducto arqueado que ascendía desde la parte baja de la ciudad. Era la más espectacular, le había dicho su primo. Pero ¿qué podía resultar más espectacular que lo que acababa de ver?

Atravesó caminando el arco hasta el patio, dejando atrás las enormes puertas de bronce (según había oído decir, eran necesarios veinte hombres para abrirlas y cerrarlas) bajo la sombra de la gran águila dorada que Herodes había colocado para que nadie olvidara quién mandaba allí.

Cuando penetró al fin en el patio del templo, la enormidad del mercado pareció de repente desfallecer y quedar eclipsada. Mientras dejaba vagar la mirada por aquella extensión intentó pensar en cuánta gente cabría allí. ¿Mil personas? ¡No! Seguro que muchos miles. ¡Más de los que sería capaz de contar! Debía de tener cuatrocientos cincuenta metros de largo y trescientos setenta y cinco de ancho; le habían asegurado que allí cabían doscientas cincuenta mil personas, pero esa cifra no significaba nada para él. Era incapaz de imaginar cuánta gente era eso... ¡Si es que había tantas personas en Palestina!

En el centro del patio estaba el templo. Por primera vez su imaginación echó a volar no sólo por las dimensiones, sino también por la belleza. No era de extrañar que hubieran hecho falta diez mil hombres y más de sesenta años para construir ese edificio y todo lo que le rodeaba. No tenía palabras para expresar lo que estaba viendo, pues no sabía nada de armonía y proporcionalidad, pero las elegantes formas del templo tocaban en cualquier caso unas cuerdas muy profundas dentro de su alma. Se descubrió a sí mismo dando gracias a Dios por el mundo y todo lo que había en él.

De repente se dio cuenta de que no estaba solo. Muchos de los que le rodeaban vestían con chales de oración. Algunos llevaban atadas a la frente cajas de phylactery con los Diez Mandamientos en su interior. Otros portaban cestos con tórtolas y guiaban corderos para el sacrificio, las ofrendas de los pobres. A un lado podía ver a los cambistas de moneda negociando con viajeros como él, y bajo el peristilo los rabinos impartían su lección a pequeños grupos de unos doce pupilos.

Avanzando a través del gentío vio un muro de mármol de la altura aproximada de un hombre, tras el cual pudo atisbar a sacerdotes atendiendo a sus varias tareas. Al acercarse descubrió que en el muro había una señal con una inscripción que decía:

NINGÚN FORASTERO PUEDE TRASPASAR LA BARANDILLA
Y EL CERCADO QUE RODEA EL ÁREA DEL TEMPLO.
AQUEL QUE SEA SORPRENDIDO HACIÉNDOLO HABRÁ
SELLADO SU CONDENA DE MUERTE,
QUE SERÁ DEBIDAMENTE EJECUTADA

No pensó que al decir forastero se estuvieran refiriendo a él pero, aun así, aquellas palabras resultaban intimidantes. Decidió entonces ir con cuidado y hacer lo que viera que hacían aquellos que le rodeaban para evitar transgredir por error alguna regla no escrita. Intentó recordar qué más cosas le había dicho su primo: el templo estaba dividido en tres cámaras; la primera era el vestíbulo; la segunda, el lugar santo que albergaba el altar del Incienso y el candelabro dorado de siete brazos;

la última cámara era el sanctasanctórum, y estaba separado de la anterior por una cortina que colgaba del techo y se decía que tenía quince centímetros de grosor. El sanctasanctórum albergaba el más asombroso de todos los objetos: el Arca de la Alianza. Había escuchado tantas descripciones distintas de ella que la imagen que guardaba en la cabeza no paraba de cambiar y desdibujarse siguiendo las formas más fantásticas que pudieran imaginarse. De lo único de lo que podía estar seguro era de que se trataba de una maravillosa pieza de artesanía cubierta de oro.

No necesitaba de ninguna señal para saber que tenía prohibido entrar en el sanctasanctórum, o que tratar de echar una ojeada al Arca de la Alianza sería un suicidio, incluso aunque fuera lo suficientemente astuto como para averiguar cómo hacerlo. Pero parecía tan increíble, tan asombroso, que sentía cómo era arrastrado hacia el sanctasanctórum como una polilla hacia una antorcha.

Fue entonces cuando su atención fue desviada por la creciente multitud que se estaba reuniendo bajo el peristilo, y de repente se encontró intentando avanzar para escuchar lo que aquel hombre estaba diciendo. La gente, que le veía con el chiquillo sobre los hombros, pensó que se trataba de un joven padre que llevaba a su hijo a Jerusalén por primera vez, y se hizo a un lado de buena gana para que pudiera avanzar (con la madre del niño siguiéndole los pasos) hasta la primera fila, a tan sólo unos metros del orador.

Sentado en un banco bajo el peristilo, había un hombre con barba. Vestía una toga del color de la tierra (el tipo de prenda de lana áspera que podría llevar un mendigo) con un manto blanco de oración por encima de los hombros. Sus rasgos no tenían nada de extraordinario, pero mirándole a la cara sentías de alguna forma ganas de escuchar lo que tenía que decir. Hizo una pausa y clavó sus ojos en los del forastero, como si le estuviera hablando exclusivamente a él, antes de continuar:

—Pero aquel día y aquella hora nadie los conoce, ni los ángeles del cielo, ni el hijo, sólo el Padre. Como en los tiempos de Noé, así será la venida del hijo del hombre. Porque como en los días que precedieron al diluvio comían, bebían y se casaban ellos y ellas, hasta el día en que entró Noé en el arca, y no se dieron cuenta hasta que vino el diluvio y los barrió a todos, así sucederá cuando venga el hijo del hombre. Entonces estarán dos en el campo; a uno se lo llevarán y a otro lo dejarán. Estarán dos mujeres moliendo juntas; a una se la llevarán y a otra la dejarán.

»Estad en guardia, porque no sabéis en qué día va a venir vuestro Señor. Tened en cuenta que si el amo de la casa supiera a qué hora de la noche iba a venir el ladrón, estaría en guardia y no dejaría que le asaltaran. Estad preparados también vosotros, porque a la hora que menos penséis vendrá el hijo del hombre.[1]

—¿Quién es ese hombre? —preguntó el forastero a la persona que había a su lado.

—¿No lo sabéis? —respondió un hombre bajo y de ojos brillantes con mal aliento—. ¿De dónde eres?

—Acabo de llegar de Capernaum, cerca del Mar de Galilea. He venido a pagar el tributo anual.

—Es un hombre llamado Jesús. Algunos piensan que es un profeta. Otros dicen que es un rebelde que trata de iniciar una revuelta contra Roma.

—¿Y de qué está hablando?

—No estoy seguro —dijo el tipo bajito mientras se rascaba la barba—. Es una perorata extraña sobre el juicio a los pecadores y el fin del mundo. Para mí que no tiene mucho sentido.

El forastero se sintió obligado a seguir inquiriendo al respecto, pese a que aquel hombre no parecía tener la respuesta a sus preguntas.

—¿A qué se refiere al decir «como en los tiempos de Noé»?

—Lo que yo te diga no va a ser mejor que lo que tú pienses —respondió al tiempo que se encogía de hombros—. Quizá es que va a venir el mal tiempo —añadió con una sonrisa en los labios.

El forastero volvió a intentarlo.

—¿Quién es el hijo del hombre del que está hablando? ¿Y a qué se refiere cuando dice «estad preparados también vosotros»?

---

1. Mateo 24, 36-44. Este fragmento y el resto de pasajes y términos bíblicos siguen la edición: *La Santa Biblia*, Ediciones Paulinas, Madrid, 1989. *(N. del T.)*

Pero el hombre bajo con los ojos brillantes se había perdido entre la multitud, dejando al forastero que se enfrentara solo al misterio que entrañaban las palabras del predicador. Bajó al chiquillo de sus hombros con delicadeza y susurró en voz baja para sus adentros, como si por repetirlas aquellas palabras fueran a revelar su significado: «Porque a la hora que menos penséis vendrá el hijo del hombre...».

3

Murphy aparcó en su plaza reservada y salió del coche. El paseo por aquel sendero sinuoso desde el aparcamiento de profesores hasta el Memorial Lecture Hall siempre le había gustado. El camino cubierto por los árboles, las bellas flores y la densa vegetación sureña ejercían sobre él un maravilloso efecto sedante. Pero en esta ocasión ese paseo familiar tenía más de agonía que de éxtasis, pues sentía crecer el dolor de los numerosos arañazos y moratones en su cuerpo.

—¿Qué te ha pasado? ¡Tienes una pinta horrible!

Murphy hizo un gesto de dolor, mientras Shari se aproximaba al trote camino abajo hacia él. Desde que Laura no estaba, Shari había ocupado la plaza de comandante en jefe de los preocupados por su salud. Además, sabía que ella no le había acabado de creer cuando le dijo que iba a aprovechar el fin de semana para quedar con un viejo conocido. Bueno, lo cierto es que no cabía duda de que Matusalén era viejo, y la palabra *conocido* abarca una amplia gama de posibilidades, así que de hecho no le había mentido. Simplemente había olvidado añadir que resulta que ese tal conocido había decidido esperarle al acecho en un peligroso sistema de cavernas subterráneo en las montañas Great Smoky.

Estaba a punto de dar una respuesta que no le metiera en más problemas aún de los que ya tenía cuando acudieron en su rescate los dos cachorros, que empezaron a mordisquearle los tobillos a Shari.

—¿Quiénes son estos pequeñuelos? —preguntó encantada, agachándose para que pudieran hociquearle la mano.

—Te presento a Sem y a Jafet. Su dueño no les estaba dando los cuidados adecuados, así que decidí traérmelos a Preston. Espero que podamos encontrarles un buen hogar lleno de cariño. Y entre tanto...

Shari terminó la frase por él:

—Quieres que yo los cuide. Bueno, pues escucha atentamente, profesor: si crees que *yo* voy a hacer de canguro de estos cachorros mientras tú te vas por ahí con esas aventuras descerebradas tuyas...

Murphy alzó las manos para interrumpirla.

—Ya no más aventuras descerebradas, Shari, lo prometo. Hay algo a lo que quiero que le eches una ojeada. Quiero tu opinión profesional.

Sonrió de oreja a oreja y ella frunció el ceño para demostrarle que sus halagos no iban a hacerle cambiar de opinión. No obstante, era difícil resistir la tentación.

—¿De qué se trata? —preguntó.

Él la dirigió hacia el laboratorio.

—Eso es lo que espero que puedas aclararme tú, Shari.

✳ ✳ ✳

Mientras Sem y Jafet vaciaban ruidosamente un enorme cuenco de agua en una esquina del laboratorio, Murphy sacó el pedazo de madera desgastado de su maletín. Sabía que en cuanto Shari tuviera entre sus manos un puzle arqueológico que resolver, se centraría completamente en la labor, hasta el punto de que puede que olvidara someterle a un interrogatorio sobre sus actividades del fin de semana. Al menos ésa era su esperanza.

—Bueno, no cabe duda de que es antiguo —dijo ella, colocando el trozo de madera bajo un potente microscopio—. Está prácticamente fosilizado. Pero hay algo más... tiene una capa de algo en su superficie.

Murphy le palmeó el hombro en un gesto que casi tumba el microscopio.

—Estoy empezando a pensar que sé qué es esto.

—¿Ah, sí?

—*Chemar. Zepheth. Kopher.* ¿Te acuerdas?

Shari levantó la vista.

—¿De dónde has sacado esto, profesor Murphy?

—Eso no importa ahora, Shari. *Chemar* significa bullir. *Zepheth* significa corriente. Y *kopher* significa cubrir o calafatear. Ponlas una detrás de la otra y darán como resultado el término bíblico *pez*.

—¿Pez?

—Betún. Alquitrán. Bulle de la tierra en forma de líquido, y los armadores solían extenderlo sobre los tablones para calafatearlos. La Biblia menciona los pozos de betún en el Génesis 14, 10. Al parecer había muchos cerca de Babilonia.

Shari se cruzó de brazos.

—Suena como si hubieras dedicado el fin de semana a estudiar a fondo la Biblia, profesor. ¿Algo más que quieras contarme?

—Bueno, Shari, ¿sabías que fue pez lo que se usó para recubrir la cesta de papiro en la que lloraba Moisés de bebé cuando la hija del faraón lo encontró flotando en el río? Éxodo 2, 3.

—Siempre me había preguntado cómo era posible que una cesta tejida a base de juncos pudiera flotar.

—Y ese mismo material fue el que se usó para construir la torre de Babel. En el Génesis 11, 3 dice que emplearon pez en lugar de mortero para unir los ladrillos.

Shari le miraba con los ojos abiertos como platos. No cabía duda de que había logrado captar su atención.

—¿Estás diciendo que este pedazo de madera tiene algo que ver con la torre de Babel?

Murphy se rascó la barbilla.

—No estoy seguro. Lo primero que tenemos que averiguar es su antigüedad. Lo que significa que necesitamos el mejor equipo de datación por carbono que podamos encontrar.

—¿La Fundación Pergaminos para la Libertad? —preguntó Shari emocionada.

—Exactamente. Si no te importa pasarme el teléfono, Shari...

* * *

Murphy marcó el número y tamborileó con los dedos contra el banco de trabajo expectante. Ni siquiera se dio cuenta de que Sem y Jafet se perseguían el uno al otro fuera de sí alrededor de sus pies.

—Sí, hola. Soy Michael Murphy, de la Universidad de Preston. ¿Puedo hablar con Isis McDonald... quiero decir, con la doctora McDonald? Claro, espero.

Siguió tamborileando un rato más, preguntándose por qué estaba tan nervioso. ¿Se trataba de la emoción de un nuevo descubrimiento arqueológico? Entonces escuchó aquella voz familiar en sus oídos y por un instante voló hacia atrás en el tiempo y el espacio hasta la antigua red de alcantarillado de Tar-Qasir, y revivió la imagen de un loco fanático avanzando hacia él con un cuchillo de carnicero en ristre.

—Murphy, ¿de verdad eres tú?

Volvió de golpe al presente, tranquilizado por el suave acento escocés.

—Sí, eso creo, Isis. Mucho tiempo sin hablar. ¿Qué tal te ha ido?

—Ya me conoces, Michael. Dedicada en exclusiva a estudiar antiguos manuscritos polvorientos en mi pequeño despacho. No me he visto envuelta en una situación que pusiera en riesgo mi vida desde... bueno, en realidad desde la última vez que te vi.

Él se rió, imaginándola cubierta hasta los tobillos de libros y papeles antiguos, apartándose el cabello pelirrojo de delante de los ojos mientras rastreaba con furia ese caos en busca de un pergamino de vital importancia.

—Me alegro de que así sea, Isis. Y me encantaría que las cosas siguieran así.

—Pero... —añadió ella en tono amable.

—Bueno, esperaba que pudieras hacerme un favor.

—Mientras no implique viajar al otro lado del mundo y plantar cara a un psicópata asesino...

—Por supuesto. Te lo prometo —respondió él, riendo nervioso—. Ni siquiera tendrás que salir del edificio, por no hablar ya de Washington.

—¿Y qué es eso que tienes para mí?

—Un pedazo de madera. Antiguo. Muy antiguo.

—Y quieres saber exactamente cuán antiguo es.

—Eso es.

—Y lo quieres para ayer.

—Si no es mucha molestia.

—Claro que no. Ninguna molestia. Mándalo y me pongo inmediatamente manos a la obra.

—Gracias, Isis. Te debo una muy gorda. Dime si hay algo que pueda hacer para devolverte el favor.

—La próxima vez, no esperes seis meses para llamarme. Y no esperes a necesitar algo de mí —respondió ella tras quedarse un instante en silencio.

Murphy empezó a pensar en cómo responder a eso, pero ella ya había colgado. Se giró hacia Shari con una sonrisa embarazosa, sintiendo de repente la necesidad de estar de nuevo fuera del laboratorio, de dedicarse a un trabajo físico realmente duro que no le obligase a pensar demasiado.

Pero Shari había desaparecido.

✳ ✳ ✳

La encontró en la cafetería. Estaba sentada a solas en una esquina, con la mirada fija en una taza de café. Murphy se deslizó junto a ella y le puso la mano sobre un brazo con delicadeza.

—¿Te lo vas a beber o te conformas con esperar a que ver cómo se convierte en piedra?

Ella sonrió cansada y se enjugó una lágrima de la mejilla.

—Lo siento, profesor Murphy. No me he comportado como una profesional, huyendo de esa manera. Pero es que necesitaba estar sola, supongo.

—¿Quieres que me vaya? No quiero ser un estorbo, ya lo sabes.

—No te preocupes. Supongo que necesito hablar con alguien, y quién mejor, ¿no crees?

—Claro. ¿Y qué es lo que ha pasado?

—Es por Paul. Nos hemos peleado.

—¿Por qué?

Él sabía que Shari y Paul Wallach se habían estado viendo durante un tiempo, a partir de que ella le cuidara mientras se recuperaba de la explosión en la iglesia. Parecían muy unidos.

—Por una estupidez —respondió ella, meneando la cabeza—. No, no es una estupidez. Lo que quiero decir es que no es por nosotros. Es por la evolución.

—¿La evolución?

Ella asintió.

—No sé con quién ha estado hablando, pero ha estado leyendo algunos libros. No deja de mencionar frases de un tal Dawkins. Tiene un ejemplar de *El origen de las especies*, de Darwin, y quería mostrarme unos párrafos que había subrayado. Algo sobre fósiles y sobre cómo demuestran que distintos tipos de animales han evolucionado los unos de los otros y no fueron creados al mismo tiempo como se dice en la Biblia.

—Ya veo. ¿Y qué le dijiste tú?

—Le dije que no sabía todas las respuestas, pero que Dios había creado el mundo, y si Dios también había creado la ciencia, entonces ambos tenían que ser compatibles. Le conté que mi investigación sobre los primeros pioneros de la evolución demostraba que muchos de ellos se habían limitado a encajar con fórceps a la ciencia en la idea preconcebida de que Dios no existía. Así que se inventaron esta teoría de que las especies de alguna forma se transformaban en otras especies para poder sacar a Dios de la ecuación. Pero hasta la fecha no se ha encontrado ni un solo fósil de transición, pese a que hay quien dice lo contrario. Y tras el descubrimiento del código del ADN, que de hecho evita que un organismo se transforme en otro, la teoría de la evolución hoy en día se cae a pedazos. Aunque dudo de que oigas a muchos evolucionistas admitirlo, sobre todo después de todos los problemas que han tenido para lograr que se enseñe su teoría en las escuelas.

Murphy asintió.

—Es una respuesta estupenda, Shari. Paul aún no tiene claro en qué creer. Conocerte a ti lo ha acercado sin duda a Dios, pero va a tener que ser él el que dé el paso definitivo y cruce el umbral, y tendrá que ser a su ritmo.

Sonrió.

—Pero creo que justo ahora tenemos algo que puede ayudarle un poquito en este camino.

Shari levantó la vista.

—¿A qué te refieres?

Murphy se golpeó la nariz con un dedo con aire de conspirador.

—Vamos a esperar a ver qué nos cuenta Isis sobre ese pequeño pedazo de madera. Si estoy en lo cierto, podría abrirle los ojos a Paul de manera contundente.

❊ ❊ ❊

Durante los siguientes días, Murphy se concentró en avanzar en la preparación de sus clases, a sabiendas de que tenía el aliento del decano Fallworth en la nuca, a la espera de una excusa para echarle de una patada de la universidad. Entre tanto, Shari se estaba encaprichando tanto de Sem y Jafet (que por su parte se habían pensado que todo el campus formaba parte de su parque de atracciones privado) que había empezado a desear que esa oferta de un buen hogar para ellos nunca se hiciera realidad. No había hablado con Paul desde la pelea, y con aquellos perrillos en su apartamento no cabía duda de que se sentía menos sola. De hecho, habían tenido tanto éxito a la hora de distraerla de sus preocupaciones que cuando Murphy entró como una exhalación en el laboratorio, agitando una carta con el logotipo de la Fundación Pergaminos para la Libertad, ella no captó en un primer instante el motivo de su emoción.

—Los resultados de la prueba de datación con carbono, Shari. Isis ha confirmado mi teoría. Éste podría ser uno de los descubrimientos arqueológicos más increíbles de la historia de... bueno, de la historia de la arqueología.

—Eso sí que suena emocionante —respondió ella riendo—. Bueno, ¿y qué es lo que ha averiguado Isis? ¿Qué antigüedad tiene?

—Entre 5.000 y 6.000 años de antigüedad —afirmó Murphy con tono triunfal.

—Lo que significa... —dijo Shari encogiéndose de hombros.

—Lo que significa que nuestro pequeño pedazo de madera podría ser un trozo del... arca de Noé —dijo Murphy, desentrañando el misterio.

Shari saltó de su silla.

—¿Lo dices en serio? ¿He tenido en las manos un trozo del arca de Noé? —preguntó, bajando luego la vista hasta sus manos como si tuviesen algún tipo de brillo especial.

—No puedo asegurártelo aún, pero las fechas parecen coincidir y no cabe duda de que podría ser un fragmento de algún tipo de barco. Así que...

—Así que dime de dónde lo has sacado.

Murphy extendió las manos simulando haber sido derrotado.

—¿De dónde lo he sacado? Por supuesto que te lo diré. Pero escúchame, Shari, cuando lo haga tienes que recordar que éste podría ser uno de los artefactos bíblicos más importantes jamás descubiertos. Y creo que en algún rincón de la Biblia pone que sin esfuerzo no hay recompensa, ¿no?

—Desde luego, no en ninguna de las que yo he leído —dijo Shari, cruzándose de brazos.

Murphy suspiró.

—No puedo engañarte, ¿verdad? ¿Te acuerdas de aquel paquete de FedEx?

—El de Matusalén... el que tenía un mapa —dijo ella, con el ceño fruncido—. ¡Oh, Dios mío! ¡La Cueva de las Aguas! Creí que habías dicho que...

—No quería que te preocuparas, eso es todo. Escúchame —continuó para tratar de distraerla del preocupante dato del calvario que había pasado en la cueva—, la primera pista eran las tres palabras hebreas que significan pez. Dios ordenó a Noé que revistiese el arca con pez, tanto por dentro como por fuera. La segunda pista fue la Cueva de las Aguas. Después del diluvio, eso está claro, la superficie de la Tierra se cubrió de agua, y sólo sobrevivieron Noé y su familia.

—No te olvides de los animales —dijo Shari.

—Claro. Sem y Jafet. Dos perritos. Dios ordenó a Noé que metiera dos ejemplares de cada especie animal en el arca para que se salvaran.

—Pero por si acaso no te has dado cuenta, profesor Murphy, Sem y Jafet son dos perritos machos —adujo Shari sonriendo—. ¿No se supone que Dios pidió a Noé que escogiera un macho y una hembra?

—Tienes razón. Matusalén tomó un pequeño atajo en lo que a eso se refiere. Pero dejó claro lo que pretendía. Quería que supiéramos que el artefacto bíblico que estaba en juego tenía algo que ver con el arca. Es por eso por lo que bauticé a nuestros dos pequeños amigos con el nombre de dos de los hijos de Noé.

—Si se trata de verdad de un pedazo del arca, ¿dónde diantre crees que lo encontró Matusalén?

—Desde luego, no en el pueblo de al lado. Creo que de eso podemos estar seguros —respondió Murphy—. Según la tradición, se supone que el arca terminó su viaje en el monte Ararat, en Turquía. Muchísima gente ha ido en su busca durante décadas, pero nadie ha tenido nunca éxito. Matusalén parece estar diciéndonos que vayamos a por ella.

Shari parecía pensativa.

—Queda entonces un cabo suelto: por qué Matusalén escribió la palabra *Babilonia* en el paquete.

Murphy colocó sus manos sobre los hombros de Shari. No podía engañarla. Habían pasado por demasiadas cosas juntos. Por desgracia, Shari sabía mejor que nadie que el mal estaba presente y activo en el mundo.

—Creo que es un aviso. Nos está advirtiendo de que no nos olvidemos de los Siete.

4

Según introducía el coche en el aparcamiento de la iglesia, lo primero que vio Murphy fue el nuevo santuario, brillando de un blanco prístino contra el cielo azul. Su belleza física le aturdió, pero además era un potente símbolo de fe compartida y comunidad. Y aun así, mirándolo, no podía sino recordar aquella terrible noche en la que una enorme explosión convirtió la iglesia comunitaria de Preston en un escenario infernal.

Aparcó su sufrido Dodge y se quedó con la mirada perdida en la lejanía. Recordaba con extraordinaria nitidez el momento anterior al estallido de la bomba. El último frágil instante de normalidad. Estaba sentado entre Shari y Laura. Shari estaba nerviosa porque Paul Wallach, un estudiante recién llegado de la Universidad de Duke, había quedado al parecer con ella en la iglesia. Ella esperaba que aquél fuera el primer paso para atraerle hacia una experiencia personal con Cristo, y ahora estaba preocupada porque hubiera podido asustarle, pensando que tal vez debería haber ido más despacio. Cómo iba a saber que él estaba en el sótano de la iglesia, justo bajo sus pies, yaciendo en el suelo malherido. Y allí estaba también su indisciplinado hermano, Chuck. Muerto ya. Pero luego se descubrió que él había puesto la bomba.

Por algún motivo era incapaz siempre de recordar el momento de la explosión. Sólo lo que sucedió después: las llamas, las vigas destrozadas, el humo, los alaridos, y luego Laura desmayándose y los médicos llevándola a toda prisa al hospital. Mentalmente volvía a estar allí, sentado junto a su cama, rodeado por los aparatos que la mantenían con vida, rezando tan intensamente como era capaz.

Y luego, sin que nadie le preguntara, una palabra salió de sus labios y se descubrió a sí mismo susurrando: «Garra».

Unos golpes en la ventanilla le sacaron de repente de sus ensoñaciones.

—Hola, Michael. ¿Estás admirando el nuevo edificio?

La cara bronceada de Bob Wagoner le contemplaba desde arriba sonriente. Ese cabello cano a punto de desaparecer, los pantalones holgados y el polo parecían más propios de un campo de golf que de un púlpito. Y de hecho a menudo se le oía decir a Wagoner que se puede aprender tanto sobre las debilidades de la naturaleza humana y sobre la necesidad de confiar en una potencia superior mientras se espera con el *driver* en la mano, listo para golpear por primera vez la bola, que escuchando un sermón en la iglesia. A menudo había intentado convencerle para que se aficionara a este deporte, pero Murphy dudaba de que contase con la fuerza espiritual necesaria para sobrevivir un hoyo sin estrellar ese *driver* contra un árbol. «Dios ha diseñado el golf para santos como tú», solía responderle en broma a Wagoner.

Murphy bajó la ventanilla.

—Me alegro de verte, Bob. Gracias por acceder a reunirte conmigo. ¿Tienes hambre?

Wagoner esbozó una amplia sonrisa.

—¿Es católico el Papa?

* * *

Murphy apenas probó su sándwich de pollo, pero Wagoner se terminó su hamburguesa con queso y sus patatas y se restregó su servilleta por la boca antes de ponerse manos a la obra. Esperó a que Roseanne, la camarera de cabellos grises que trabajaba en el Adam's Apple Diner[2] desde el principio de los tiempos, volviera a llenar sus tazas de

---

2. El nombre de este restaurante puede traducirse como «la manzana de Adán», aunque en inglés significa literalmente «nuez». *(N. del T.)*

café y volviese a la barra desierta a leer su revista, y luego lanzó una mirada de preocupación a su amigo.

—Y dime, Michael, ¿qué es lo que te preocupa? Parece que te hubieran dado una paliza, si quieres que sea sincero. ¿Qué ha pasado?

Murphy recorrió con el dedo una cicatriz que tenía en la frente.

—Ah, no es nada, Bob. Un par de moratones y arañazos es el par del campo cuando te pones a desenterrar artefactos, ya lo sabes.

Wagoner le miró pensativo.

—Bueno, supongo que tendré que creerte, Michael. Así que hay algo más que te preocupa. ¿Te ayudaría que lo comentáramos?

Murphy tenía tantas ganas de soltarse. De dejar salir todos sus sentimientos con su amigo. Pero ahora que era al fin el momento de hacerlo sintió un nudo en la garganta, incapaz de decidir por dónde empezar.

Wagoner le dejó que se tomara su tiempo. Sabía que el secreto para ser un buen consejero era no asustarse ante el silencio. Pero dado que ese silencio empezaba a alargarse, pensó que quizá Murphy agradeciera un amable empujoncito.

—¿Es por Laura?

Murphy movió la cabeza afirmativamente, y luego dejó escapar un largo suspiro.

—Ya hemos hablado en otras ocasiones sobre esto, Bob. Y me ofreciste el mejor consejo que nadie podría darme. Que dé gracias por la maravillosa vida que compartimos ella y yo, pensar en eso en lugar de en todo aquello que nunca llegamos a hacer, en todos esos años que no podremos pasar juntos. Y recordar todo el bien que hizo, que sigue vivo día tras día en esta comunidad. Y eso es lo que hago, Bob, dar gracias a Dios a todas horas por hacer que Laura se cruzase en mi camino y regalarme así tanta felicidad. Pero la verdad es que, al mismo tiempo, soy incapaz de creer que Él permitiese que se fuera. El dolor y el vacío sencillamente no disminuyen, no importa lo que haga.

Wagoner esperó a que terminara y luego extendió su mano para coger con fuerza la de Murphy.

—No tengo una respuesta fácil que darte, Michael. Ya lo sabes. Pero también eres consciente de que Dios ni nos abandona ni nos traiciona. Puede que te parezca que por ahora no mejora, pero Él te ayudará a superarlo, Michael. Y tienes además a muchos amigos rezando por ti. Todas las noches Alma y yo oramos por ti y por Shari y por el resto de personas que resultaron heridas en la explosión o que perdieron a un ser querido.

—Ya lo sé, Bob —dijo Murphy mientras se le llenaban los ojos de lágrimas—. Y os lo agradezco —añadió mientras se pasaba la mano por la cara para enjugarlas e intentaba sonreír—. Y no dejéis de hacerlo, ¿me oyes?

—Tienes mi palabra —respondió Wagoner riendo.

Murphy dudó.

—Hay algo más. Garra.

La mirada de Wagoner se oscureció.

—El hombre que mató a Laura. Y todos los demás.

—No estoy seguro de que se le pueda llamar hombre —dijo Murphy, apretando los dientes—. Y considerarle un animal sería un insulto para las ratas y las cucarachas. Voy a serte sincero, Bob. No siento otra cosa que odio por ese malvado... —se detuvo antes de soltar una blasfemia—. Odio y un deseo de venganza que arde en mi interior.

—Yo también te voy a ser sincero, Michael —respondió Wagoner—. Si hubiera sido mi mujer la asesinada, sentiría lo mismo. Sencillamente, es natural. Pero voy a decirte otra cosa. No dejes que el odio te invada y te controle. Si nos centramos en aquello que odiamos, nos arriesgamos a convertirnos en algo parecido. Ya sé que es fácil de decir. Pero es la verdad. El diablo quiere que nos rebajemos a ese nivel. Nosotros no podemos dejar que eso ocurra. Debes permitir que sea el Todopoderoso el que se encargue de Garra y sus semejantes. Espero sinceramente que esto sea lo último que sepas de él.

—Te estoy escuchando, Bob, pero no estoy seguro de poder garantizarte que nuestros caminos no se vuelvan a cruzar.

—¿Qué quieres decir?

—Es sólo una corazonada. Quizá no sea nada. Estoy planeando irme de expedición en busca de un importante artefacto bíblico y creo que alguien ha querido avisarme. Que esté alerta, ya sabes a qué me refiero.

Wagoner sabía exactamente a qué se estaba refiriendo. Garra. El atentado contra la iglesia. La muerte de Laura. Todo ello estaba ligado a la búsqueda de la Cabeza Dorada de Nabucodonosor, que Murphy había descubierto cerca del lugar donde en la antigüedad se asentaba Babilonia. Y un grupo de gente muy poderoso —y malvado— se había propuesto hacerse con ella.

—Todo lo que puedo decir entonces es que tengas cuidado —replicó Wagoner—. Nunca me has contado todos los detalles de cómo llegaste a descubrir la cabeza, pero sé que fue un viaje de los que quitan el aliento.

—Quizá algún día escriba un libro sobre ello —dijo Murphy riendo entre dientes—. Pero ahora mismo creo que estoy metido en algo igual de importante.

Bob metió la mano en su bolsillo y sacó una tarjeta.

—Entonces no añadiré nada más, sólo que Dios te acompañe. Y quizá quieras echarle una ojeada a esto de vez en cuando. Es una cita de un famoso predicador. La usa como recordatorio. Puede que te ayude la próxima vez que atravieses un mal momento de ánimo.

Murphy se metió la tarjeta en el bolsillo sin mirarla.

Wagoner dirigió la mirada hacia la barra e hizo un gesto con la mano para llamar la atención de Roseanne. Ella asintió con la cabeza y cogió la cafetera.

—Dime, ¿te acuerdas del agente del FBI Hank Baines? —le preguntó.

—Claro. ¿No era aquel que trabajaba con Burton Welsh, el tipo que dirigía la investigación del atentado en la iglesia?

—Ese mismo —replicó Wagoner, mientras asentía con la cabeza.

—¿Y qué pasa con él?

—Su familia ha estado viniendo a la iglesia durante el último mes y medio. Vienen todos los domingos. Parecen tener bastante interés.

—Eso es estupendo. ¿Y qué pasa con Baines, él también va?

—No, sólo su esposa y su hija. Creo que la chica ha tenido problemas con la ley. He pedido a Shari Nelson que le dedique un poco de tiempo. ¿Qué te parece?

—Que es una gran idea. Shari tiene en este momento sus propios problemas con Paul, pero centrarse en los de otra persona probablemente sea bueno para ella. Debe de ser difícil ser un agente de la ley y ver que tu propio hijo se mete en problemas al mismo tiempo. Si no recuerdo mal, Baines tenía un tono de voz calmado. Parecía realmente preocupado por la gente. No como su jefe. Qué tipo tan arrogante. Tuvimos varios encontronazos.

—Welsh ya no trabaja en el FBI.

—¿Qué hicieron? ¿Despedirle? —preguntó Murphy sonriente.

—No, no lo creo. Pero me han dicho que ahora trabaja en la CIA.

—¡Estupendo! Quizá así no tenga que vérmelas con él nunca más.

—Esperemos que no tengas motivos para ello —dijo Wagoner—. Ah, por cierto, casi se me olvida. Es sobre Hank Baines. Hace dos semanas me dio su tarjeta. Me pidió que te la hiciera llegar.

—¿A mí?

—Sí. Quedó realmente impresionado por cómo te comportaste durante la investigación. Y aún más por cómo sobrellevaste lo de Laura. No sé si te acuerdas, pero vino al funeral. Me ha dicho que le gustaría hablar cuando tengas algo de tiempo.

—¿Hablar de qué?

—No lo sé. No me lo ha dicho. Aquí tienes la tarjeta. ¿Por qué no le llamas?

Wagoner echó un vistazo a su reloj.

—Michael, tengo que irme ya. ¿Podrías acercarme hasta la iglesia? Tengo una cita a las tres.

—Claro. Gracias de nuevo por tu tiempo y por el consejo. Te lo agradezco de veras.

Wagoner apretó con fuerza la mano de Murphy.

—Recuerda lo que el apóstol Pablo escribió en Romanos: «Nos alegramos con la esperanza de alcanzar la gloria de Dios. Y no sólo esto, sino que nos alegramos también en los sufrimientos conscientes de que los sufrimientos producen la paciencia, la paciencia consolidada produce la fidelidad, la fidelidad consolidada produce la esperanza y la esperanza no nos defrauda, porque el amor de Dios ha sido derramado en nuestros corazones por medio del Espíritu Santo que nos ha dado».

* * *

Murphy dejó a Wagoner en la iglesia, esperó a que desapareciera en el interior del templo y luego salió del coche y caminó hasta el pequeño cementerio. Intentó pensar en los buenos momentos que había compartido con Laura. Le abrumó el pensar que estaba cerca de ella. En un instante estaba mirando hacia abajo, hacia la placa que yacía en el suelo.

LAURA MURPHY. ELLA AMÓ A SU SEÑOR

Murphy se sentó en el césped y empezó a sollozar. Lloró hasta quedarse sin lágrimas, sin darse cuenta del tiempo que estuvo haciéndolo.

Luego el canto de un pájaro en un sauce no muy lejos de allí le llamó la atención. Se puso a escuchar.

Piensa en los buenos tiempos.

Metió la mano en el bolsillo y sacó la tarjeta que el pastor Bob le había dado en el restaurante.

* * *

Descubrir la mano de Dios en las tormentas inesperadas hace que nuestra fe se ensanche, mientras que confiar en la sabiduría de Dios en el día a día permite que se vaya haciendo más profunda. Y más fuerte. Cualesquiera que sean tus circunstancias, independientemente de lo que se estén prolongando, estés dónde estés hoy, quiero que recuerdes esto: cuanto más fuerte son los vientos, más profundas las raíces; y cuanto más tiempo soplen... más bello será el árbol.

5

Era la 1.50 de la madrugada cuando Shane Barrington subió los escalones que conducían del asfalto a su Gulfstream IV privado. El copiloto le saludó en la puerta.

Carl Foreman se llevó la mano a la gorra, sin saber si abrir o no la boca. En los cuatro años que llevaba trabajando para Barrington había llegado a adivinar sus estados de ánimo bastante bien. Barrington exigía que le obedecieran, pero le irritaba el servilismo. Durante esos cuatro años, Carl había visto cómo eran despedidas tantas personas por adular abiertamente a Barrington como por su ineficacia o incompetencia, y él achacaba la longevidad de su carrera a su servicio a que sabía qué hacer en cada situación. En este momento, la expresión característica de la cara de Barrington, con el ceño fruncido de forma desagradable y cínica, había sido sustituida por una mirada que en cualquier otra persona Carl interpretaría como de miedo. Pero Barrington era un hombre que no le temía a nada. De ahí que por un momento le hubiera pillado a contrapié.

Y de ahí que cometiera el primer —y último— traspié de su carrera como empleado de Barrington Communications.

—¿Se encuentra bien, señor Barrington? Parece algo...

Barrington se abalanzó sobre él como un torbellino, descubriendo los colmillos como si de un animal se tratara.

—¿Qué has dicho? —gruñó, y por un segundo Carl pensó que le iba a agarrar por la garganta.

—Yo sólo... Lo siento, señor. No he dicho nada —tartamudeó.

—Corrígeme si me equivoco, Foreman —prosiguió Barrington, más comedido ahora que su impulso inicial guiado por la violencia física se había transfigurado en un tono helado de crueldad—, pero no creo que te pague por cuidar de mi salud. ¿No es cierto que te pago para que pilotes un avión? —añadió sonriendo—. O debería decir que solía pagarte para que pilotaras un avión. Cuando lleguemos a Suiza, estás despedido. Pero no te preocupes, allí siempre necesitan profesores de esquí. Seguro que se te da bien.

Carl se mantuvo como una estatua mientras Barrington le hacía a un lado para entrar en el avión. Cuatro años tirados por la borda por un comentario estúpido. Porque durante un instante había olvidado que Barrington era uno de los empresarios más despiadados del planeta y Carl se había aproximado a él como si de un ser humano normal se tratase.

Mientras volvía a la cabina se preguntó cómo se lo iba a explicar a Renee. Tendrían que cambiar su plan de mudarse a una gran casa en las colinas, y quizá aquello hiciera que ella cambiara sus planes sobre la pareja. Desde luego, ahora quedaba descartado el anillo de compromiso con un diamante de veinte mil dólares.

Durante un instante fantaseó con la idea de estrellar adrede el avión en los Alpes. Eso haría comprender a Barrington quién tenía de verdad el poder. Pero sabía que no tenía el valor para hacerlo. No, pensó con una sonrisa irónica, la única posibilidad de que el avión se estrellara pasaba porque los creyentes en Cristo fueran alzados hacia el cielo a mitad del vuelo, como en aquel libro que Renee no dejaba de decirle que tenía que leer, y que los tipos malos como Barrington fueran abandonados a su suerte. Dando por hecho, claro, que él y el otro piloto fueran seleccionados por el equipo de los ángeles. Y que el diablo no decidiera meter mano y pilotar él mismo el aparato.

* * *

La mente de Barrington la cruzaban pensamientos similares, mientras estiraba sus músculos en el asiento acolchado de cuero diseñado para que su cuerpo encajara como un guante y él pudiera relajarse incluso en los vuelos de mayor duración. Qué tonto había sido humillar deliberadamente a uno de los miembros clave de la tripulación antes incluso de despegar. El destino de aquel hombre no le importaba un comino, pero nunca es buena idea tener al piloto de tu propio avión rumiando cómo vengarse de ti, como sin duda estaba haciendo en ese preciso instante.

Aunque lo único que había hecho era poner en práctica el poder supremo que tenía sobre la gente a su servicio, Barrington sabía que se había tratado en realidad de un momento de debilidad por su parte. La había emprendido contra uno de sus empleados porque estaba asustado.

Mejor dicho, estaba *aterrorizado*.

Aterrorizado por la gente a la que había ido a ver a Suiza.

Los Siete.

Porque aunque habían contribuido a convertirle en el empresario más rico y poderoso del mundo, también podían destruirle con la misma facilidad.

Y dudaba de que le hubieran hecho llamar a ese lúgubre castillo suyo en las montañas porque estuvieran contentos con él.

Se pasó el resto del vuelo dándole vueltas en la cabeza a cada detalle de lo que había estado haciendo para los Siete, intentando encontrar el punto débil, algún signo de error, cualquier cosa susceptible de ser interpretada como un gesto de desobediencia o de falta de dedicación. Rechazó todas las ofertas de bebida y alimentos, dejando que el cocinero que había arrebatado a un restaurante parisino de cuatro tenedores holgazaneara en la lujosa cocina del aparato. Hasta que agotó todas las posibilidades. Pero cuando las ruedas del avión tocaban tierra con una sacudida en el aeropuerto de Zúrich, estaba tan lejos como antes de saber la verdad.

Tendría que esperar hasta estar sentado frente a ellos y a que le contaran cómo la había fastidiado. Y luego le dirían lo que iban a hacer con él.

Se rió. Un sonido brusco y nervioso, como el ladrido de un perro. Al final resultaba que Carl Foreman sí podría pilotar el avión de vuelta a casa. Era a Barrington al que iban a despedir. Y cuando los Siete te despiden, no se andan con chiquitas.

Barrington se estremeció cuando oyó que se abría la puerta. Luego se puso en pie, se ajustó la corbata, se sacó los puños de la camisa y trató de reunir toda la dignidad que pudo. Ahora que aquel espeluznante chófer estaba al volante ya no quedaba duda alguna. La montaña rusa había echado a andar. No había forma de bajarse hasta que volviera a pararse.

Era sólo cuestión de saber si tenía el suficiente autocontrol como para evitar ponerse a gritar.

* * *

Mientras salían de la ciudad, Barrington trató de concentrarse en lo que podía ver a través de los cristales tintados. Cruzaron el río Limmat y dejaron atrás la majestuosa catedral de Grossmunster, construida por Carlomagno en el siglo VIII. El Sagrado Emperador Romano. Eso sí que era poder, meditó Barrington. En la Edad Oscura, el Imperio había sido lo más parecido a un gobierno mundial.

Y si los Siete se salían con la suya, volvería a verse algo así. Sólo que en esta ocasión ellos controlarían de verdad todos y cada uno de los rincones del planeta.

Pensó en establecer una conversación con el chófer, sólo para ver si podía captar alguna pista de lo que los Siete tenían en mente. Pero justo entonces recordó qué era lo que resultaba tan extraño en ese chófer en particular.

No tenía lengua.

Y Barrington no dudaba de que él estaría encantado de recordárselo abriendo su boca, con esa horrible sonrisa vacua que tanto le había conmocionado durante su primer viaje juntos al castillo.

Pronto se encontraron serpenteando por carreteras de montaña, ascendiendo cada vez más. Las nubes en aquellos picos eran bajas, y empezaba a haber franjas de nieve sobre el asfalto. En un paisaje de estas características es posible pensar que has abandonado por completo el mundo real y estás penetrando ya en un extraño reino de fantasía poblado por brujas y demonios.

—Parece que ya no estamos en Kansas, ¿verdad, Toto? —murmuró Barrington.

El conductor empezó a girar la cabeza hacia el asiento trasero, y Barrington rápidamente le aseguró:

—No hay problema. Ya sé que no puede hablar. Sólo hablaba para mí mismo.

Barrington tenía los ojos cerrados cuando el crujido de los neumáticos del Mercedes sobre la gravilla le indicó que habían frenado frente a la parte delantera del castillo. Se alegró de no haber tenido que ver aparecer su figura amenazadora surgiendo de la niebla mientras se acercaban. La visión de aquellas agujas góticas alzándose como espectros en un cementerio podría haber bastado para minar su confianza.

Recuerda, se dijo a sí mismo mientras que bajaba del coche y se guarecía bajo el paraguas que sostenía el chófer, *llega hasta el final de esto sin mostrar temor. Así habrás evitado que su victoria sea completa.*

Miró el reloj. Había sido puntual. Había algo en el hecho de estar en Suiza que impulsaba a serlo, pensó. Miró a su silencioso acompañante mientras éste le acompañaba hasta la gigantesca puerta de hierro forjado del castillo.

Y también algo en el hecho de trabajar para los Siete, de eso no cabía duda.

Había olvidado ya lo grande que era el vestíbulo de entrada. Se encontraba a solas, acompañado sólo por varias armaduras que semejaban ser guardianes de lo desconocido ciegos y sin vida bajo la parpadeante luz de una docena de antorchas fijadas a los muros.

Supongo que dan por hecho que sé qué hacer, pensó Barrington. Como si hubiera podido olvidarlo.

Vio la gran puerta de acero al otro lado del vestíbulo envuelto en sombras, un elemento que transportaba bruscamente de vuelta al siglo XXI en medio de toda esa penumbra medieval. Cogió aire y echó a andar hacia ella. A medida que se iba aproximando escuchó un silbido quedo y la puerta se abrió. Traspasó el umbral y la puerta se cerró siseando de nuevo. Echó un vistazo a los dos botones que tenía frente a él. Pulsó el que tenía la flecha para abajo, preguntándose si viviría para pulsar el otro.

La sensación de estar descendiendo era casi imperceptible. Luego las puertas volvieron a abrirse silbando y Barrington salió a una enorme habitación en sombras. La única luz provenía de un foco en el techo, que iluminaba una figura familiar: una silla de madera tallada de forma ornamental con gárgolas a modo de brazos. Seis metros por delante de la silla había una larga mesa cubierta con un manto de color rojo sangre que colgaba hasta el suelo.

Tras la mesa, siete sillas ocupadas por seis personas, o más por seis siluetas. La del centro estaba vacía.

—Bienvenido, *señor*[3] Barrington. Hacía tiempo que no le veíamos. Acérquese y siéntese en la silla del honor —dijo una voz hispana aterciopelada.

Mientras avanzaba hacia la silla situada en el centro de la habitación pudo oír como alguien arrastraba los pies a su derecha. Al mirar hacia allí atisbó una figura que emergía de la oscuridad y caminaba hacia la silla que quedaba vacía en mitad de la mesa. Barrington y la figura en penumbra se sentaron al mismo tiempo.

Barrington agarró los brazos de la silla y esperó a que el hombre sentado en el centro hablase. A medida que el silencio se alargaba, su miedo se convirtió en frustración. Después de todo lo que había hecho por los Siete... todas las mentiras, los actos criminales, las traiciones... ¿no podían tratarle con algo más de respeto? Sólo había una cosa que le esperanzaba: si aún escondían sus caras, quizá era porque no planeaban quitarle la vida.

Pero también es cierto que puede que simplemente estuvieran practicando un juego psicológico. Ésa parecía ser su especialidad.

Al fin la voz gélida que estaba esperando escuchar rompió el silencio.

—Es usted un hombre ocupado, señor Barrington. Y también nosotros...

Se oyó una tos femenina a su derecha.

—Pido excusas. Nosotros también somos hombres y *mujeres* ocupados. Si cree que le habríamos hecho perder su tiempo y el nuestro trayéndole hasta aquí para sólo... eliminarle, entonces es que aún está infravalorando la importancia de la gran tarea que todos nosotros nos

---

3. En español en el original. *(N. del T.)*

hemos comprometido a llevar a cabo. No. Desde que le inyectamos cinco mil millones de dólares a su compañía lo ha estado haciendo bastante bien. Aún estamos lejos de lograr nuestro objetivo, pero controlar Barrington Communications es un arma fundamental para nosotros.

Una risa entre dientes surgió de la persona sentada a la izquierda del que hablaba.

—¿Cómo íbamos si no a combatir en la lucha buena?

La otra voz reanudó su discurso con un deje de disgusto.

—Desde luego. Pero ahora necesitamos que lleve a cabo otra tarea para nosotros. Una tarea que dará rienda suelta a los peores rasgos de su personalidad... ¿o debería decir habilidades?

Barrington comenzó a protestar, pero la voz le cortó en seco.

—¿Sabe quién es Michael Murphy?

—Por supuesto —respondió Barrington—. El arqueólogo. Creo recordar que hubo un momento en el que ustedes quisieron verle muerto. Hasta que pensaron que les resultaría de más utilidad vivo. Y bien, ¿ha sobrevivido a su momento de utilidad? ¿Quieren que desaparezca de una forma discreta? ¿Quieren que lo haga yo?

Lo dijo como si fuera a ser una tarea rutinaria. Simplemente, una más en su lista de labores pendientes del día.

—Para nada, señor Barrington —respondió la voz, en un tono que parecía sugerir que le estaba hablando a un alumno de primaria algo retrasado—. No le estamos usando para ese tipo de cosas. Pero podría decirse que queremos que le haga al profesor Murphy una oferta que no pueda rechazar.

Barrington estaba intrigado.

—¿Y qué oferta sería ésa?

—Bueno, queremos que le ofrezca a Murphy un trabajo. Un empleo en Barrington Communications.

Barrington parecía confundido.

—Él es un arqueólogo, no un periodista de televisión. ¿Qué puedo ofrecerle?

—Dinero, claro —fue la respuesta—. Las expediciones arqueológicas son un asunto caro, y la forma de ser de Murphy está tan fuera de lo habitual que tiene problemas para recaudar fondos. Si creyese estar tras la pista de algo grande, algo irresistible, puede que aceptara el dinero incluso de usted, si ésa fuera la barrera entre tener éxito o fracasar. Con su pico de oro estoy seguro de que podrá persuadirle de las ventajas de ser el corresponsal arqueológico de Barrington Communications.

Barrington se rascó la barbilla.

—Sí, creo que puedo hacerlo. Es posible que necesite...

—Tendrá los fondos que le hagan falta —soltó la voz—. Otros mil millones de dólares depositados en una cuenta especial deberían bastarle para convertir todo Oriente Próximo en una excavación arqueológica si Murphy lo cree necesario.

Barrington silbó.

—Desde luego, es bastante mejor que treinta monedas de plata. ¿Pero qué sacan ustedes de esto? ¿Para qué quieren contratar a Murphy?

Una voz femenina con algún tipo de acento europeo le cortó.

—Suyos no son los motivos, Barrington.

Luego dejó que él mismo completara el resto de esa frase popular norteamericana para sus adentros.

—*Suyo sólo es cumplir y morir.*

—Sin duda —coincidió la voz gélida—. Pero no hay problema en mostrar a este nuestro amigo un pedacito de los planos maestros. Verá, señor Barrington, Michael Murphy tiene un don para encontrar objetos arqueológicos que a nosotros nos... *interesan*. Puede que nos facilitara la vida estar todos en el mismo equipo. Aun cuando Murphy no fuera consciente de ello.

Un murmullo de risas recorrió la mesa.

—Mantén a tus amigos cerca, ¿no es eso? —dijo Barrington, dejando que en esta ocasión fueran ellos los que completaran la frase hecha.

—Y *a tus enemigos aún más.* Exacto —aceptó la voz—. Ahora vuelva a su avión y empiece a planear cómo exactamente va a corromper el alma de Michael Murphy.

Barrington se levantó para irse, sintiendo cómo la tensión huía de su cuerpo.

—Una cosa más —ladró la voz, paralizándole a medio camino—.

Por si sigue preocupado por ese empleado insatisfecho (¿o debería decir ex empleado?) que puede tener cosas interesantes que contarle a las autoridades.

—¿Se refiere a Foreman? —¿Cómo diablos se habían enterado?—. No se atrevería a hacerlo. Conoce demasiado bien mi reputación como para intentar algo.

—Simplemente para estar completamente seguros, nos hemos encargado de él —dijo la voz, y justo entonces Barrington percibió otra figura, sentada en una esquina en penumbras de la habitación.

Claro. Garra. Así que después de todo resulta que Foreman no tendría que desempolvar sus habilidades de esquí. Barrington sintió como un escalofrío recorría todo su cuerpo, y aceleró el paso en dirección a las puertas del ascensor. Podía sentir aquella mirada de depredador clavada en su espalda durante todo el camino.

En cuanto las puertas de acero se cerraron detrás de Barrington, una luz suave iluminó las caras de los seis hombres y de la mujer sentados alrededor de la mesa. Como uno solo se giraron hacia el hombre de la esquina, cuyos rasgos seguían en la sombra pero aun así parecían desprender una ferocidad bajo control.

—Bienvenido, Garra. Confío en que el señor Foreman no fuera un problema para usted.

Garra esbozó una mueca de desprecio.

—Aplastar un insecto habría sido más... *complicado* —respondió. Luego se giró hacia el hombre que ocupaba la silla del centro—. Así que ahora estamos probando una postura más diplomática en lo que a Murphy se refiere —añadió, escupiendo el nombre del arqueólogo como si se desprendiera de algo desagradable—. ¿Están seguros de que no prefieren algo más directo? Dado que mi labor parece ser la de aplastar insectos, no tendría problemas en encargarme también de éste si quieren.

—Tómatelo con calma, Garra —le tranquilizó el líder de los Siete—. Soy consciente de que tú y Murphy tenéis un par de cuentas pendientes. Y puede que el momento de atar esos cabos no esté muy lejos ya. ¿Recuerdas que nuestro informante dentro de la Fundación Pergaminos para la Libertad nos proporcionó algunos datos intrigantes sobre un artefacto recién descubierto y de mucho valor? Estoy empezando a pensar que podría ser más valioso incluso de lo que pensábamos. Podría resultar vital para revelar el poder oscuro de Babilonia. Y ahora, hoy mismo, nuestros agentes en la CIA nos han contado que está sucediendo algo supersecreto en Turquía. Me pregunto si esos dos hechos tienen relación. ¿Qué crees tú, Garra?

Garra sabía que le estaban manipulando, desviado con pericia de sus impulsos asesinos innatos. Pero los Siete pagaban bien, y sabía que querrían que se manchara las manos de sangre de nuevo dentro de no demasiado tiempo.

—Supongo que lo mejor es que intente averiguar si es así —dijo, levantándose para irse.

Caminó hacia el ascensor con el andar flexible de un animal de presa, y luego se giró y sonrió abiertamente.

—Quién sabe, quizá mi amigo Murphy tenga algo que ver. Quizá estemos destinados a volver a encontrarnos. Y en esta ocasión, pienso yo, sólo uno de nosotros saldrá vivo.

6

—Debe de pasar algo muy importante para que un agente del FBI venga hasta aquí a hablar conmigo en persona —dijo Murphy con recelo—. Algo que no quería contarme por teléfono. Déjeme que lo adivine: ha desenmascarado una conspiración para derrocar al gobierno, y cree que todo lo han planeado desde nuestra pequeña iglesia.

Baines frunció el ceño.

—Mire, profesor Murphy. Estoy dispuesto a admitir que el FBI cometió algunos errores durante la investigación del atentado —respondió—. Está bien, algunos errores gordos —añadió al ver a Murphy elevar las cejas.

—¿Y viene a pedir disculpas en nombre del FBI? ¿Después de todo el tiempo que ha pasado? Qué amable —dijo Murphy.

Baines se detuvo y puso las manos en sus caderas. Caminaban por la senda que bordeaba el campus, donde los bosques comienzan a trepar por una colina no demasiado empinada, y la tensión parece fuera de lugar en un escenario de tanta tranquilidad. Murphy se colocó frente a él y se cruzó de brazos.

—Profesor Murphy, si hubiera algo que pudiera hacer para compensarle por el daño que el FBI le ha causado a usted y a su mujer, lo haría. Y si lo que quiere es una disculpa por mi parte, aquí la tiene.

—Pero no es por eso por lo que quería verme —replicó Murphy.

—No. Hay algo más de lo que necesito hablarle. No tiene nada que ver con el FBI. Mire —dijo, mostrándole el hueco bajo su abrigo donde debería estar la pistolera—. Ni siquiera llevo pistola.

—¿Así que se trata de algo personal?

—Eso es.

Baines miró al suelo. Era alto, 1,87 metros, hombros anchos y complexión de deportista, pero en ese momento parecía aplastado por las preocupaciones. Murphy decidió aliviárselas un poco.

—Está bien, agente Baines. Bob Wagoner me contó que ha tenido problemas familiares de los que quería hablar. Lo siento si le he hecho pasar un mal rato. No estoy orgulloso de ello, pero aún siento mucha amargura por todo lo que pasó. No es culpa suya. La he emprendido contra el tipo equivocado.

—No importa —replicó Baines, relajándose a ojos vistas—. Si yo estuviera en su lugar, aún estaría quemado por muchas cosas.

—¿Y para qué quería verme entonces? —preguntó Murphy.

—De eso se trata más o menos —le explicó Baines—. Del modo en que se enfrentó a todo aquello. Las falsas acusaciones, cuando el FBI pensó que había miembros de su congregación implicados en el atentado contra la iglesia, y luego... lo que le ocurrió a su esposa. Sin importar todo el daño que le estaban haciendo, usted pareció mantener su equilibrio interior. Algo le mantenía en pie y evitaba que se dejara arrastrar por la desesperación como habría hecho mucha gente enfrentada a esta situación.

—Fe —dijo Murphy—. Cuando todo en tu vida va mal, es lo único que te queda. Pero es lo único que necesitas.

—Claro —replicó Baines, afirmando con la cabeza—. Como le estaba diciendo, me dejó impresionado. Así que cuando las cosas empezaron a torcerse en mi vida, usted fue la persona que me vino a la cabeza.

El antagonismo inicial de Murphy se había evaporado ya por completo. Baines parecía sincero, y estaba claro que deseaba desnudar su alma. Ese tipo de humildad era ya de por sí lo suficientemente rara en un agente federal como para merecer que le prestara toda su atención.

—Venga conmigo —dijo Murphy—. Sigamos caminando, es una mañana preciosa. Y puede contarme cuál es su problema. Si puedo ayudarle, lo haré.

—Gracias. No sabe cuánto se lo agradezco. Me he estado volviendo loco en estos últimos meses, y, sencillamente, no sabía a quién dirigirme.

Caminaron en silencio durante un par de minutos, mientras Baines ordenaba sus pensamientos.

—Mi mujer y mi hija han estado asistiendo a la iglesia comunitaria de Preston desde hace un tiempo —comenzó—. Fue idea de mi mujer. Pensó que sería bueno para Tiffany, y dado que nada más parecía servir con ella, pensé: «¿Por qué no intentarlo?».

—Así que Tiffany es el problema.

Baines asintió cansado.

—Yo diría que sí. La última fue cuando la arrestaron junto con algunos de sus amigos. Iban en un coche, bebiendo cerveza y lanzando las latas vacías a la gente que caminaba por la acera. Para alguien como yo, que se pasa la vida tratando de cazar criminales, intentando mantener las calles libres de gente como Tiffany y sus amigos, es algo difícil de asumir. Y como le dije, ésa sólo fue la última de una larga lista de cosas, de toda clase de malas conductas.

Murphy parecía pensativo.

—¿Y cómo empezó todo? ¿Cuándo se dio cuenta por primera vez de que había un problema?

—Suena algo trivial —dijo Baines—, pero todo comenzó con su habitación. No la quería limpiar, siempre estaba hecha un desastre. Y si mi mujer, Jennifer, le decía que lo hiciera, ella le respondía con malas palabras. Por la noche parecía tornarse en una persona diferente: ruidosa, irritable, irascible, siempre cambiando de opinión, sin terminar nunca nada de lo que había empezado, y constantemente enfadada. Era casi como si estuviera poseída, como la chica de *El exorcista*.

Murphy se rió y palmeó a Baines en el hombro.

—Me temo que no soy un sacerdote y no podré ayudarle a expulsar a los demonios. Pero dudo mucho que las cosas hayan llegado hasta ese extremo. Suena más bien como si se enfrentara a una hija con mucha personalidad.

—¿Y entonces cómo es que soy incapaz de hacer mella en ella? ¿Por qué todo lo que hago no hace sino empeorar las cosas?

—Deje que le haga una pregunta —dijo Murphy—. ¿Su hija hace algo bien?

Pudo darse cuenta de que su pregunta había sorprendido a Baines.

—Pues claro, sí, seguro. Quiero decir, es muy creativa, se le dan bien las clases de arte en el colegio. Y saca buenas notas en Lengua. Cuando se molesta en hacer sus deberes —añadió.

—¿Y usted? —preguntó Murphy—. ¿Es usted un tipo creativo?

Baines parecía algo confundido. Se trataba de hablar de Tiffany, no de él.

—Para nada. ¿Por qué cree que terminé trabajando como agente del FBI? Me gusta enfrentarme con datos, tirar de la lógica. Que todo cuadre. Los detalles. La estructura. Los artistas me parecen desordenados e indisciplinados. Y dejan que sus emociones les dominen. A mí me gusta permanecer tranquilo, mantener el control sobre mí mismo.

Murphy se rió.

—Bueno, Hank, creo que me acabas de contar por qué Tiffany y tú no termináis de encajar. Sencillamente, tenéis dos tipos de personalidad completamente diferentes, eso es todo. Ella es espontánea y creativa, deja volar libres sus emociones. Tú eres lógico y mesurado. Y supongo que también eres un perfeccionista. Sólo te conformas con lo mejor. Estáis condenados a tener roces.

Baines se rascó la barbilla meditabundo.

—¿Y qué debería hacer? ¿Hay algún libro de autoayuda que me indique cómo comportarme con mi hija?

Murphy sonrió.

—Sólo hay un libro que ofrezca garantías de poder servir de ayuda, sea cual sea el problema. La Biblia.

—¿La Biblia cuenta cómo educar a los hijos?

—Claro. En el Libro de los Colosenses, capítulo 3, dice: «Padres, no exasperéis a vuestros hijos para que no se desalienten». ¿Crees que Tiffany puede haberse desalentado?

—Sí, puede que sí.

—¿Y era tu padre un perfeccionista? ¿Era crítico contigo, gruñéndote a todas horas?

—Pues sí, resulta que sí que lo era —admitió Baines.

—Bueno, supongo que puede que reaccionaras ante el perfeccionismo de tu padre convirtiéndote tú también en un perfeccionista, derrotándole en su propio campo. Tiffany, que posee una personalidad diferente, no lo tiene tan sencillo. Quizá se ha desalentado porque has puesto el nivel demasiado alto. ¿Cuándo fue la última vez que la animaste, que le dijiste que lo estaba haciendo fenomenal, que te gustaba su arte o lo que fuera?

Baines parecía alicaído.

—No me acuerdo. Hace bastante.

Luego se giró hacia Murphy y añadió:

—Me ha indicado muchas cosas sobre las que meditar, profesor Murphy.

—Por favor, llámame Michael. Y no dudes en llamarme si quieres hablar sobre todo esto. Mira, mi ayudante, Shari Nelson, es estupenda a la hora de tratar con adolescentes problemáticos. Ella también ha sufrido bastante, y sabe mucho para la edad que tiene. El pastor Bob me sugirió que le presentara a Tiffany y a tu mujer la próxima vez que vengan a misa.

—Eso sería estupendo —asintió Baines.

—Y entre tanto, ¿por qué no coges la Biblia y miras a ver qué más puedes encontrar que te resulte útil para tu día a día? Nunca es tarde para empezar a leer el Libro de Dios. Empieza por los Colosenses.

Baines le dio un apretón de manos. Había recuperado la alegría.

—Lo haré —dijo—. Gracias. Bueno, no voy a emplear ni un minuto más de tu preciado tiempo. Sin duda tienes clases que dar y artefactos que desenterrar.

—Pues sí, así es —replicó Murphy—. Pero siempre es para mí una satisfacción ayudar en lo que pueda. Tienes mi número.

Contempló cómo Baines caminaba de vuelta al aparcamiento, sintiendo que él también estaba más alegre. No hay nada como concentrarse en los problemas de otra persona para contemplar los tuyos con más perspectiva, pensó.

No oyó el chasquido suave del disparador de una cámara tras los árboles. No tenía ni idea de que un par de oscuros y salvajes ojos le vigilaban.

7

Eran las nueve menos diez y el Memorial Lecture Hall estaba empezando a llenarse. Lo que, para ser lunes por la mañana, era algo bastante inusual. Los estudiantes de la Universidad de Preston solían disfrutar al máximo los fines de semana y dormir hasta tarde al día siguiente. Es por ello que la primera clase de la semana había sido bautizada por los profesores como el turno del cementerio. Deprimente si lo que querías era una audiencia ansiosa por empaparse con tu discurso de sabiduría. Un descanso si tú también estabas algo cansado, encantado de que la clase no prestara excesiva atención.

Pero esta clase la iba a dar Michael Murphy, y no sé sabe cómo durante el fin de semana se había extendido el rumor de que no iba a tratar sobre el tema en principio previsto: cómo planear una excavación arqueológica.

Iba a hablar sobre el arca de Noé.

A medida que las filas de sillas se iban llenando de gente, había algunos estudiantes riendo y gastándose bromas. Pero la mayoría discutían muy serios sobre el tema que centraría con toda probabilidad la clase.

¿Acaso no era el arca de Noé otro cuento de la Biblia? ¿Había existido de verdad?

Una cosa estaba clara: fuera lo que fuera lo que el profesor Murphy tuviera que decir al respecto, probablemente cambiaría su forma de pensar sobre este tema.

Shari Nelson había llegado temprano para preparar el proyector para la presentación de su jefe. Pero estaba tan impaciente como el resto por escuchar lo que Murphy iba a decir.

Paul Wallach estaba sentado en la primera fila, vistiendo sus pantalones planchados con raya y su camiseta deportiva habituales. Tenía el cabello negro perfectamente cortado, como si acabara de salir de la peluquería, y llevaba además un mocasín reluciente. El pie izquierdo lo tenía aún escayolado, pues la explosión en la iglesia comunitaria de Preston le había dañado gravemente la pierna y el pie. Una vez preparado el proyector, Shari bajó el estrado y fue a sentarse junto a él.

No se había recogido el pelo como solía hacer. Colgaba largo y brillando de un negro azabache que contrastaba con el reluciente crucifijo de plata que llevaba en la garganta. Era fácil darse cuenta de lo mucho que él le importaba viendo la fascinación que centelleaba en sus ojos verdes al escucharle. Era como si estuviera intentando con todas sus fuerzas tender un puente sobre el abismo que les separaba.

Y entonces, a las nueve en punto exactamente, Murphy entró en la clase y los murmullos cesaron casi de inmediato. Su presencia ejercía un magnetismo tal que nunca había tenido que levantar la voz o pedir que se callaran.

Murphy caminó hasta el pupitre que había en el centro de la sala y dejó sobre él los materiales que iba a usar durante la clase. Levantó la mirada hacia el silencioso público, comprobando rápidamente quién había venido a escucharle, y se sumergió directamente en la lección.

—El arca de Noé. ¿Hecho o fábula?

Durante los diez minutos siguientes Murphy habló sobre la historia del Diluvio y sobre cómo Noé construyó el arca, citando el Libro del Génesis de memoria y terminando con lo del arco iris.

—El arco iris era la promesa que hizo Dios a Noé de que nunca volvería a destruir el mundo haciendo subir las aguas.

Murphy encendió el proyector del PowerPoint.

—Como todos ustedes podrán comprobar en estas diapositivas, hay muchos historiadores y estudiosos que, a lo largo de los años, han mencionado el arca como un objeto real, e incluso han hablado de Noé. Recuerden, se trata de fuentes documentadas y ajenas a la Biblia. Así que, incluso sin echar mano de ésta, hay numerosas pruebas incluidas en el registro histórico como para concluir que sí tuvo lugar de verdad un diluvio universal en nuestro planeta hace más de cinco mil años.

El Pentateuco Samaritano — Siglo V a. C.
Habla sobre el lugar en el que tocó tierra el arca.

Los Targums — Siglo V a. C.
Habla sobre la ubicación del arca.

Beroso — Año 275 a. C.
Un sacerdote caldaico: «Se dice, además, que parte de la nave se encuentra todavía en Armenia (...) y que algunas gentes le quitan los trozos de pez y los utilizaban como amuletos».

Nicolás de Damasco — Año 30 a. C.
«Durante mucho tiempo se conservaron vestigios de las cuadernas.»

José — Año 75 d. C.
«Restos que aún hoy se muestran a aquellos que sienten curiosidad por verlos.»

Teófilo de Antioquía — Año 180 d. C.
«Y el arca, sus restos se pueden ver aún hoy en las montañas de Arabia.»

Eusebio — Siglo III d. C.
«Una pequeña parte del arca aún permanece en las montañas Gordianas.»

Epífanio — Siglo IV d. C.
«Los restos aún están a la vista y si uno busca con diligencia aún puede hallar el altar de Noé.»

> *Isidoro de Sevilla* — Siglo VI d. C.
> «De forma que incluso aún hoy queda madera suya a la vista.»
>
> *Al Masudi* — Siglo X d. C.
> «El lugar aún puede ser visto.»
>
> *Ibn Haukal* — Siglo X d. C.
> «Noé construyó una aldea allí, al pie de la montaña.»
>
> *Benjamín de Tudela* — Siglo XII d. C.
> «Omar Bin Ac Khatab se llevó partes del arca de la cima y construyó una mezquita con ellas.»

Murphy cedió el turno de palabra a las diapositivas proyectadas sobre la pantalla. La clase parecía atónita al descubrir que lo que pensaban que era un cuento de la Biblia había sido bien documentado por otras fuentes. Murphy apagó el proyector.

—¿Alguna pregunta hasta el momento?

Se alzó una mano justo delante de Murphy. Pertenecía a Paul Wallach. En un principio, Paul había venido a Preston para cursar empresariales, pero, en parte por influencia de Shari, se había convertido en un entusiasta estudiante de arqueología.

—Me he dado cuenta de que en sus diapositivas se mencionan varias cordilleras distintas, profesor Murphy. Están las montañas Gordianas, las de Arabia y las de Armenia. ¿No prueba eso que se inventaron la información y que en realidad nadie sabe nada?

Había algo más que una pizca de hostilidad y cierto aire retador en la pregunta de Paul, al que Shari miraba ahora con enojo.

Murphy sonrió, como era habitual en él incluso cuando se le retaba en público. Se podría haber escuchado el zumbido de una mosca en medio del silencio sepulcral de la clase, que esperaba su respuesta.

—Es una buena pregunta, Paul. Gracias por darnos la oportunidad de reflexionar sobre ello. La Armenia actual está a tan sólo unos kilómetros del monte Ararat. Turquía se ubica en el continente asiático, una zona del mundo a la que se conoce a menudo como región arábiga. En lo que respecta a la denominación de montañas Gordianas, debes recordar que estos escritores provenían de lugares diferentes y escribieron en épocas distintas. Los nombres de los sitios cambian a lo largo de los años. Estambul, en Turquía, se llamó en su día Constantinopla. El monte Ararat también es conocido como Agri Daugh, que significa *la montaña dolorosa*. La mayoría de los estudiosos creen que estos autores estaban haciendo referencia en general a una misma área, a la que otorgaban los únicos nombres que eran posibles en su época.

Paul parecía algo decepcionado, como si hubiera pensado su pregunta únicamente para provocar a Murphy y no le hubiera funcionado la treta.

Se alzó otra mano al fondo de la clase. Era la de Clayton Andersen, el payaso del grupo.

—¿Profesor Murphy? ¿Qué le dijo Noé a sus hijos mientras entraban todos esos animales en el arca?

Murphy sabía lo que iba a venir después.

—Me rindo, Clayton. ¿Qué fue lo que les dijo?

—Ahora soy el mayor pastor del mundo.

Algunos se rieron, la mayoría gruñó, y se alzaron nuevas manos.

—¡Terry! —dijo Murphy, señalando a un estudiante alto y delgado.

—¿Profesor Murphy? ¿Qué le dijo Noé a sus hijos cuando éstos querían ir a pescar?

—¿Qué, Terry?

—Racionad el cebo, chicos. Sólo tenemos dos gusanos.

A Murphy no le molestaba añadir un poco de humor a sus clases, pero no quería perder el control por completo de sus estudiantes.

—Sólo una pregunta más. Pam, tienes la última palabra.

—¿La mujer de Noé era Juana del Arca?

Murphy levantó ambas manos para calmar a los chicos.

—La respuesta corta es no, Pam. Pero si te interesa saber quién fue en realidad la mujer de Noé, creo que te puedo ayudar en eso. En el capítulo cuatro del Génesis se cuenta la historia de Caín y Abel. Caín tuvo un hijo al que llamó Henoc. Varios estudiosos judíos creen que Caín fue el inventor de los pesos y medidas y de algunos tipos de equipos de medición. Se basan en que construyó una gran ciudad que bautizó en honor a su hijo Henoc. Éste tuvo a su vez descendencia; así nació Lamec.

Murphy pudo leer en las caras sin expresión que tenía frente a él que tenía que acelerar su relato.

—¡Vale, tranquilos, esperad un segundo! Lamec tuvo tres hijos: Yabal, conocido como el antepasado de los que habitan en tiendas y crían ganado; Yubal, el padre de los músicos; y Tubalcaín, el padre de toda la metalurgia. Este último tenía una hermana llamada Naamá, que significa *bella*. Muchos antiguos estudiosos judíos creen que Naamá se convirtió en la esposa de Noé.

Parecía un buen momento para volver a usar el proyector. Murphy esperó un segundo o dos antes de encenderlo de nuevo.

—Nos habíamos quedado repasando documentos históricos sobre Noé y el arca. La siguiente diapositiva incluye una lista de un puñado más de autores que han hablado sobre el arca y su ubicación.

Otros autores históricos que han escrito sobre Noé y el arca

Jerónimo — Año 30 a. C.
El Corán — Siglo VII d. C.
Eutiques — Siglo IX d. C.
Guillermo de Rubruck — Año 1254 d. C.
Odorico de Pordenone — Siglo XII d. C.
Vicente de Beauvais — Siglo XIII d. C.
Ibn Al Mid — Siglo XIII d. C.
Jordanus — Siglo XIII d. C.
Pelogotti — Año 1340 d. C.
Marco Polo — Siglo XIV d. C.
González de Clavijo — Año 1412 d. C.
John Heywood — Año 1520 d. C.
Adam Olearius — Año 1647 d. C.
Jans Janszoon Struys — Año 1694 d. C.

Se alzó una mano en la parte del fondo de la clase.

—Profesor Murphy, una persona me ha dicho que se han encontrado pedazos del arca. ¿Es eso cierto?

Murphy tomó una honda bocanada de aire. Por un instante pensó que Shari le había hablado a alguien de sus aventuras en la Cueva de las Aguas y sobre su increíble hallazgo. Pero sabía que era una persona discreta, que incluso bajo tortura se habría llevado su secreto a la tumba.

—Bueno, ha habido algunos descubrimientos interesantes. El monte Ararat tiene unos 5.200 metros de altura. La mayoría de los avistamientos del arca han tenido lugar entre los 4.300 y los 4.900 metros de altitud. En 1876, el vizconde británico James Bryce escaló el monte Ararat en busca del arca. No la encontró, pero sí halló un pedazo de madera a unos 4.000 metros de altura. Déjame que te diga lo que afirmó entonces.

Murphy rebuscó en su escritorio hasta hallar una hoja de papel.

—Bryce dijo:

Ascendiendo con paso seguro por esa misma cresta, al superar los 4.000 metros de altura vi entre unas rocas sueltas un pedazo de madera de unos 122 centímetros de largo y 13 de ancho. No cabía duda de que había sido cortado con algún tipo de herramienta, y tan por encima del límite en el que acaban los bosques no podía de ninguna forma tratarse de un fragmento natural desprendido de un árbol...

—La pregunta es: ¿pudo ese pedazo de madera haberse desprendido del arca y rodar montaña abajo? En esa línea de razonamiento hay que decir que un hombre llamado E. de Markoff, miembro de la Sociedad Geográfica Imperial Rusa, encontró un trozo de madera a unos 4.300 metros de altura. Además, en 1936 un arqueólogo neozelandés llamado Hardwicke Knight descubrió unas cuadernas rectangulares marítimas que sobresalían de la nieve. Tenían entre 58 y 930 centímetros cuadrados. La madera era muy oscura y extremadamente blanda. Knight llegó a la conclusión de que había estado sumergida bajo el agua durante un largo periodo de tiempo.

Murphy se giró para coger otra hoja de papel de su escritorio.

—Éste es probablemente el hallazgo de restos de madera más famoso que se ha producido nunca sobre el límite en el que acaban los bosques. Lo hizo Fernando Navarra. En 1952 salió al frente de un equipo de rastreo en busca del arca. Caminaban sobre un campo de hielo transparente cerca del desfiladero Ahora cuando de repente vieron algo.

Frente a nosotros estaba en todo momento el profundo hielo transparente. Dimos unos pasos más y de pronto, como si se hubiera producido un eclipse solar, el hielo se volvió extrañamente oscuro. Pero el sol aún estaba allí y el águila seguía dando vueltas sobre nuestras cabezas. Estábamos rodeados de blancura, que se perdía en el horizonte, pero aun así bajo nuestros ojos se encontraba esta asombrosa sombra de negrura dentro del hielo, con un contorno claramente definido.

Fascinados e intrigados, comenzamos inmediatamente a dibujar su forma, cartografiando sus bordes metro a metro: aparecieron así dos líneas que se iban curvando progresivamente, que quedaban claramente definidas en una distancia de 300 cúbitos antes de encontrarse en el corazón del glaciar. La forma era, sin lugar a dudas, la del casco de un buque; en ambos lados los extremos de la sombra se curvaban como si formaran la borda de un gran barco. En cuanto a la parte central, se fundía en una masa negra cuyos detalles no era posible discernir.

—Navarra llevó a cabo dos intentonas más para averiguar qué era lo que había bajo el hielo. Una en 1953 y la otra en 1955. En su última expedición encontró restos de madera. Esto es lo que dijo, con sus propias palabras:

Una vez en el borde de la grieta, bajé el equipo con una cuerda. Luego aseguré la escalera y descendí, tras asegurar a Rafael que no tardaría mucho.

Al atacar la capa de hielo con mi piqueta pude sentir algo duro. Al horadar un agujero de unos 1.000 centímetros cuadrados y 20 centímetros de profundidad, atravesé una cúpula abovedada. Limpié todo el polvo de hielo que me fue posible.

Allí, sumergida en el agua, vi un pedazo de madera negra.

Se me hizo un nudo en la garganta. Sentí ganas de llorar y de arrodillarme allí mismo para dar gracias a Dios. ¡Tras la decepción más cruel, la mayor alegría! Contuve mis lágrimas de felicidad para gritar a Rafael: «¡He encontrado un trozo de madera!».

—Date prisa y vuelve, tengo frío —me respondió él.

Traté de sacar toda la viga, pero no pude. Debía de ser muy larga, y quizá aún estaba sujeta a otras partes de la estructura del barco. Sólo pude cortarla a lo largo de la veta hasta separar un pedazo de metro y medio de longitud. Era evidente que había sido tallado a mano. La madera, una vez fuera del agua, demostró ser sorprendentemente pesada. Tenía una densidad notable para haber estado tanto tiempo sumergida, y sus fibras no se habían dilatado tanto como uno podría haber esperado.

—Navarra hizo la prueba del carbono 14 al pedazo de madera, además de otros exámenes sobre formación de lignito, densidad granular, cambios celulares, anillos de crecimiento y fosilización. Los resultados sugerían una antigüedad de unos 5.000 años.

Sonó el timbre y todo el mundo pegó un brinco. Murphy había perdido la noción del tiempo.

—Gracias por vuestro interés, chicos. Siento que tengamos que dejarlo aquí, pero el próximo día repasaremos las historias de aquellos exploradores que aseguran haber entrado dentro del arca de Noé.

Mientras observaba cómo abandonaban el auditorio los estudiantes, se preguntó si no tendría dentro de no mucho tiempo una historia propia que contarles.

8

Era un bello día de primavera en el campus de Preston. Murphy había encontrado una mesa tranquila cerca del borde entre el césped y el pequeño estanque. Solía escapar siempre que le era posible del bullicio y ajetreo de los estudiantes en el área para almorzar. Ahora bebía una limonada y reflexionaba sobre el pedazo de madera del tamaño de un puño que descansaba bajo candado en el armario de su laboratorio.

Murphy tenía formación de arqueólogo, no de biólogo. Pero sus clases sobre el arca le habían hecho reflexionar sobre la increíble diversidad de la obra de Dios, sobre todo lo que Noé había salvado del Diluvio. Alzando los ojos para mirar la frondosa pradera del campus podía ver los cornejos en flor, con sus capullos de cuatro pétalos blancos. Aquí y allá había arces y tulíperos, con flores amarillas. Podía además ver la corteza rojiza con profundos surcos del pino de incienso.

Centró su atención en las azaleas que rodeaban el estanque. La fragancia de esas flores con forma de trompetillas llenaba el aire. Las abejas revoloteaban a su alrededor, sacando de ellas el néctar. Vio una atrapamoscas. Crecía en los húmedos bordes del estanque, bajo la luz directa del sol. Su trampa, rodeada con afiladas cerdas, estaba abierta, con sus sensibles pelillos listos para que una presa se acercara y los rozara. Murphy no tuvo que esperar demasiado. Una pequeña mosca se posó en un extremo de la planta y comenzó a avanzar hacia su corazón. Murphy observó cómo se iba aproximando cada vez más a los pelillos que actuaban como interruptor de la trampa. Entonces sucedió. En un instante la planta se había cerrado, zampándose su almuerzo.

Murphy se rascó la barbilla meditabundo. ¿Trataba alguien de decirle algo? ¿Quizá que las cosas bellas también pueden resultar mortales?

Antes de que tuviera tiempo de averiguarlo, su soledad se desvaneció.

—¡Profesor Murphy! ¿Podríamos hacerle algunas preguntas?

Se giró y vio a un grupo de estudiantes de su clase de arqueología.

—Por supuesto —respondió, indicándoles con un gesto que se sentaran. A veces resultaba frustrante cuando simplemente quería reposar y pensar, pero no podía quejarse de que sus estudiantes mostraran el suficiente interés sobre su asignatura como para buscarle y asaetearle con preguntas. Ser profesor era eso.

—Hemos estado hablando del arca de Noé —dijo un jovencito delgaducho con pelo largo y revuelto—. O sea, ¿pudo ocurrir de verdad como se dice en la Biblia? ¿Y cómo pudo Noé meter a todos los animales dentro del arca, por ejemplo?

—Es una buena pregunta —dijo Murphy, al tiempo que estiraba el brazo para coger su maletín. Lo abrió y sacó de él una carpeta. Revisó dentro de ésta hasta encontrar una hoja de papel.

—Aquí tienes unos datos que ha reunido Ernst Mayr. Puede que no te suene el nombre, pero es uno de los mejores taxonomistas del país. En esta tabla enumera todas las especies animales. Aquí tienes, échale un vistazo.

Murphy le entregó la hoja de papel, en la que se podía leer:

ESPECIES ANIMALES	
Mamíferos: 3.700	Artrópodos: 838.000
Aves: 8.600	Moluscos: 107.250
Reptiles: 6.300	Gusanos, etc.: 39.450
Anfibios: 2.5000	Coelenterados, etc.: 5.380
Peces: 20.600	Esponjas: 4.800
Tunicados, etc.: 1.325	Protozoos: 28.400
Equinodermos: 6.000	**Total:** 1.072.305

—¡Más de un millón de especies! Nadie puede haber construido un barco lo suficientemente grande como para meter dentro tamaña cantidad, ¿no? Sobre todo si había que coger a un par de cada, ¿verdad? —dijo uno de los estudiantes.

—Sí que parecen ser un montón —admitió Murphy—. Pero claro, muchas de esas especies no tenían que estar dentro del arca para sobrevivir al diluvio. Los peces, tunicados, equinodermos, moluscos, coelenterados, esponjas y protozoos, y muchos de los artrópodos y gusanos habrían estado mejor quedándose en el océano. Y algunos de los animales que necesitaban del arca para sobrevivir eran pequeños: ratones, gatos, pájaros y ovejas. Los animales grandes como elefantes, jirafas e hipopótamos son excepciones. La mayoría eran pequeños, y muchos expertos en esta área no creen que hubiera más de 50.000 animales terrestres en el arca.

—¡Todavía es un montón de animales! —dijo otro de los estudiantes.

—Es cierto, pero en el arca había más espacio del que creéis. Déjame ver si puedo ayudaros a haceros una idea. Un vagón de transporte de ganado tiene de media un volumen de 80 metros cúbicos. Se estima que el arca medía 140 metros de largo, 15 de alto y 25 de ancho. Eso significa que tendía un volumen de alrededor de 45.550 metros cúbicos. Ahora dividid esa cantidad entre los 80 metros cúbicos del vagón y os saldrá que el arca tenía el volumen equivalente a un tren de mercancías de 569 vagones.

—¡Es un tren bastante largo! —dijo riendo uno de los estudiantes.

—Sigamos con la explicación. Pongamos que se trata de vagones divididos en dos superficies; así cabrían 240 animales del tamaño de una oveja en cada uno de ellos. Ahora multiplicad 240 animales por 569 vagones y os saldrá que cabrían unos 136.560 animales dentro del arca. Restad los cerca de 50.000 que habíamos estimado que habría que meter y tendréis espacio para 86.560 animales más del tamaño de una oveja. Sólo un 36% aproximadamente del arca tendría que ser usado para guardar a los animales. El resto podría servir para almacenar comida y para que vivieran Noé y su familia.

—No tenía ni idea de que la arqueología bíblica tuviera tanto de matemáticas —dijo el estudiante delgaducho, meneando la cabeza.

Pero aún no se había rendido—. Está bien, hay sitio para todos en el arca, pero ¿de dónde sacaban agua para que bebieran todos esos animales? ¿No estaban en el océano, que está lleno de agua salada?

El resto de los estudiantes asintieron con la cabeza.

—Acuérdate de que la mayor parte del Diluvio era agua de lluvia. Con el nivel del mar por encima de las montañas más altas, el agua salada de los océanos se habría diluido lo suficiente como para beberla. Además puede que recogieran el agua de la lluvia en el techo del arca y la almacenaran en cisternas.

Parecieron quedar convencidos. Pero quedaba una pregunta más.

—Profesor Murphy, ¿por qué no se han encontrado más artefactos provenientes del arca de Noé si hay tanta gente que la ha visto?

Murphy sonrió. Le gustaba la forma en que sus estudiantes ponían a prueba sus creencias y su fe. Eso significaba que tenía que estar seguro de aquello en lo que creía y ser capaz de defenderlo contra cualquier contendiente.

—No estamos seguros de esto. Existe una explicación ligada al monasterio de San Jacobo.

—¿Dónde está eso? —preguntó una de las chicas.

—El monasterio de San Jacobo está en el monte Ararat. Se dice que lo fundó en el siglo IV un monje llamado Jacobo de Nisibis. Los monjes de San Jacobo asumieron la responsabilidad de custodiar las reliquias sagradas del arca. En 1829, el doctor J. J. Friedrich Parrot visitó el monasterio. Al parecer, le mostraron artefactos antiguos provenientes del arca.

—¿Cuáles? ¿Dónde están ahora? —inquirió uno de los chicos.

—Ojalá lo supiera —dijo Murphy—. En 1840 un tremendo terremoto sacudió el monte Ararat, causando un enorme alud de tierra. 2.000 personas perdieron la vida en la aldea de Ahora, bajo el desfiladero homónimo, y toda la comunidad, el monasterio de San Jacobo incluido, quedó sepultado. Todas las reliquias quedaron enterradas con él. Si creemos la afirmación de Ed Davis de que vio el arca, parte de aquellos artefactos siguen ocultos en una cueva de Ararat. Puede incluso que hayan sido custodiados por gente de fe.

Un fornido estudiante llamado Morris tomó la palabra y cambió el rumbo de la conversación.

—Profesor Murphy, usted ha mencionado que Jesús habló de los tiempos de Noé y de los tiempos de Lot en Sodoma. ¿Qué quiso decir?

Muphy agradeció que le dieran pie para llevar la charla a terrenos más espirituales.

—Él se estaba refiriendo a cuán malvada se había vuelto la sociedad. En el Libro del Génesis se dice: «Al ver el Señor que la maldad de los hombres sobre la tierra era muy grande y que siempre estaban pensando en hacer el mal». Dios iba a juzgar al hombre por su maldad con el Diluvio. Cuando Jesús dijo «como en los tiempos de Noé», se estaba refiriendo al hecho de que cuando Él vuelva para enjuiciarnos lo hará a un mundo lleno de gente a la que no le importan los asuntos divinos. Como tampoco le importaban a los contemporáneos de Noé o Lot.

Algunos estudiantes parecieron sorprenderse un poco por lo que les había dicho. Murphy sonrió.

—Déjame hacerte una pregunta, Morris. ¿Crees que la sociedad actual tiene unos principios morales absolutos?

Morris pensó su respuesta con cuidado. No quería caer en ninguna trampa.

—Supongo que la mayoría de mis amigos y de la gente que conozco dirían que no existen los principios morales absolutos. Ellos dicen que deberíamos aprender a ser tolerantes y a aceptar los puntos de vista de los demás.

Murphy asintió con la cabeza.

—La definición tradicional de tolerancia consiste en vivir en paz con los demás pese a nuestras diferencias. Pero esa visión de la tolerancia ha sido retorcida en nuestra época para que signifique que todo el mundo debe aceptar los puntos de vista de los demás sin hacer preguntas porque la verdad es relativa. Lo que es verdad para una persona no tiene que serlo para las demás, ¿no es eso?

—Exacto —dijo Morris, algo dubitativo.

—Eso es exactamente lo que estaba ocurriendo en los tiempos de Noé y en los de Lot. Todo el mundo hacía lo que le parecía correcto. Y lo mismo pasa hoy en día. La sociedad predica tolerancia con todos los puntos de vista y con todo el mundo; con una sola e importante excepción: aquellos que tienen una fuerte fe religiosa. Ahí es donde acaba su tolerancia basada en una doble moral. Aunque parezca increíble, la gente de fe es perseguida precisamente porque creen en una verdad absoluta, en principios morales absolutos. A eso es exactamente a lo que se refería Jesús —añadió, para luego hacer una pausa y mirar a todos y cada uno de los estudiantes directamente a los ojos antes de continuar—. Esto hace que me pregunte si no estamos viviendo los días previos al próximo juicio. Es algo sobre lo que reflexionar, ¿no creéis?

A Murphy le preocupaba haberse dejado llevar un poco por el entusiasmo, pero era un hombre de fuertes convicciones y fe y no estaba dispuesto a esconderlas ante nadie. Y ¿qué podría ser más importante que hacer que la gente reflexione en serio sobre el próximo juicio? No quería que nadie fuera dejado atrás si podían ser recogidos en el arca de la seguridad, y si podía hacer algo para remediarlo, lo haría.

Murphy consultó su reloj.

—Bueno, chicos, ha sido un placer hablar con vosotros. Tengo que irme, me espera mi siguiente clase. Pensad sobre lo que os he dicho. ¡Es importante!

Se fue sin que nadie dijera nada.

9

—Tomaré un café moca, por favor.

El Starbucks que había junto al campus de la Universidad de Preston era uno de los sitios favoritos de Shari. Siempre estaba lleno de profesores y universitarios, amén de estudiantes de un instituto cercano, el Hillsborough. Sin embargo, Shari sentía que, de alguna manera, allí podía escapar de todo y todos.

Sentada en una de las mesas cubiertas por sombrillas, con una gorra de béisbol calada sobre la cara, podía limitarse a observar a la gente e imaginar que no tenía ningún problema. O, como planeaba hacer esa tarde, concentrarse en los de otra persona.

—Perdona, ¿eres Shari Nelson?

Shari se giró y vio la cara de Tiffany Baines. Con ese pelo dorado hasta los hombros y el brillo de esos ojos marrones parecía más una animadora, no una delincuente. Resultaba difícil imaginársela lanzando latas de cerveza desde un coche en marcha al verla vestida así, con esa sudadera blanca con un gran emblema escarlata y la leyenda *Tar Heels* escrita debajo.[4]

—Y tú debes de ser Tiffany —dijo Shari, poniéndose de pie y dándole un apretón de manos—. Siéntate y deja que te pida algo. ¿Qué quieres?

---

4. La enseña de la Universidad de Carolina del Norte, y por extensión de su laureado equipo de baloncesto. Literalmente, significa *suelas de alquitrán*. *(N. del T.)*

—Gracias. Un café con leche estaría bien.

Tiffany era tan distinta a lo que Shari se esperaba que cuando regresó con su bebida no tuvo nada claro cómo empezar.

—¿Has estado siguiendo a los Tar Heels esta temporada?

—Claro, no me pierdo ni un partido. Sólo tengo una duda.

—Dispara.

—Nací y crecí en Raleigh, y veo todos los partidos. Y tengo una camiseta en la que pone *Tar Heels*, pero no sé a qué viene eso de *Tar Heels*, ¿te lo puedes creer?

Shari sonrió. No estaba segura de que lo de esta chica tan dulce y tontita no fuera sólo teatro.

—Todo se remonta a la guerra civil. Carolina del Norte estaba siendo atacada por el Ejército de la Unión. Los soldados confederados se batieron en retirada, dejando solos en la batalla a los habitantes de este Estado. Aquellos que quedaban para luchar amenazaron con poner alquitrán en las suelas de las tropas confederadas para que «en la próxima batalla se quedaran más tiempo».

Tiffany asintió con la cabeza, y Shari preguntó:

—¿Seguro que no lo sabías?

—De todo corazón —respondió Tiffany con una sonrisa, y por algún motivo Shari la creyó.

Una vez roto el hielo, Shari decidió meterse en materia.

—He estado hablando con el pastor Bob en la iglesia comunitaria de Preston. Sé que has estado yendo con tu madre desde hace ya tiempo. Con ese pelo es imposible no fijarse en ti, incluso en una iglesia llena de gente.

Tiffany suspiró.

—Supongo que suelo llamar la atención, ¿no? Créeme, en ocasiones preferiría fundirme con el paisaje —añadió. Luego, de repente, pareció ponerse seria—. El pastor Bob dijo que estaría bien hablar con alguien de mi edad de los que van a la iglesia, por si me había creído que todos eran viejos como él. Pero hay algo más detrás de todo esto, ¿verdad? No soy tan tonta como parezco, ¿sabes?

Shari asintió con la cabeza.

—El pastor Bob dijo que tenías problemas en casa. Y quizá te resulte más fácil hablar conmigo de eso antes que, bueno, ya sabes, con los *viejos*, supongo. Pero si no quieres, no pasa nada.

Tiffany bebió un sorbo largo de su café, y luego puso la taza de cartón sobre la mesa.

—No, no me importa hablarlo. Pareces ser alguien capaz de escuchar.

—Me esfuerzo por hacerlo —dijo Shari, asintiendo con la cabeza—. Y por no juzgar. Pero si compartir lo que me pasa a mí ayuda en algo, entonces estoy bien dispuesta a hacerlo también.

—Suena justo —respondió Tiffany, y procedió a contarle a Shari sus peleas con su padre y todos los problemas en los que se estaba metiendo por salir con la pandilla equivocada.

Cuando por fin terminó, Shari no hizo ningún comentario al respecto.

—¿Sabes?, yo también solía ser bastante rebelde cuando era más joven.

—¿Ah, sí?

—Ya lo creo. Mi padre y yo nos peleábamos todo el rato. Las cosas se pusieron muy feas en mi último año de instituto. Le amenacé con huir de casa en varias ocasiones. Incluso empecé a experimentar con las drogas y el alcohol.

Tiffany estaba boquiabierta de la sorpresa.

—Durante mi primer año en la universidad las cosas se enderezaron y empezaron a mejorar.

—¿Qué pasó?

—Bueno, conocí a unos estudiantes que pertenecían al club universitario cristiano. Me preguntaron si era feliz. Les dije que no. Y entonces me dijeron que podía serlo.

Shari siguió adelante, contándole a Tiffany cómo esos estudiantes se la fueron ganando hasta convertirse en sus amigos.

—Un día me preguntaron si creía en Dios. Compartieron conmigo cómo todo el mundo comete equivocaciones y cómo nuestros pecados y nuestros errores nos separan de un Dios sagrado. Después me aseguraron que Dios me ama. Me ama tanto que envió a su Hijo, Jesús, a morir por mí. Jesús pagó por mis pecados y volvió de la tumba para preparar un lugar para mí en el cielo. Me preguntaron si me gustaría recibir a Cristo en mi vida, y lo hice. Desde aquel día, las cosas comenzaron a cambiar.

—¿A qué cosas te refieres?

—Bueno, una de las primeras cosas de las que me di cuenta es de que me había hecho daño mi relación con mi padre. Nunca parecía ser capaz de agradarle. Y eso es lo que deseaba, lo deseaba desesperadamente. El daño se convirtió en ira. Y empecé a deprimirme. Empecé a no confiar en la gente. Sobre todo en mi padre. Le perdí el respeto, y el dolor dio paso al resentimiento y la amargura. Es entonces cuando empecé a rebelarme. No me di cuenta de lo que había estado pasando hasta que conocí a Cristo.

—¿Y qué hiciste?

—Pedí a mi padre que me perdonara por lo que había hecho. Él se había equivocado, pero yo también. Pedí perdón por lo que me tocaba. Él se echó a llorar y me pidió que le perdonara. Fue un gran día —añadió Shari, enjugándose una lágrima.

—¿Y ahora las cosas van bien entre vosotros?

Shari llenó sus pulmones de aire.

—Mi madre y mi padre murieron en un accidente no hace mucho. Vivimos cerca de un año y medio de felicidad antes de que él muriera. Me arrepiento tanto de todo el tiempo perdido. La vida es tan corta, y parece que siempre estamos haciendo daño a aquellos a los que de verdad más amamos.

Inconscientemente, Shari empezó a juguetear con la cruz de plata que llevaba alrededor del cuello. Su padre se la había dado como recuerdo de su relación renovada. Se quedó sentada así un momento, mirando al vacío sin ver a la gente que pasaba a su lado. Otra lágrima rodó por su mejilla, y en esta ocasión no hizo nada para detenerla.

Tiffany seguía en silencio. Cuando sintió que Shari estaba en condiciones de seguir hablando, dijo:

—Gracias por compartir todo eso conmigo, Shari. Me has dado mucho sobre lo que pensar.

Shari sonrió.

—Para lo que quieras, aquí estoy. ¿Quieres otro café?

—Gracias —dijo Tiffany, poniéndose en pie—, pero hay algo que tengo que hacer y no puede esperar. Tengo que ir a hablar con papá ahora mismo.

10

Murphy sondeó rápidamente su audiencia. El anfiteatro estaba lleno y todos los ojos estaba puestos en él. Había cerca de ciento cincuenta estudiantes en su controvertida clase de arqueología bíblica.

Shari estaba en su rincón habitual de la primera fila. Llevaba el pelo negro recogido en una coleta como siempre, pero no parecía tan animada como de costumbre. Había una sombra de tristeza en sus ojos verdes. El asiento junto a ella estaba vacío.

Alejó la mirada de Shari para dejarla vagar por el resto de la audiencia. Entonces vio a Paul. Estaba sentado a unas siete filas de distancia, a su izquierda, junto a un pasillo y no lejos de la puerta. ¿Por qué no se había sentado junto a Shari? ¿Se habían vuelto a pelear? ¿O estaba dejando volar demasiado su imaginación? Quizá simplemente había llegado tarde y se había puesto en el primer asiento vacío que había encontrado. Se apuntó mentalmente que tenía que preguntar a Shari luego; pero sutilmente, cómo lo habría hecho Laura.

—¡Buenos días! Me alegro de ver que hay aforo completo. ¡Supongo que será porque la semana pasada dije algo interesante! Bueno, vamos a empezar justo donde lo dejamos. El lunes, cuando sonó el timbre, estábamos hablando de los que habían descubierto trozos de madera en el monte Ararat. El último de los cuatro hombres a los que hice mención fue Fernando Navarra. Su pedazo de madera era muy antiguo. También repasamos 26 autores de la antigüedad y algunos más modernos que habían escrito sobre el arca de Noé. Hoy vamos a estudiar a algunos individuos que dicen hacer visto de verdad el arca e incluso haber entrado en ella.

Un murmullo de expectación recorrió la clase mientras Murphy ponía la primera diapositiva de la presentación en Powerpoint.

Aquellos que dicen haber visto el arca de Noé

Quién:
George Hagopian y su tío.

Cuándo:
Entre 1900 y 1906.

Circunstancias:
En dos ocasiones, la primera cuando tenía diez años de edad, y la segunda cuando tenía doce.

—El abuelo de George Hagopian fue ministro de la iglesia ortodoxa armenia cerca del lago turco de Van. Siempre decía que el barco sagrado se encontraba en una montaña y, un día, cuando Hagopian tenía unos diez años, le dijo que lo llevaría a ver el arca, que se encontraba a ocho días de viaje, aproximadamente. Según su abuelo, el arca podía verse porque el invierno había sido inusualmente suave en el monte Ararat. Cito sus propias palabras: «Cuando estábamos allí, la parte superior del arca se encontraba cubierta de una fina capa de nieve recién caída. Sin embargo, cuando la aparté pude ver que había un musgo verdoso justo en la superficie. Entonces arranqué un pedazo... era de madera. El musgo hacía que el arca pareciera porosa y enmohecida.

»En el tejado, junto a un hueco enorme, recuerdo haber visto pequeñas aberturas que hendían toda la superficie desde la parte delantera hasta la trasera. No sé cuántas eran exactamente, pero debía de haber al menos cincuenta recorriendo el centro a pequeños intervalos. Mi tío me dijo que esas aberturas eran para que pasara el aire.

»Ese tejado era plano, excepto por esa estrecha sección elevada y hendida de aberturas que se extendía de proa a popa».

* * *

Murphy hizo una pausa y miró a la audiencia, que parecía hechizada.

—La segunda ocasión en que Hagopian visitó el arca tenía doce años, acompañado de su tío también. En sus propias palabras: «Vi el arca en una segunda ocasión. Creo que fue en 1904. Habíamos ido a la montaña a buscar flores santas y regresé a la ubicación del arca, que seguía presentando el mismo aspecto. No había cambiado ni un ápice. Lo cierto es que no pude verla con claridad. Se encontraba sobre un escarpado saliente de roca verde azulada de unos 91,5 metros de ancho.

»Los laterales estaban inclinados hacia la parte superior y la parte delantera era plana. No vi ninguna curva remarcable. No se parecía a ningún otro barco que hubiera visto antes. Se asemejaba más bien a una barcaza de fondo plano».

—Las siguientes personas que dicen haber visto el arca fueron cinco o seis soldados turcos. También alegan haber encontrado estacas de madera que servían para ensamblar el arca. Éste es un extracto del contenido de la carta: «Al regresar de la Primera Guerra Mundial, yo y

---

Aquellos que dicen haber visto el arca de Noé

Quién:
Cinco o seis soldados turcos.

Cuándo:
En 1916, al regresar de Bagdad.

Circunstancias:
Escribieron una carta oficial a la embajada estadounidense en Turquía ofreciendo sus servicios como guías para aquellos que quisieran ver el arca.

---

cinco o seis amigos míos pasamos por el monte Ararat. Vimos el arca de Noé varada en la montaña. Medí la longitud del barco, ciento cincuenta pasos. Tenía tres pisos. Leí en los periódicos que un grupo de estadounidenses la estaba buscando. Me gustaría informales de que se la enseñaré personalmente, por lo que solicito su intervención para poder mostrarles el barco».

Aquellos que dicen haber visto el arca de Noé

Quién:
Ciento cincuenta soldados rusos.

Cuándo:
En el verano de 1917.

Circunstancias:
El zar envía dos divisiones de investigación formadas por [150] ingenieros y científicos de la armada a una expedición al monte Ararat en busca del arca.

—El siguiente avistamiento resulta aún más interesante. Un piloto ruso llamado Vladimir Roskovitsky sobrevolaba los alrededores del Ararat en el verano de 1917 cuando vio el arca. Informó a sus superiores y el zar envió dos equipos a investigar. Shari les repartirá dos folios en los que se resumen los hallazgos de los equipos de investigación.

Shari comenzó a pasar un fajo de folios impresos.

LA EXPEDICIÓN RUSA

Los investigadores rusos dicen haber medido el arca. Supuestamente, presenta 152,5 metros de longitud, un máximo de 25,30 metros de anchura, aproximadamente, y alrededor de 15 metros de altura. Si comparamos estas cifras con un cúbito de 508 milímetros, encaja proporcionalmente con el tamaño del arca de Noé que aparece en Génesis 6,15. El equipo de investigación [sic] pudo explorar la totalidad del extremo posterior del barco, entrando en primer lugar a la planta superior, una «planta muy estrecha con un techo muy alto». De ahí pasaron «paulatinamente de una sala a otra, todas ellas de distintos tamaños, pequeñas y grandes».

También había «una sala enorme, separada por una gran valla de gigantescos troncos de árbol», posiblemente, «los establos de los animales más grandes», como elefantes, hipopótamos y otros. De las paredes de las salas colgaban jaulas, «colocadas en fila desde el techo al suelo. Presentaban marcas de oxidación de las barras de hierro que originalmente estaban allí. Había muchas salas distintas, parecidas a éstas, en apariencia varios cientos de ellas. Resultaba imposible contarlas porque las más bajas e incluso parte de las más elevadas estaban inundadas de hielo. El barco estaba atravesado por un pasillo justo en el medio». El final del pasillo estaba repleto de divisiones que se habían venido abajo.

Y continúa la historia: «El arca estaba cubierta, tanto en su interior como en su exterior, de una especie de color marrón oscuro» que parecía «cera y barniz». La madera de la que estaba construida se encontraba en un magnífico estado de conservación, salvo 1) en el hueco de la parte delantera y 2) en el vano de la puerta del lateral del barco; en esos puntos, la madera aparecía porosa y se rompía con facilidad.

Página 1

LA EXPEDICIÓN RUSA

«Durante el examen de los alrededores del lago... se encontraron, en la cumbre de una de las montañas, restos de madera quemada, "y una estructura de piedras" a modo de altar. Las piezas de madera que se encontraron alrededor de esta estructura eran del mismo tipo que la del arca».

Se dice que un testigo ocular declaró:

Cuando el enorme barco por fin apareció ante sus ojos, se hizo un silencio sobrecogido y «sin que mediara una sola palabra, todos se quitaron el gorro, mirando respetuosamente hacia el arca; y todos sabían, lo sentían en su corazón y en su alma, que se encontraban en presencia del arca». Muchos «se santiguaron y susurraron una oración». Fue como estar en una iglesia, y las manos del arqueólogo temblaron al abrir el cierre de la cámara y tomar una fotografía del vetusto barco, como si estuviera «desfilando».

Nuestro guía, Yavuz Konca, declaró que un anciano jefe tribal kurdo recordaba el descubrimiento ruso en el verano de 1917. En aquella época, era un joven de dieciocho años. Recuerda que ese verano se produjo un acontecimiento poco habitual: los soldados rusos llegaron al pueblo lanzando al aire los gorros y disparando los rifles. Cuando les preguntó qué celebraban, le respondieron que habían encontrado el arca de Noé en el monte Ararat.

Se envió de inmediato por correo especial a la oficina del comandante en jefe de la armada, tal y como había ordenado el emperador, un informe detallado con la descripción y las medidas del arca, tanto interiores como exteriores, acompañado de fotografías, planos y muestras de madera.

Página 2

Murphy leyó la historia de la expedición rusa y dejó que la increíble leyenda calara en los oyentes. En cuanto lo hiciera, empezarían las preguntas.

—¿Profesor Murphy?

Murphy dirigió la mirada hacia la sección central del anfiteatro y sonrió. Don West, uno de sus alumnos de arqueología más aplicados, había levantado la mano.

—¡Sí, Don!

—¿Qué fue de todas las fotografías y medidas que tomaron los rusos?

—Buena pregunta, Don. La respuesta es que no sabemos con seguridad qué fue de ellas. Muchos creen que fueron destruidas durante la Revolución rusa, pero yo prefiero creer que están acumulando polvo en algún archivo olvidado. Además, existe una curiosa historia que apoya sus descubrimientos. Una familiar de uno de los miembros de la expedición trabajaba como doncella en el palacio del zar. Declara haber visto las fotografías e informes. Se los mostró el médico jefe de la expedición. Según su testimonio, en las fotografías se aprecia que el arca tiene tres plantas y que en lo alto del tejado hay una pasarela hasta la altura de la rodilla con aberturas en la parte inferior.

Murphy pasó una nueva diapositiva en el proyector.

—Hay otra serie de personas que afirman haber visto o incluso haber subido al arca de Noé, pero sólo les hablaré de una de ellas. Su nombre es Ed Davis.

Murphy estaba haciendo una pausa para ordenar sus pensamientos, cuando la puerta de la sala de conferencias se abrió. Reconoció la silueta de Levi Abrams a contraluz. «¿Qué puede haberlo traído aquí?», se preguntó antes de continuar.

Aquellos que dicen haber visto el arca de Noé

Quién:
Ed Davis.

Cuándo:
En el verano de 1943.

Circunstancias:
Mientras trabaja para el cuerpo de ingenieros de la Armada, unos amigos lo llevan al monte Ararat para ver el arca de Noé.

—Ed Davis estaba trabajando para el 363 cuerpo de ingenieros de la Armada. Estaba destinado en una base en Hamadán, Irán, construyendo una estación en la ruta de abastecimiento de Turquía a Rusia. Su chófer, Badi Abas, señaló a Agri Daugh, o Ararat, y dijo: «Ése es mi hogar». La conversación desembocó en el arca de Noé y Abas le dijo a Davis que podía llevarlo a verla. Atravesaron en coche las laderas del Ararat y continuaron a pie. Por el camino pasaron por un pueblo cuyo nombre significa *Donde Noé plantó la vid*. Davis declaró que las viñas eran tan antiguas y grandes que no era capaz de rodearlas con los brazos. Entonces, Abas le dijo a Davis: «Tenemos una gruta repleta de objetos procedentes del arca. Los recogemos para preservarlos de extraños que podrían profanarlos». Davis relató: «Esa noche me enseñaron los objetos. Lámparas de aceite, cubas de cerámica, herramientas antiguas, cosas de ese tipo. Veo una puerta con forma de jaula, de entre 800 y 1.000 milímetros, hecha de ramas entrelazadas. Es dura como la piedra, parece petrificada. Tiene una cerradura o candado tallado a mano. Incluso puedo ver el veteado de la madera.

»Dormimos. Al despuntar el alba, nos vestimos con ropa de montaña y traen caballos. Parto con siete miembros, todos hombres, de la familia Abas y cabalgamos durante lo que me parece una eternidad.

»Por fin llegamos a una cueva escondida en las profundidades de las laderas del gran Ararat. La cueva se encontraba a unos 2.500 metros, junto a la pared occidental de la garganta Ahora. Me contaron que T. E. Lawrence [de Arabia] se escondió en esta cueva. En ella hay hongos que brillan en la oscuridad. Dicen que Lawrence se los puso en la cara para convencer a los kurdos de que era un dios y conseguir así que se unieran a él en su lucha contra los turcos.

»En un momento dado, los caballos ya no podían seguir el sendero. Tras tres días escalando llegamos a la última cueva. En su interior hay unas inscripciones extrañas, hermosas y antiguas, sobre las paredes de piedra y una especie de lecho o formación de roca natural cerca del fondo de la caverna.

»Al día siguiente hicimos senderismo durante un tiempo. Finalmente, Abas señala. Entonces la veo —una estructura enorme, rectangular, hecha por el hombre y cubierta de un talud de hielo y rocas, situada en el lateral—. Son perfectamente visibles 305 metros, como mínimo. Incluso puedo apreciar el interior, el extremo donde está despedazada. Sobresalen algunas cuadernas, como giradas o retorcidas y el agua sale en cascada por debajo.

»Abas señala el cañón y puedo ver otra parte del arca. Veo cómo las dos partes estuvieron unidas en su día —las cuadernas parecen encajar—. Me dijeron que el arca se había fragmentado en tres o cuatro enormes partes. En el interior del extremo despedazado de la parte más grande veo tres plantas como mínimo y Abas dice que hay una zona habitable cerca de la parte superior que cuenta con cuarenta y ocho habitaciones. Dice que hay jaulas en el interior tan pequeñas como mi mano y otras lo bastante grandes como para albergar a una familia de elefantes.

»Empezó a llover y tuvimos que regresar a la cueva. Al día siguiente estaba nevando tan fuerte que no pudimos descender hasta el arca. Nos vimos obligados a marcharnos de la montaña. Tardamos cinco días en salir de ella y llegar hasta mi base».

Se encendieron las luces y varias manos se levantaron. Murphy podía ver a Levi Abrams de pie tras la última fila exhibiendo su gran sonrisa israelí. Sus miradas se cruzaron y se produjo un movimiento afirmativo de cabezas apenas perceptible.

—¿Sí, Carl? —Murphy señaló hacia su derecha.

—Profesor Murphy. En la historia de Badi Abas, Davis menciona que el arca está fragmentada. En los otros avistamientos el arca estaba de una sola pieza. ¿Por qué no coinciden las versiones?

—No lo sabemos con certeza, Carl. Es posible que los primeros avistamientos del arca tuvieran lugar cuando se encontraba sobre el precipicio de la garganta Ahora. El movimiento del glaciar y/o una avalancha podría haberla empujado por la garganta y haberse fragmentado en la caída. El monte Ararat es conocido por los terremotos y las avalanchas.

Murphy miró de reojo el reloj de la pared. Sabía que el timbre sonaría en unos instantes.

—Casi no nos queda tiempo, pero antes de que termine la clase quiero encomendarles una tarea.

Los que ya habían cerrado los cuadernos anticipándose al timbre gruñeron y volvieron a abrirlos.

—Quiero que investiguen a ver qué pueden encontrar en la historia sobre Noé y el Diluvio. Jesús habla incluso sobre Noé cuando dice en Lucas 17: «Como sucedió en los días de Noé, así será en los días del hijo del hombre. Comían, bebían y se casaban ellos y ellas, hasta que Noé entró en el arca, vino el diluvio y acabó con todos. Lo mismo sucedía en los días de Lot: comían, bebían, compraban, vendían, plantaban, edificaban; pero el día en que Lot salió de Sodoma llovió fuego y azufre del cielo y acabó con todos. Así sucederá el día en que el hijo del hombre se manifieste».

—El arca de Noé es un testimonio de que Dios no permitirá que la maldad campe a sus anchas eternamente.

—Profesor Murphy, tengo una pregunta —dijo un estudiante llamado Theron Wilson.

—Dispara, Theron.

—¿De verdad usted cree que algún día encontraremos el arca?

La pregunta dejó a Murphy a contrapié durante unos instantes. Finalmente, respondió:

—Probablemente hay una razón para que haya estado escondida durante todo este tiempo. Dios necesitaría un buen motivo para permitir que alguien la revele al mundo de nuevo. Revelarla ahora significaría enviar un mensaje, un mensaje sobre cuánta maldad hay en el mundo y cómo tenemos que hacer algo al respecto. Quizá ahora sea un buen momento para que alguien vaya en su busca.

Se produjo un elocuente silencio mientras los oyentes valoraban sus palabras. Entonces, el timbre los devolvió al presente.

11

Vernon Thielman estaba sonriendo para sí mismo mientras tomaba una profunda bocanada del fresco aire vespertino. Era viernes por la noche y se sentía contento de no tener asignado el turno del cementerio. Apretó el botón de la luz de su reloj.

Las diez y media. Casi he terminado y la noche todavía es joven.

La luna llena estaba logrando que su trabajo como vigilante nocturno fuera coser y cantar. Desde lo alto del tejado del Smithsonian, podía ver a todo el que entrara en el aparcamiento que flanqueaba las dos partes posteriores del edificio. A medida que se trasladaba diagonalmente por el tejado hacia el otro extremo, podía ver la calle Quinta, que se extendía hacia el norte y hacia el sur, y el bulevar Milford, que se extendía al este y al oeste. No había mucho tráfico para ser un viernes por la noche.

Tras las violentas muertes de dos vigilantes nocturnos y el robo de una sección de la Serpiente de Bronce de Moisés de la Fundación Pergaminos para la Libertad, se había asignado a un guarda de seguridad para que vigilase el tejado. A pesar de la ansiedad que habían provocado ambas muertes, el puesto en el tejado se consideraba un trabajo relativamente seguro. Al fin y al cabo, su trabajo esa noche consistía en observar e informar, no en enfrentarse a nadie ni ponerse en peligro. Dado que el personal de seguridad había negociado una paga extraordinaria por peligrosidad, Thielman consideraba que había hecho un trato bastante bueno.

Resulta difícil de creer, pero al parecer los dos guardas habían sido asesinados por pájaros. Halcones peregrinos para ser exactos. Aves de presa que habían sido entrenadas para utilizar sus afilados espolones y picos como cuchillas contra el hombre, en lugar de contra sus presas habituales: palomas y cuervos.

Parecía poco probable que se volviera a producir un incidente tan peculiar, pero Thielman no quería arriesgarse. Cada vez que escuchaba un graznido o el batir de unas alas, su mano salía disparada hacia la porra de su cinturón —lista para alejar a golpes a cualquier atacante alado—. Y ya había comprobado la zona del tejado varias veces en busca de halcones merodeadores.

Afortunadamente, esa noche no había aparecido más que un gorrión.

Sin embargo, vio un todoterreno verde oscuro que bajaba lentamente la calle Quinta y giraba a la derecha hacia Milford. El todoterreno se detuvo frente a la fundación y un hombre de gran estatura salió del vehículo. Miró en ambas direcciones como si fuera a cruzar la calle, pero se quedó de pie junto al vehículo. Entonces, el hombre miró hacia el tejado y Thielman tuvo la extraña sensación de que sabía que estaba allí. No podía ver su rostro, pero algo en la situación hizo que un escalofrío le recorriera la espalda.

Thielman se acercó al extremo del tejado para poder ver mejor, pero el rostro del hombre estaba en sombra.

De repente, el hombre levantó la mano, la sostuvo en el aire durante unos instantes y después se golpeó el muslo con ella. Simultáneamente, Thielman escuchó un alarido estridente a sus espaldas y se giró para ver una forma oscura dirigiéndose como una flecha hacia su cara. Buscó a tientas en su cinturón, retrocedió un paso instintivamente y tropezó con un hilo tensado entre dos salidas de aire de acero. Girándose torpemente, consiguió evitar la caída sujetándose a la barandilla que rodeaba el tejado.

Durante un segundo, se felicitó a sí mismo por sus rápidos reflejos. *No está tan mal para un viejo*, pensó.

Y, entonces, la barandilla se partió en dos como una barra de pan duro y cayó al vacío, girando sin control mientras el suelo se aproximaba a toda velocidad para fundirse con él en un demoledor abrazo.

Para cuando el extraño se había acercado tranquilamente al cuerpo de Thielman y la loca disposición de sus miembros sobresaliendo por extraños ángulos, el último espasmo muscular había finalizado su macabra danza y reinaba el silencio. Hizo una breve pausa para saborear los aromas acres de la muerte violenta y después arrastró el cadáver alrededor del edificio hasta la parte trasera y lo tiró entre los arbustos.

Miró hacia arriba mientras un estornino se posaba suavemente en su hombro y se arreglaba las plumas con el pico. Sus dientes formaron una sonrisa nauseabunda. Los estorninos son aves maquiavélicas, además de grandes imitadores.

—Parece que le has dado un susto de muerte a nuestro amigo, pequeño.

El pájaro trinó, ladeó la cabeza y se marchó volando. El hombre se dirigió silenciosamente hasta una de las grandes ventanillas y sacó un puñado de herramientas de una mochila. Primero sostuvo lo que parecía el control remoto de una televisión, lo apuntó hacia la ventana y presionó una serie de botones. Al cabo de unos segundos, parpadeó una luz roja y un *bip* le avisó de que el sistema de alarma había sido neutralizado.

A continuación, colocó una copa de succión en la ventana y le anexó un brazo con un cortavidrios.

Haciendo presión en el cortavidrios, dibujó un círculo alrededor de la copa de succión, lo golpeó una sola vez con su mano enguantada y el cristal saltó pegado a la copa de succión. Lo dejó en el suelo, apartó las herramientas y se coló a través del agujero.

En la tercera planta del edificio, otro guarda de seguridad comprobaba metódicamente las puertas a medida que recorría el pasillo. Por ahora, todo estaba en orden. Nada se encontraba fuera de su sitio. Otra noche tranquila.

Le preocupaba que quizá fuera demasiado tranquila. Últimamente había sufrido problemas de audición —su mujer juraba que tenía que gritar para llamar su atención— y cuando se encontró envuelto en el silencio absoluto, no estaba seguro de si simplemente no era capaz de escuchar los sonidos más sutiles. Ese tipo de ruidos esenciales en su trabajo.

Por ejemplo, ese débil gruñido, que desapareció tan deprisa como había venido... ¿Se lo había imaginado? ¿O era en realidad un grito —otro guarda con problemas en alguna otra parte del edificio— y debería correr en su ayuda, pedir refuerzos, pues todo segundo perdido era una cuestión de vida o muerte?

Se detuvo. El ruido de una caída. Sin duda, el ruido de una caída. Como un saco de harina golpeando el suelo. Después, más silencio. Sin embargo, esta vez el silencio era más lúgubre.

Abrió la puerta de una de las oficinas rápidamente, se coló dentro y la atravesó en dirección a la ventana que daba a la calle Quinta. Todo estaba en orden. No obstante, mejor seguro que arrepentido. Llamó a Thielman por radio.

No hubo respuesta.

Mala señal. Sintió como el vello se le erizaba. Pulsó más números en el *walkie-talkie*.

—Aquí Robertson llamando a Caldwell, ¿cuál es tu ubicación?

—Aquí Caldwell. Estoy en el sótano.

—De acuerdo. Voy al tejado a ver por qué Thielman no responde. ¿Por qué no subes y me acompañas?

—Voy hacia allí.

Robertson se dirigió hacia las escaleras, pero despacio. Le dio a Caldwell tiempo de sobra para alcanzarlo. No merecía la pena arriesgarse más de lo necesario.

Garra oyó abrirse la puerta del sótano y se escondió rápidamente entre las sombras, junto al hueco de la escalera. Unos segundos después, Caldwell pasó corriendo junto a él. Garra se quedó sorprendido momentáneamente por la velocidad del guarda. Según su experiencia, estos polis de alquiler se lo tomaban con mucha calma —sobre todo si se trataba de investigar una situación sospechosa—, pero éste parecía decidido a llegar a la fuente del problema tan deprisa como pudiera.

En ese caso, Garra tenía que indicarle que estaba yendo en la dirección equivocada.

—Perdone, señor.

Caldwell se dio la vuelta mientras su mano se dirigía instintivamente hacia la automática que llevaba en la cadera.

—Parece que me he perdido.

Caldwell se acercó precavidamente, incapaz de descifrar los rasgos del hombre que acechaba en el hueco de la escalera.

—Sin duda, caballero. ¿Puede acercarse a la luz, por favor?

—Por supuesto —replicó Garra, adelantándose al mismo tiempo que rodeaba el cuello de Caldwell con su brazo derecho. Antes de que Caldwell pudiera reaccionar, su laringe y sus arterias carótidas ya apenas respondían. Cayó como un fardo al suelo mientras dos fuentes gemelas de sangre teñían la pared de rojo chillón.

Garra se limpió cuidadosamente la sangre del dedo índice artificial en la chaqueta de Caldwell y sonrió.

—Gracias por su ayuda. Creo que ya puedo seguir solo.

Cuando Robertson llegó al tejado, no vio a Thielman por ninguna parte. Fue hasta la esquina que daba a la calle Quinta con Milford. Todo estaba tranquilo salvo por un todoterreno verde que estaba aparcado al otro lado de la calle. Cuando caminaba por el lado del tejado que da a Milford, su linterna iluminó la barandilla rota. Se asomó y vio algo en la acera que parecía una enorme mancha de aceite. A continuación, cruzó hasta la esquina que daba a los dos aparcamientos y, con el haz de la linterna, dibujó lentamente un arco por el suelo en dirección a los arbustos.

Se le escapó un grito ahogado cuando vio dos zapatos negros sobresaliendo.

Sacó la automática de su funda, le quitó el seguro y volvió corriendo hasta la puerta del tejado. Sólo podía pensar en una cosa: *ir a la cuarta planta y accionar la alarma*. Siete minutos después, el lugar se llenaría de policías.

Lo único que tenía que hacer era sobrevivir durante esos siete minutos.

* * *

La desordenada cabellera roja brillante de Isis McDonald se esparcía sobre la mesa y su pálida cara estaba recostada sobre una polvorienta copia del *Glossary of Sumerian Script* del Seagram. El libro había quedado abierto por la página que estaba leyendo cuando se quedó dormida. No era tanto que hubiera estado trabajando doce horas seguidas (lo habitual cuando no lograba resolver un problema filológico y se convertía en una fuente de irritación leve pero constante), sino que, como el sentido del tiempo la abandonaba cuando se sumergía en su trabajo, sencillamente apoyaba la cabeza para echarse una siesta cuando se sentía cansada.

Había estado dormitando unos veinte minutos y lo normal es que hubiera dormido otra media hora antes de despertarse como nueva, aunque ligeramente dolorida, y lista para atacar el problema con vigor renovado.

Sin embargo, esta vez la despertó el sonido de una alarma.

Se incorporó tratando de recomponerse. ¿Había un incendio? ¿Había alguien allanado la fundación? Entonces oyó una serie de ruidos estruendosos en el laboratorio al lado de su despacho. Parecía como si un loco estuviera arrasando con todos los objetos. Todavía medio dormida, abrió la puerta y encendió la luz.

*　*　*

Un hombre con pelo moreno, ojos grises y rostro pálido se giró para mirarla. Su mirada le puso la piel de gallina.

Había visto esa mirada antes. Al igual que Laura Murphy.

Retrocedió camino de su mesa, donde una automática 32 —todavía sin estrenar— reposaba en un cajón entre un revuelo de material de oficina.

No logró dar ni una sola zancada antes de que él la alcanzara.

La agarró con su brazo izquierdo y la sacudió. Su frente chocó con un sólido y certero puño. Isis regresó por los aires hasta su mesa, tirando el ordenador al suelo y los papeles por todas partes. No tuvo tiempo de gritar antes de que una negrura adormecedora se apoderara de ella.

Garra se situó rápidamente a su lado y rodeó su delicado cuello con las manos. Sus pulgares empezaron a bajar por su laringe.

—Exquisito —susurró.

No había nada más placentero que un asesinato cara a cara. Especialmente si se había tenido tiempo para imaginarlo.

—¡No se mueva!

Garra sabía sin necesidad de girarse que había una pistola apuntándolo, pero no dio muestra de alarmarse. Soltó la garganta de Isis, dejando que cayera al suelo aparatosamente y se dio la vuelta hacia el último guarda de seguridad.

—Suba las manos donde pueda verlas.

Garra subió lentamente las manos, mirando al guarda a los ojos.

El guarda apartó la mirada de Garra brevemente para mirar a Isis y Garra fue consciente al instante de su dilema. Si ella estaba gravemente herida, necesitaba asistencia médica inmediatamente, ¿cómo iba a hacerlo sin perder a Garra de vista?

En esa fracción de segundo que le proporcionó la indecisión del guarda, Garra se llevó una mano detrás del cuello y deslizó un cuchillo en su palma.

—¡He dicho manos arriba! —bramó Robertson, un segundo antes de que el cuchillo se insertara en su garganta con un sonido similar al de un cuchillo de carnicero. Dejó caer la pistola y sus manos se cerraron sobre la empuñadura del cuchillo, en un intento de sacárselo, pero apenas tenía fuerzas. Se deslizó sobre las rodillas a cámara lenta y después cayó sobre Isis casi elegantemente.

Garra miró a Isis y después ladeó la cabeza al escuchar las sirenas acercándose.

—En otra ocasión —dijo con desdén.

* * *

El teléfono sacó a Murphy de un sueño profundo. Los fragmentos de un sueño demoledor —Laura riendo en la ladera de una colina, piar de pájaros, la palabra *Jasmine*— cayeron en la oscuridad a medida que despertaba completamente. El *ring* continuaba. Finalmente, se dio cuenta de que era el teléfono.

—¿Murphy?

—Michael, soy Isis. Siento haberte despertado.

Durante los suplicios que compartieron, él había presenciado el abanico completo de sus emociones, de la euforia a la desesperación, pero el terror en estado puro que notaba en su voz era una preocupante novedad.

—Isis, ¿qué ocurre? ¿Qué pasa?

Isis comenzó a hablar, pero sus palabras se deshicieron en llanto.

—Respira profundamente.

Murphy esperó hasta que los sollozos se apagaron.

—Cuéntame qué ha sucedido.

Entrecortadamente, con varias interrupciones para seguir llorando, Isis le relató todo lo que pudo recordar de la terrible experiencia, aunque el golpe en la cabeza y la subsiguiente conmoción habían desordenado la secuencia de los acontecimientos en su memoria.

Un caos de emociones distintas se arremolinó en la mente de Murphy. Lástima, culpa pero, sobre todo, ira.

—Tomaré el primer vuelo que salga de Raleigh. No debería haberte mezclado en esto. ¿Estás segura de que no tendrías que estar en el hospital? ¿Te han dado el alta o ha sido tu cabezonería?

—No, Michael —lo interrumpió—. No es culpa tuya. Estoy bien. Sólo estoy temblando, eso es todo. La policía me pidió que me fuera a casa de mi hermana en Bridgeport, Connecticut. Te estoy llamando desde allí. Tienen un coche patrulla vigilando la casa. Quieren que me quede aquí hasta que averigüen qué sucedió.

Murphy agarró el teléfono con tanta fuerza que sus nudillos palidecieron.

—Sabemos lo que ha sucedido, Isis. Sabemos quién lo ha hecho, quién ha asesinado a los guardas, quién te atacó. Te habría matado si la policía no hubiera...

Su voz se apagó al ocurrírsele otra cosa.

—El fragmento de madera, ¿sigue en el laboratorio?

Isis rió a través del llanto.

—Por un momento creí que estabas preocupado por mí.

—Lo estoy, Isis —protestó.

—Pero hay otras cosas más importantes de las que preocuparse, ¿no es cierto? No te preocupes, Michael, lo entiendo. Sin embargo, la respuesta a tu pregunta es no. La madera ha desaparecido.

—Así que eso es lo que vino a buscar.

—Eso parece —corroboró Isis—. Pero eso no es todo.

—¿Qué quieres decir?

—Seguimos investigando y descubrimos que esa madera no sólo

tenía cinco mil años de antigüedad, sino que contenía isótopos radioactivos y apenas ningún resto de potasio 40. ¿Qué conclusión sacas?

El cerebro de Murphy empezó a funcionar a toda velocidad.

—El potasio 40 se encuentra prácticamente en todas partes. Es uno de los responsables del proceso del envejecimiento. Si esta pieza de madera apenas presenta restos de potasio 40, podría significar que no había mucho en el mundo anterior al diluvio, lo que tiene sentido ya que era normal que la gente común y corriente viviera cientos de años en aquel entonces. Sin embargo, después del diluvio, la esperanza de vida se redujo a los niveles actuales.

—¿Cómo explicarías todo eso?

Murphy reflexionó durante unos instantes.

—Algunos científicos creen que, en un momento dado, existía una capa de agua alrededor de la tierra que se llamaba manto de agua. Podría haber filtrado rayos ultravioleta dañinos del sol. Eso explicaría la reducción de potasio 40. También se cree que cuando llegó el diluvio, el manto de agua colapsó, lo que ayudó a que las corrientes de agua sobrepasaran las montañas más altas. Con el manto de agua desaparecido, el potasio 40 empezaría a aumentar.

Se produjo un largo silencio al otro lado de la línea. Entonces, Isis dijo:

—Quieres encontrar el arca, ¿verdad, Michael? Quieres demostrar de una vez por todas que la historia de la Biblia es cierta.

—Sí. Sin duda. Pero quizá existen otras razones para buscar el arca. Por ejemplo, el secreto de alargar la vida. Y quizá otros secretos también. Murphy hizo una pausa, perdido en sus pensamientos. Cuando volvió a hablar, su tono había cambiado.

—No hace falta que te diga lo importante que podría ser todo esto, Isis. Sin embargo, ahora mismo no tiene ninguna importancia. Lo único que importa es que estás sana y salva. No creo que pudiera soportar otra pérdida, ¿sabes?

Ninguno de los dos habló durante un largo rato.

12

Levi se sentó en una de las sillas desocupadas de la sala de conferencias y contempló cómo un puñado de estudiantes ansiosos acribillaban a preguntas a Murphy. Le sorprendía su paciencia. La mayoría de los eruditos consideraban la enseñanza una interrupción molesta en sus propios estudios, pero era obvio que a Murphy le preocupaban sus alumnos tanto como la arqueología. Levi era consciente de que su presencia debía de haber intrigado a Murphy, aunque no dio señales de tener prisa en deshacerse de los estudiantes. Sin embargo, al final el último de ellos abandonó la sala de conferencias y Murphy se acercó a su viejo amigo.

—No sabía que te interesaba el arca de Noé, Levi. Si lo hubiera sabido, te habría reservado un asiento en la primera fila.

—Quizá sé más sobre el tema de lo que crees —replicó Levi fríamente—. Cuando estaba en el Mossad corrían rumores de que el arca estaba en el monte Ararat. Al parecer, la CIA tomó fotos por satélite de la zona. Muy interesantes, según me han contado.

Murphy se había quedado de piedra.

—¿Llegaste a verlas?

—Era alto secreto. De hecho, no debería estar hablando de ello. Podría contártelo, pero... tendría que matarte.

Miró a Murphy con sus intensos ojos negros y Murphy lo creyó. Entonces, Levi se echó a reír de repente y Murphy comprendió que estaba bromeando. Al menos por lo que a matarlo se refería.

—Así que no has venido para asistir a una de mis conferencias.

Levi se encogió de hombros.

—Estaba en la zona por motivos de trabajo y se me ocurrió hacerte una visita. He traído mi equipo de deporte ¿Te apetece dar unos golpes? Después, si todavía sigues vivo, te invitaré a comer —respondió con una sonrisa.

—Y ¿si no lo estoy?

—Entonces invitas tú, por supuesto.

Cuando se conocieron hacía un par de años, Levi conquistó a Murphy prácticamente de inmediato. Procedían de entornos diferentes y tenían perspectivas distintas del mundo en muchos sentidos, pero ambos eran aventureros de corazón. Disfrutaban poniéndose a prueba, física y mentalmente, y Murphy siempre tenía la sensación de haber aprendido algo nuevo después de estar con él —normalmente un movimiento de artes marciales.

En el gimnasio, Levi y Murphy calentaban con ejercicios de estiramiento para asegurarse de no sufrir tirones. A continuación, ambos adoptaron la «posición del jinete» y la mantuvieron mientras lanzaban centenares de ganchos de derecha y de izquierda. Murphy sintió el dolor en los muslos enseguida, mientras parecía que Levi estaba relajándose en un sillón frente al televisor.

—¿Estás preparado para algo nuevo? —preguntó Levi.

—Suéltalo —gruñó Murphy.

—Vamos a practicar una *kata* que contiene veintisiete movimientos. Se llama Heian Yodan. La enseñaba Gichin Funakoshi, el maestro del kárate.

Levi asumía siempre el papel de profesor paciente, incluso en medio de una sesión de entrenamiento de alto impacto. Era una mezcla de estilo, velocidad y potencia. Murphy siempre se quedaba boquiabierto ante lo rápido que era capaz de mover su fornido cuerpo —y con una fuerza letal.

Murphy sabía que Levi había aceptado un trabajo como jefe de seguridad en una compañía de alta tecnología en la zona de Raleigh-Durham. Sin embargo, sospechaba que aún le unían fuertes lazos con el Mossad y otros servicios de inteligencia de diversos países.

Durante una hora, Levi arrastró a Murphy a través de la desconocida *kata*, hasta que Murphy sintió que algo nuevo había sido programado en sus doloridos miembros —una forma nueva de moverse y de ver—. Justo en el momento en que pensaba que iba a colapsar, Levi aplaudió y adoptó una postura de relajación. Murphy siguió su ejemplo, agradecido.

Esperó a que su respiración se estabilizara y, entonces, dijo:

—De acuerdo, Levi. Gracias por la clase, pero ¿cuál es la verdadera razón de tu visita?

—Puede que tu cuerpo sea lento, pero veo que tu mente sigue siendo rápida —rió Levi—. Recibí una llamada de Bob Wagoner la semana pasada. Quería interesarse por cómo estabas sobrellevando la pérdida de Laura. —Miró a su amigo directamente a los ojos.

—¿Qué tal la estás llevando?

Aunque dolorosa, Murphy no lamentó la pregunta. Levi nunca llegaría a ser un gran diplomático, pero su sinceridad a veces resultaba refrescante. Murphy odiaba cuando la gente no mencionaba el nombre de Laura para no herirlo. Quería que hablaran de ella y la recordaran, aunque eso intensificara el dolor que sentía en su corazón.

—Hay días más duros que otros. He estado centrándome en el trabajo, intentando hacer algo útil y no quedarme atrapado en el pasado. Sin embargo, pienso en ella todos los días, intento concentrarme en los momentos buenos y no en... Tomó una bocanada de aire e intentó aclararse la garganta, pero las palabras no acudían a sus labios.

Levi terminó la frase por él:

—En Garra.

Murphy asintió, agradecido por no tener que haber pronunciado el nombre. Entonces, se dio cuenta de que ése era el motivo por el que había venido Levi.

—Escucha —dijo Levi—. Me he enterado del robo en la Fundación Pergaminos para la Libertad, de que casi asesinan a tu amiga Isis.

—Siempre estás magníficamente bien informado —apuntó Murphy.

—Tengo mis fuentes, como sabes. De todas formas, estaba dándole vueltas, pensando en la forma en que habían sido asesinados los guardas.

—Y pensaste en Garra, por supuesto. Sé que fue él, Levi. Asesinó a Laura y ahora casi acaba con la vida de Isis. Fue un milagro que no lo hiciera.

Miró al suelo, sobrecogido por la emoción.

—No te preocupes —dijo Levi—. Creo que Garra consiguió lo que estaba buscando. No volverá.

Murphy se quedó atónito ante cuánto sabía Levi. ¿Cuánto más sabía y no estaba compartiendo?

—Mira, Levi. Si Matusalén y Garra están en el ajo, debe de estar sucediendo algo grande. Algo relacionado con el arca. Ojalá supiera de qué se trata. Pero sólo hay un modo de averiguarlo.

Levi se rascaba pensativamente la barba de tres días color gris metálico de su barbilla.

—Si es que el arca existe, por supuesto.

Murphy clavó sus ojos en los de su amigo.

—Creo que sabes más de lo que me estás contando sobre ese tema.

—Quizá —concedió Levi—. ¿Y si el arca no existe?

—Yo creo que sí existe —arguyó Murphy con firmeza. Agarró el brazo de Levi—. Y quiero buscarla, pero necesito ayuda. El tipo de ayuda especializada que creo sólo tú puedes proporcionarme. Si organizo un equipo de exploración, quizá a la Fundación Pergaminos para la Libertad le interese financiarlo.

Levi sacudió la cabeza.

—Por lo que yo sé, Ararat es un lugar muy peligroso. No sólo hay soldados turcos, rebeldes kurdos y perros salvajes, sino también avalanchas de rocas y de nieve en la montaña. Incluso terremotos. Si vas donde todo el mundo cree que se encuentra el arca, tendrás que escalar en condiciones de nieve de altura.

—Lo sé. Por eso te estoy pidiendo ayuda. Necesitaríamos que nos entrenaras para hacer frente a los problemas que puedan cruzarse en nuestro camino.

Levi seguía indeciso, pero Murphy insistió.

—Voy a ir a la sede de la CIA en Langley. Creo que disponen de información sobre Ararat que han estado estudiando durante un tiempo.

—Puede que abras la caja de Pandora, Murphy ¿Estás seguro de que quieres hacerlo?

—Tú me conoces, Levi. Me encantan las aventuras. Y no me importa levantar unas cuantas ampollas en el gobierno. Sobre todo si implica realizar el hallazgo arqueológico más importante de la historia de la humanidad. Si encontramos el arca, será el mayor golpe que podríamos asestar a la teoría de la evolución. Confirmaría que la Biblia es correcta y que Dios creó el mundo. Y tengo la sensación de que el arca esconde otras sorpresas. ¡Quizá entonces podríamos convencer hasta a un escéptico redomado como tú, Levi!

Levi no sonrió.

—Te estás metiendo en un terreno que apenas conoces. Es más peligroso de lo que imaginas.

—¿Por qué? Ya me he tropezado con Matusalén y Garra.

—Fantasmas —respondió Levi sin alterarse.

—¿Fantasmas? ¿Estamos hablando de espectros?

—Estamos hablando de agentes autónomos, extraoficiales del gobierno. No se andarán con chiquitas si te interpones en su camino, Murphy.

Murphy lo miró intensamente.

—Entonces, voy a necesitar toda la ayuda que pueda conseguir, ¿no?

13

A ochenta y un kilómetros de la gran ciudad de Henoc, año 3115 a. C.

Un grito de agonía estalló en la brisa nocturna.

Dando media vuelta rápidamente, con los ojos abiertos de par en par, Noé giró en dirección al ruido. Por debajo de las murallas, vio a Ahaziah a través de la parpadeante luz de las antorchas. Estaba retrocediendo tambaleante, sujetando con ambas manos la flecha que había atravesado su pecho. Boqueaba intentando respirar.

Los hombres que se encontraban en el puesto cercano a él corrieron en su auxilio. Cuando Noé comenzó a moverse hacia su amado sirviente, escuchó un enorme estruendo, como una ola gigantesca rompiendo contra la costa —el aullido del ejército atacante de Zatu.

—¡A vuestros puestos, a vuestros puestos! —gritó.

Girándose a toda velocidad, chilló:

—¡Jafet, los arqueros!

Los arqueros de Noé comenzaron a apuntar a las oscuras figuras que aparecían abajo, en el suelo. Algunas de ellas ya estaban escalando las largas escaleras del asedio.

Pero los arqueros del enemigo también estaban haciendo su trabajo y lanzaban un cegador chorro de flechas a los hombres de Noé, matando o mutilando a muchos de ellos antes de que pudieran aflojar las astas. Pero lo que era aún peor, habían bañado en alquitrán muchas de las flechas y les habían prendido fuego para convertirlas en antorchas voladoras que iluminaban el cielo antes de aterrizar en los tejados de las casas.

Muy pronto, el fuego se adueñó de la ciudad. Nadie tenía duda alguna de que el ejército de Zatu estaba decidido a capturarla o destruirla antes del amanecer.

En las murallas, Cam y sus hombres se dedicaban a empujar las escaleras con la ayuda de pértigas, intentando evitar desesperadamente que el enemigo los alcanzase. Se escuchaban gritos y aullidos por todas partes —una violenta cacofonía en la que era imposible distinguir los gritos de los agonizantes de las órdenes.

En el suelo, dentro de las murallas, las mujeres atendían a los heridos mientras los niños acarreaban agua de los últimos pozos que quedaban en un intento de saciar la terrible sed de los guerreros.

Sem y sus hombres comenzaron a arrojar agua hirviendo sobre los atacantes con grandes cacerolas de hierro, mientras otros empujaban gigantescas piedras sobre los que sujetaban las escaleras. Poco después, todas las escaleras estaban destrozadas y parecía haberse reducido el vigor del enemigo. De repente, se oyó un grito de alegría entre los hombres apostados en las murallas.

Los hombres de Zatu estaban retirándose.

En cuanto se aseguró de que no se trataba de una treta y de que el enemigo se estaba retirando de verdad, Noé reunió a sus hijos y a sus oficiales bajo las murallas.

—Sem, llévate a unos cuantos oficiales y averigua cuántos hombres hemos perdido en el ataque. Comprueba también cuántos de los heridos podrían seguir luchando. Jafet, recoge todas las flechas enemigas que puedas. ¿Han colocado tus hombres más piedras en lo alto de las murallas y las torres? Cam, ¿has recibido alguna señal de Massereth?

—Lo envié a la gran ciudad de Henoc en busca de ayuda, pero no ha regresado. Quizá murió en manos del enemigo. Ya han pasado cuatro días.

El amanecer teñía el horizonte de un rosa apagado cuando Noé empezó a pasear por la ciudad para evaluar los daños. Muchas casas no eran más que cenizas ardientes. Algunos de sus hombres estaban reuniendo a los muertos y llevándolos en carretilla al almacén junto al templo.

De vez en cuando, se detenía para hablar con los heridos, intentando infundirles ánimo y agradeciéndoles su labor lo mejor que podía. Las mujeres y los niños lloraban. Algunas mujeres se habían sentado en el suelo, acunando a sus seres queridos muertos entre sus brazos con la mirada perdida en el espacio.

Noé se detuvo y cerró los ojos un instante. Cómo odiaba la guerra. Cómo odiaba arrebatarle la vida a otro hombre. Sin embargo, un hombre tiene el deber de proteger a su familia de aquellos que la amenazan. No tenía elección. En los últimos años, la amenaza de los malhechores había crecido demasiado como para ignorarla. Las lágrimas surcaban el rostro de Noé cuando empezó a buscar a Naamá entre la multitud. Sollozaba por los muertos, por las viudas, por los huérfanos. Pero sabía que si hubiera perdido a su esposa, su corazón se habría roto y no habría sido capaz de seguir adelante.

Después de una hora frenética buscándola, la encontró. Estaba con Achsah, Bithiah y Hagaba, las esposas de sus hijos. Sus ropas, antes elegantes, estaban sucias y manchadas de sudor de atender a los heridos lo mejor que sabían. Naamá se puso en pie para ir a por otra jarra de agua, se apartó el pelo de la cara y vio a Noé. Se abrazaron sin hablar largo rato y después, ella comenzó a sollozar.

—¿Has sabido algo de Tubalcaín? —preguntó finalmente, con mirada desesperada.

—No —admitió Noé con pesadumbre—. Pero espero que Massereth pudiera atravesar las filas enemigas y llegar hasta tu hermano. Es nuestra única esperanza, las provisiones sólo nos durarán un día más.

—¿Y si no llega a tiempo?

Noé apartó la mirada.

—Noé, ¿qué le ocurrirá a nuestro pueblo? —inquirió Naamá con voz asustada.

Noé la agarró por los hombros con firmeza. No podía mentirle.

—Zatu y su ejército son unos malvados. No harán esclavos. Asesinarán a las mujeres y a los niños.

Noé la atrajo hacia sus brazos mientras ella rompía en llantos histéricos.

—Dios nos protegerá. Hemos confiado en él desde el principio. No nos abandonará.

Era medianoche cuando Jafet le contó a Noé las malas noticias.

—Disponemos de unos noventa hombres capaces de luchar. Nuestro arsenal de flechas es reducido y apenas nos queda agua. Nuestra única arma son las piedras. Quizá podamos resistir un ataque más.

Noé suspiró y después recuperó la compostura lo mejor que pudo.

—Empieza a organizar a los hombres y lleva todas las provisiones a las murallas. Calienta las piedras en los calderos de hierro. Debemos prepararnos para el próximo combate.

—Sí, padre —respondió Jafet con decisión.

—Haré que Cam reúna a todas las mujeres que puedan luchar y a los niños de más edad. Es nuestra única esperanza.

Noé subió a las murallas y caminó de torre en torre. Podía ver a varios miles de los hombres de Zatu salpicando la llanura, aprestándose para otra ofensiva. Sabían que Noé estaba prácticamente vencido. Esta vez atacarían a plena luz del día.

Noé llamó a sus hijos y oficiales.

—No disponemos de mucho tiempo. ¡Su ejército está empezando a formar filas! ¡Reunid a la gente!

Era como estar inmerso en un sueño de mal agüero, viendo cómo los adversarios se acercaban lentamente a la ciudad. Se aproximaban como un ejército de hormigas listas para devorar un delicioso dátil. Noé sabía que su pueblo no soportaría el siguiente ataque durante mucho tiempo. Comenzó a rezar.

Cam, Sem y Jafet, junto con Naamá, Achsah, Bithiah y Hagaba, se unieron a Noé para observar cómo se acercaba el ejército enemigo. Ninguno habló. No había nada que decir ni nada que hacer hasta que comenzara la arremetida definitiva.

De repente, el silencio se vio roto por un grito procedente de una de las torres. Noé y su familia se giraron y miraron en la dirección a la que señalaba el soldado. Tardaron unos instantes en notar la nube de polvo en el horizonte y en percibir el brillo de las armaduras en la distancia.

Noé se vio imbuido de una nueva corriente de energía.

—¡Gracias a Dios! ¡Es el gran ejército de Tubalcaín! ¡Massereth lo ha conseguido! ¡Debemos resistir hasta que lleguen!

La ofensiva comenzó al calor del día. Mujeres, niños e incluso algunos de los ancianos se unieron a los hombres. Unos recogían las flechas del enemigo y los más fuertes lanzaban piedras. Todo el que podía mantenerse en pie acudió a las murallas con la esperanza de evitar que su ciudad fuera destruida. Sabían que en cuanto sus adversarios atravesaran las murallas, estarían muertos.

Zatu no vio acercarse a Tubalcaín hasta que fue demasiado tarde. Con la retaguardia desprotegida, fueron carne de cañón. Los soldados de Tubalcaín eran fieros y contaban con armas mucho más letales que las espadas curvas de hierro del ejército de Zatu. Sus espadas emitían un sonido agudo cuando chocaban contra un escudo o un casco —por eso se las conocía como las «espadas cantarinas» de Tubalcaín— y el metal parecía irrompible e inmune al óxido y al deterioro. Las espadas cumplieron con su mortal trabajo durante horas, y cuando la luz comenzó a apagarse, el ejército de Zatu había quedado reducido a una pila de cadáveres. Los hombres de Tubalcaín peinaron la llanura, despojando a los muertos de los objetos de valor. Sus ásperas risas se mezclaban con las quejas de los que todavía estaban agonizando.

En este lúgubre telón de fondo, Tubalcaín consolaba a su hermana.

—Tú y tu familia habéis estado a punto de morir —dijo.

—Debéis marcharos de aquí. Hay demasiada maldad en este lugar. Hemos destruido al ejército de hienas de Zatu, pero sus hermanos buscarán venganza.

—Pero aquí es donde se han criado Cam, Sem y Jafet —replicó Naamá.

—¡Qué importancia tiene! Si os quedáis, moriréis. Ya no tenéis un ejército que os proteja. La mayoría de vuestro pueblo ha muerto. La ciudad de Henoc está a demasiados kilómetros de distancia.

Sacudió la cabeza.

—Te repito que éste no es un lugar seguro para las mujeres y los niños. Tú, Noé y vuestros hijos e hijas debéis marcharos.

—Pero ¿dónde iremos? —dijo Naamá.

—Al bosque de Azer —respondió Tubalcaín—. Allí encontraréis todo lo que necesitáis y nadie lo ha habitado todavía. Estaréis a salvo de los malhechores.

—Está a muchos kilómetros de aquí —replicó Noé—. Tengo que quedarme aquí y enseñar al pueblo sobre el Gran Dios de los Cielos.

Tubalcaín sonrió y dijo:

—A esta gente no le importan tus charlas sobre Dios. Te matarían por unas cuantas ovejas. Ni siquiera yo creo en tu Dios, Noé. Sólo he venido a salvar a mi hermana, no a proclamar la victoria de tu Dios. Y la próxima vez que el mal te ataque, quizá no pueda venir en tu ayuda a tiempo.

—Tenemos que rezar al respecto —declaró Noé con firmeza.

—¿Sobre qué quieres rezar? —dijo Tubalcaín, escupiendo en el polvo.

—¡Si no os marcháis, moriréis!

* * *

En los meses siguientes, Noé y su familia repararon la ciudad lo mejor que pudieron. Muchas de las viudas se marcharon de la ciudad y volvieron a casa de sus familias en pueblos lejanos. Otros vagabundeaban por las afueras, más temerosos de otro ataque que de morir de hambre o de los asaltos de los ladrones.

La ciudad comenzó a venirse abajo ante sus ojos.

—¿Crees que Tubalcaín tiene razón? ¿Deberíamos trasladarnos al bosque de Azer? —preguntó Naamá un día.

Noé entendía su ansiedad.

—He estado rezando. Por supuesto, sé que este lugar ya no es seguro. Pero todavía no sé si Dios quiere que nos traslademos. Hoy intentaré adivinar su voluntad.

—¿Dónde está padre? —preguntó Jafet más tarde—. No lo he visto en todo el día.

—Regresará para la cena —respondió Naamá con calma.

Dirigió la mirada hacia la llanura.

—¡Mira! ¿No es ése tu padre?

Pero su alivio se convirtió en miedo al ver que venía corriendo. Poco después, toda la familia estaba reunida, esperando a que llegara Noé. ¿Sería que los hermanos de Zatu estaban en camino? Se abrazaron de miedo cuando por fin Noé entró por la puerta y candaron la puerta de madera tras él.

—¡Venid, venid! —dijo Noé cuando se recompuso—. Tengo algo que deciros a todos.

Los hijos y sus esposas se reunieron alrededor de la mesa.

—¡Hoy, Dios me ha hablado!

El desconcierto se adueñó de sus rostros.

—No, no. Es cierto. Hoy, Dios me ha hablado. Ha dicho: «Coge a tu esposa, Naamá, a Sem y Achsah, a Cam y Bithiah y a Jafet y Hagaba y construid un arca de salvación. El mundo está repleto de maldad y violencia. El pueblo se ha corrompido a sí mismo. Voy a destruirlos con un diluvio, pero tú y tu familia escaparéis de la destrucción».

Mientras su familia escuchaba en un estupefacto silencio, Noé siguió describiendo cómo había que construir el arca de salvación.

—Nos trasladaremos al bosque de Azer. Necesitaremos los árboles para construir el arca de salvación. Viajaré a la gran ciudad de Henoc y le haré saber a Tubalcaín que nos marchamos.

Unos días más tarde, Noé estaba sentado a la fresca sombra del jardín de Tubalcaín.

—Has tomado una decisión sabia, Noé —dijo Tubalcaín—. Tú, mi hermana y vuestros hijos estaréis seguros en el bosque de Azer. Os enviaré a algunos de mis hombres de confianza para protegeros durante el viaje. Puede que los hermanos de Zatu os tengan preparada una emboscada.

—Aprecio tu amabilidad, Tubalcaín. Nos has protegido en más de una ocasión.

Tubalcaín asintió.

—Sin embargo, tengo una sugerencia que hacerte. No le cuentes a nadie lo del arca de salvación, ni que Dios te habló. Se burlarán de ti, o peor.

—Pero ¡es cierto!

—Cierto o no, sólo os traerá problemas. No quiero que mi hermana se vea expuesta a más peligros.

Noé hizo una inclinación con la cabeza. Estaba sinceramente agradecido a Tubalcaín, a pesar de su falta de fe, y no deseaba contrariarlo.

Tubalcaín pareció aliviado.

—Antes de marcharte, tengo unos regalos especiales para ti. El primero es una de mis espadas cantarinas y una daga. Quizá te protejan en el futuro. También tengo una caja con una serie de cosas que podrían ayudarte en tu loco plan de construir el arca de la que hablas. Tienes que prometerme que no compartirás estos secretos con nadie.

Noé asintió e hizo otra reverencia. Cuando Dios le dijo lo que tenía que hacer por primera vez, no sabía cómo cumplir semejante designio. Ahora, mientras Tubalcaín le explicaba la naturaleza de sus regalos especiales, Noé creyó por primera vez que podría conseguirlo.

14

—¡Espera un minuto, Murphy!

La áspera voz tenía un tinte autoritario y Michael sintió como una mano lo agarraba por el hombro con fuerza.

Dándose media vuelta instintivamente, Murphy se encontró cara a cara con el decano Archer Fallworth.

Era tan alto como Murphy, tenía el pelo rubio y ralo y una cara cerúlea de cejas altas y nariz larga. Como de costumbre, tenía el ceño fruncido. No hacía falta ser adivino para saber que no estaba contento.

Murphy adoptó una expresión anodina, decidido a relajarse. No era inteligente y probablemente era peligroso agarrar así a alguien como Murphy desde atrás. Cientos de horas de artes marciales habían afinado sus reflejos como el filo de una cuchilla. De hecho, el objetivo de los entrenamientos era que el cuerpo reaccionara instintivamente ante una amenaza antes de que la mente fuera consciente de su existencia.

Por suerte para el decano Fallworth, el sexto sentido de Murphy le había dicho que no iba a ser atacado.

Al menos, no físicamente.

* * *

Dándose cuenta de que había atraído la atención de Murphy, Fallworth se aclaró la garganta.

—¡Por fin te encuentro, Murphy! Eres un hombre escurridizo, ¿sabes? Y tengo mejores cosas que hacer que perseguir por el campus a uno de mis profesores porque no es capaz de seguir un horario.

Murphy sonrió.

—Entonces, ¿por qué no vas a hacerlas?

El rostro de Fallworth empalideció aún más.

—Mide tus palabras, Murphy. Me estoy hartando de tu falta de respeto.

—Pero siempre vuelves a por más, ¿verdad? —se burló Murphy, que empezaba a disfrutar.

Fallworth se dio cuenta de que estaba perdiendo el control de la situación.

—Escucha, Murphy. Tenemos que hablar de un asunto importante. Podemos hacerlo ahora o... en una reunión disciplinaria del departamento. Sonrió con suficiencia.

—Tú decides.

Murphy suspiró.

—Yo también estoy ocupado, decano. Así que ¿por qué no hablamos de lo que quiera que sea aquí y ahora?

—De acuerdo. Me han llegado rumores de que has estado dando conferencias sobre el arca de Noé, diciendo a los estudiantes que se encuentra en el monte Ararat, ¿qué vas a hacer después, Murphy, un seminario sobre Blancanieves y los siete enanitos? ¿O vas a organizar una expedición para buscar a los tres cerditos?

—No me interesan los cuentos infantiles —replicó Murphy, que empezaba a enfadarse.

—¿Seguro? ¿Cómo llamarías a un cuento sobre un barco enorme lleno de dos ejemplares de todos los animales del mundo? A mí no me parece historia. Creo que tenemos un trato —continuó, apuntando a la cara de Murphy con el índice—. Eres libre de exponer tus creencias como tales, como *creencias*. Ésta es una universidad de categoría y no podemos presentar a los jóvenes e impresionables alumnos ridículas historias de la Biblia como si fueran hechos. ¿Me entiende, *profesor* Murphy? Tiene que dejar de predicar en las aulas. ¡Éste es un centro de educación universitaria, no una iglesia!

Murphy esperó a que Fallworth terminara y después empezó a contar con los dedos.

—Primero, no estoy predicando, estoy dando una conferencia. Segundo, muchos científicos de renombre creen que el arca de Noé está en el monte Ararat. Y tercero, mis alumnos son libres de poner en tela de juicio mis exposiciones. No estoy obligándoles a tragarse nada. Además, usted no asistió y no tiene ni idea de lo que está hablando.

Murphy sentía cómo salía su carácter irlandés. Fallworth también estaba enrojeciendo.

—¿Ha oído hablar de la separación entre la Iglesia y el Estado, Murphy?

—Espere, Fallworth, ¿a qué viene eso de la Iglesia y el Estado? Preston es una universidad privada. No tiene nada que ver con el Estado.

—¡Está en la Constitución!

Murphy hizo un esfuerzo por controlar sus emociones.

—¿De verdad? ¿En qué parte de la Constitución?

—No me la sé de memoria, pero ¡está en alguna parte de la Primera Enmienda!

—Qué interesante, Archer, ¡yo sí me sé de memoria la Primera Enmienda! Dice: «El Congreso no hará ley alguna por la que adopte una religión como oficial del Estado o se prohíba practicarla libremente, o que coarte la libertad de palabra o de imprenta, o el derecho del pueblo para reunirse pacíficamente y para pedir al gobierno la reparación de agravios».

—¿Entiende lo que quiero decir? ¡No establece ninguna religión!

—Yo no soy el Congreso, por si no se ha dado cuenta. No estoy estableciendo ninguna religión. Estoy ejerciendo mi derecho de libertad de expresión. ¿Usted cree en el derecho a la libertad de expresión, no, Archer?

—Por supuesto, pero ¡Thomas Jefferson dijo que tenía que existir una separación entre la Iglesia y el Estado!

Murphy sabía que Fallworth simplemente estaba tirando de una frase manida sin ningún argumento de peso detrás.

—Y ¿en qué contexto pronunció esa frase el presidente Thomas Jefferson?

—La dijo, eso es lo que importa —bramó Fallworth.

—Permítame que le ayude, Archer. Fue en una carta que escribió a la Asociación Baptista de Danbury el 1 de enero de 1802. Los baptistas temían que el Congreso aprobara una ley que estableciera una religión estatal. Jefferson les contestó que existe *un muro de separación entre la Iglesia y el Estado*. Dicho de otro modo, el Estado no podía derribar ese muro y establecer una religión estatal. No tenía nada que ver con mantener la religión fuera del gobierno. La mayoría de nuestros padres fundadores eran hombres profundamente religiosos. Si lee los escritos de Jefferson, encontrará muchos pasajes en los que anima al libre ejercicio de la religión. Justo lo contrario de lo que usted está diciendo.

—Debería levantarse un muro *en ambos* sentidos.

—¿Sabe, Archer?, di una conferencia a la Sociedad Arqueológica Rusa el año pasado en Moscú. Les informé de que ciertos hallazgos arqueológicos fueron posibles gracias a información extraída de la Biblia. Y añadí: «Sé que éste fue un país comunista y muchos de ustedes probablemente sean ateos y no crean en la Biblia». El profesor encargado me contestó: «Todos los presentes en esta sala de conferencias tienen como mínimo un máster. Hay veintidós doctores en filosofía escuchando su conferencia. Somos capaces de escuchar sus palabras y decidir si las consideramos válidas o no. ¿No son capaces de hacer lo mismo los educadores de Estados Unidos?». Y yo le dije: «Desafortunadamente, muchos de ellos no». Y usted acaba de demostrármelo.

Como Murphy lo había derrotado gracias a su dominio de la información, Fallworth probó otra vía.

—Usted siempre está hablando de la Biblia y es obvio que está repleta de mitos y leyendas. ¿Cómo podría Noé meter dos ejemplares de cada especie en el arca?

—Cuando encuentre el arca —replicó Murphy con una sonrisa— se lo diré.

15

Murphy estaba tamborileando con los dedos en la mesa cuando sonó el teléfono.

—Hola —respondió una voz femenina vacilante.

—¿Está Isis, por favor?

—Lo siento, aquí no hay nadie con ese nombre. Debe de haberse equivocado.

Murphy estaba seguro de haber marcado el número correcto.

—Mi nombre es Michael Murphy y éste es el número que me dio Isis. Dijo que se alojaba en casa de su hermana en Bridgeport.

Se produjo una pausa al otro lado de la línea.

—Sr. Murphy, soy Hécate. La hermana de Isis. Dijo que podría usted llamar. Siento haberle engañado. La policía nos dijo que no dejáramos saber a nadie que Isis está aquí. Está fuera, en el patio. Voy a buscarla.

Hécate. Murphy sonrió para sus adentros. Sin duda, el viejo doctor McDonald tenía debilidad por los nombres de diosas antiguas. Aún más sorprendente era que Isis jamás hubiera mencionado que tenía una hermana. Una vez más, se dio cuenta de que había muchas cosas sobre Isis que desconocía. Pero no había ningún motivo para que ella le confiara todos los detalles de su vida privada, ¿no? Sin embargo, por algún motivo, el hecho de que ella hubiera mantenido en secreto la existencia de su hermana le hizo sentirse un poco dolido.

Intentó sacarse esos pensamientos de la cabeza mientras esperaba a que Isis cogiera el teléfono. Cuando lo hizo, se dio cuenta por su rápida respiración de que algo estaba haciendo que su corazón latiera más deprisa.

—¡Michael! Me alegro mucho de que hayas llamado.

—¿Cómo estás?

—Todavía un poco asustada. Me dan mucha pena los guardas. La policía dijo que no debería asistir a los funerales —sería demasiado peligroso—, así que no puedo mostrar mi apoyo a las familias. Tienen que estar destrozadas. Siento como si no fuera justo que yo siga viva. Están muertos por mi culpa.

—Eso es una locura, Isis. No es culpa tuya. Yo te metí en todo esto. Si es culpa de alguien, es mía.

—De acuerdo, Michael —contestó suspirando profundamente—, digamos que no es culpa de nadie. Estábamos haciendo nuestro trabajo, eso es todo. No invitamos a ese... ese...

—Demonio —completó Murphy suavemente.

Murphy escuchó el silencio al otro extremo de la línea. Desde las aventuras que corrieron juntos con la Serpiente de Bronce y la estatua de Nabucodonosor, Murphy había notado un cambio en los conceptos de Isis del bien y el mal y la fe. No sabía con seguridad qué creía ella, ni cuán cerca estaba de aceptar a Cristo en su vida, pero nadie podía haber padecido lo que ella sin plantearse las grandes preguntas.

Sólo esperaba que Isis encontrase las respuestas correctas.

Sin embargo, sabía que presionarla produciría el efecto contrario al deseado. No era la primera vez que tenía que sujetar su lengua en temas relacionados con Isis. Afortunadamente, Isis rompió el incómodo silencio.

—Intentemos ser positivos, Michael. Estoy algo bateada, pero en general me encuentro bien. Y tengo buenas noticias. Me llamaron de la fundación. Querían comunicarme que les encantaría financiar un equipo de exploración para buscar el arca de Noé. Quieren que tú lo dirijas, ¿no es fantástico?

Había pillado a Murphy a contrapié.

—¿Qué les ha empujado a hacer semejante oferta?

—Probablemente, varias cosas. Creo que están interesados en seguir el nexo entre el potasio 40 y la longevidad. También quieren descubrir si el arca contiene otros descubrimientos científicos. Y hay algo más.

—¿Qué?

—Han recibido un cheque de un donante anónimo para cubrir toda la investigación.

Murphy dejó escapar un silbido.

—¡Eso es mucha pasta!

—Sí. Harvey Compton, el presidente de la fundación, me llamó para darme la noticia. Dijo que el cheque procedía de una compañía de un paraíso fiscal de la que nunca había oído hablar. El cheque estaba firmado, y lo cobró, pero no pudo leer la firma. El donante anónimo envió una nota en la que especificaba que quería que tú dirigieras el equipo de exploración.

¡Matusalén! ¿Qué estaría planeando esta vez?

Murphy sabía que Matusalén tenía que ser rico para poder financiar sus intrincados juegos, pero si su corazonada era correcta, ahora parecía estar dispuesto a arriesgar todos sus recursos para encontrar el arca... ¿Por qué?

—Hay dinero suficiente para adquirir un sistema informático completo. Mi viejo ordenador se ha rendido después de salir volando de encima de mi mesa. Honestamente, me encantaría volver a usar bolígrafo y papel de nuevo. Los bolígrafos de buena tinta...

Murphy estaba escuchando a Isis, pero su atención estaba a kilómetros de allí, en las traicioneras y heladas laderas del monte Ararat. Entonces, se le ocurrió una idea de repente.

—¿Te gustaría acompañarnos? —la interrumpió.

—¿Qué?

—¿Te gustaría formar parte del equipo de exploración y buscar el arca?

Isis se quedó momentáneamente sin habla. Murphy parecía estar sinceramente consternado por el ataque. Incluso se sentía responsable personalmente. Por primera vez, empezaba a pensar que realmente se preocupaba por ella.

Y ahora estaba invitándola a acompañarle en la expedición a uno de los lugares más inhóspitos, si no peligrosos, del mundo. Todo por un artefacto bíblico. Por supuesto, tenía sentido, porque los artefactos bíblicos eran lo único que le importaba *de verdad*.

¿Cómo podría haber sido tan tonta?

—¿Qué respondes, Isis? Si el arca esconde más secretos, probablemente necesitaremos una persona con tus habilidades lingüísticas para descifrar los textos antiguos.

Isis no necesitaba pensarlo. Le demostraría a Michael Murphy que no era una delicada mujercita esclava de sus emociones. ¡Al diablo con él!

—Cuenta conmigo. Además de las habilidades que has mencionado, puede que también necesites una montañera experimentada. Para tu información, mi padre y yo solíamos pasar las vacaciones en las Tierras Altas de Escocia.

—Genial. Pero, en cuanto te sientas mejor, deberías empezar a ponerte en forma seriamente. Vamos a estar a mucha altitud y en condiciones complicadas.

—No te preocupes por mí —insistió Isis bruscamente—. He escalado más montañas que cenas calientes has tomado tú. De todas formas, tienes mucho que organizar. Te dejaré trabajar.

Murphy sonrió mientras colgaba el teléfono y después, dejó escapar un suspiro de alivio.

Puede que el monte Ararat fuera peligroso, pero si Isis le acompañaba en la expedición, al menos él estaría allí para protegerla.

Quizá dieran con el arca. Quizá no. Al fin y al cabo, estaba en manos de Dios. Pero a lo que estaba decidido era a no perder a Isis.

16

Eran las seis de la mañana cuando Murphy atravesó las puertas del gimnasio Raleigh Health and Fitness. Le gustaba entrenar temprano tres días a la semana si podía no sólo para mantenerse en forma, sino también porque la actividad física le proporcionaba un espacio para pensar. La cinta de *step* era uno de los escasos santuarios que conocía en los que los alumnos no le hacían preguntas.

Se cambió y eligió un aparato. Cuarenta y cinco minutos después estaba cubierto de sudor y sentía como su mente se liberaba de las preocupaciones cotidianas. Se bajó del aparato y se dirigió a la zona de pesas para continuar con su tabla de ejercicios.

Estaba trabajando en el banco cuando oyó una voz tras él.

—¿Quieres que te eche una mano con el ejercicio?

Murphy elevó la mirada mientras levantaba los noventa kilos y medio por encima del pecho y dejaba escapar el aire. Hank Baines estaba de pie detrás de su banco, vestido con ropas holgadas de color gris que disimulaban su corpulenta complexión.

—Claro —respondió mientras subía y bajaba la barra.

Murphy terminó la serie y se levantó. Tomó unas cuantas bocanadas de aire, se giró y estrechó la mano de Baines.

—Nunca te había visto aquí —dijo Murphy.

—Para ser franco, esta hora es demasiado temprana para mí —admitió Baines—. Pero pensé que igual me cruzaría contigo. Esperaba que pudiéramos hablar.

—No hay problema, pero tendrás que esperar a que acabe mi tabla de ejercicios. Resulta complicado hablar mientras levantas noventa kilos y medio por encima de la cabeza.

Baines se echó a reír.

—Claro —repuso—. Pongámonos manos a la obra.

Media hora después, ambos estaban sentados en un banco, recuperando el aliento entre serie y serie.

—Te gusta emplearte a fondo, ¿verdad? —comentó Baines.

—Estarás de broma. Sólo estaba intentando seguir tu ritmo —dijo Murphy con una sonrisa—. Entonces, ¿qué te preocupa? ¿Qué tal está Tiffany?

Baines sonrió.

—Genial. Simplemente genial. Quería agradecerte el consejo que me diste. He hecho todo lo que está en mi mano por ser menos crítico, por buscar formas de decir cosas positivas y, bueno, parece que ha hecho efecto. Asistir a la iglesia parece haberla calmado. Fuera lo que fuera lo que le dijo tu amiga Shari, ha conseguido cambiar la actitud de Tiffany. De hecho, me ha pedido disculpas por su comportamiento —sacudió la cabeza, sonriendo—. Creí que nunca lo vería.

—Fantástico. Es obvio que os queréis, sólo necesitabais daros cuenta. —Murphy miró a Baines y se dio cuenta de que seguía preocupado.

—Y ¿qué tal está Jennifer?

—Resulta cómico que me lo preguntes. Parece que como padre voy mejorando, pero no como marido. Ahora que Tiffany y yo hemos dejado de gritarnos, escucho los silencios que existen entre Jennifer y yo.

Baines cogió unas mancuernas y empezó a ejercitarse.

Murphy siguió su ejemplo.

—¿Os resulta difícil hablar?

Baines asintió.

—A Jennifer le disgustan los enfrentamientos, así que se calla y no dice nada.

—¿Qué efecto tienen en ti sus silencios?

—Me sacan de quicio. Me frustra tanto que no me grite ni chille cuando está enfadada que me marcho de casa dando un portazo.

—¿Qué ocurre cuando sí habla? —le preguntó Murphy mientras dejaba las pesas en el suelo.

—Hablamos y le explico por qué su modo de hacer las cosas no es el correcto y por qué deberíamos hacerlo de otra forma. Intento ser paciente, para demostrarle que no lo ha pensado con calma.

—Parece que no le das la oportunidad de no discrepar contigo. Quizá por eso se rinde —dijo Murphy con una sonrisa firme.

Baines no dijo nada. Murphy notaba que estaba molesto.

—¿Cuánto tiempo lleva pasando?

—Un año, aproximadamente.

Murphy hizo un cálculo a ojo de buen cubero y miró fijamente a Baines.

—¿Estás viendo a otra persona?

Baines se puso tenso y el color abandonó su rostro. Su gesto de asentimiento fue prácticamente imperceptible.

—Resulta complicado hacer que dos relaciones funcionen, ¿verdad?

Los labios de Baines se tensaron y volvió a asentir lentamente.

—¿Sabes, Hank?, según mi experiencia, la gente que sufre un divorcio acaba acumulando muchos pesares. El peor de ellos suele ser que no hicieron todo lo que pudieron para que funcionara. La emoción de una aventura no es más que un espejismo. Un día te darás cuenta de que esa nueva persona tiene tantos defectos y problemas como tu esposa. Aunque no lo creas, puedes tener problemas de comunicación con ella también. Además de cargar con una carreta de culpa. No merece la pena.

Murphy notó que Baines necesitaba pensar sobre lo que acababa de decirle.

—Vamos, relajémonos con un poco de *jogging* en el parque.

Tras quince minutos, siguieron caminando. Baines todavía no había respondido al comentario de Murphy sobre la fidelidad marital, pero Murphy notó que estaba receptivo.

—Dime una cosa, Hank, ¿qué haces cuando llegas a casa después del trabajo?

—Normalmente, me cambio de ropa y me siento a leer el periódico o a ver la televisión antes de cenar.

—Eso es lo que yo solía hacer cuando Laura vivía. Entonces, un día me di cuenta de que no había comunicación entre nosotros. Ella quería hablar por la noche y yo quería dormir. Al final, decidí que en lugar de tumbarme en el sofá cuando llegara a casa, dedicaría ese tiempo a la persona más importante de mi vida. ¿Cuándo soléis tratar Jennifer y tú los asuntos serios?

—Bueno, nunca lo había pensado. Supongo que de noche, cuando Tiffany se ha ido a la cama. ¿Por qué me lo preguntas?

—Quizá te parezca una locura, pero hay estudios que demuestran que las conversaciones maritales después de las nueve de la noche suelen acabar mal. Quizá sería mejor que hablarais a alguna otra hora, cuando no estéis tan cansados.

—Parece un consejo muy práctico. ¿Puedo hacerte una pregunta? —inquirió Baines.

—Claro.

—¿Alguna vez tuvisteis Laura y tú una pelea seria?

—Alguna tuvimos. Ser cristiano no significa ser perfecto, sino disponer de recursos espirituales para salir adelante, como te he dicho antes. Están en la Biblia.

—Por ejemplo.

—Hay un versículo que me he aprendido de memoria porque quería ser el mejor marido posible. Dice así: «Maridos, amad a vuestras esposas y no os irritéis contra ellas». Debo admitir que en alguna ocasión traté a Laura con brusquedad.

Baines notó auténtico arrepentimiento en la voz de Murphy, no sólo estaba intentando hacerle sentir mejor respecto a su comportamiento.

—Descubrí que había cinco cosas que me ayudaban en esos momentos. La primera era aprender a decir «lo siento». Me resultaba duro, pero la segunda cosa era aún más difícil. Era admitir que me había equivocado. Lo que significaba que tenía que tragarme mi orgullo. Es muy complicado.

—Sí. Resulta muy difícil para un perfeccionista como yo que siempre quiere tener la razón.

—La tercera era pedir perdón. También resultaba duro. Algunas veces no me apetecía, pero después lo complementé con dos cosas más: decir «te quiero» y que empezaríamos desde cero con las palabras *intentémoslo de nuevo*.

—Tiene sentido. Pero tragarse el orgullo es la más difícil.

—Ahí es donde entra el ser cristiano. No podría haberlo hecho sin la ayuda de Dios. Él nos da fuerza cuando le entregamos nuestras vidas.

Volvieron caminando juntos al gimnasio.

—Hank, has mencionado que crees que la Iglesia está ayudando a tu hija. Quizá deberías considerar que podría ayudarte a ti también.

Baines parecía dudar.

—Quizá.

Murphy lo dejó ahí. Había plantado la semilla, ahora dependía de Baines.

17

El viaje de tres horas por carretera de Raleigh a Norfolk, Virginia, era uno de esos trayectos que solían traerle recuerdos. Laura y él habían viajado a menudo dirección norte hacia Weldon y después hacia el este pasando por Murfreesboro y Sunbury, donde paraban a comer. A continuación, seguían subiendo a través del pantano Great Dismal hasta Norfolk y después hasta Virginia Beach, junto al cabo Henry. Mientras esos lugares familiares lanzaban pequeños *flashbacks* a esos felices días, Murphy empezó a preguntarse por qué no se sentía relajado —por qué, de hecho, tenía un nudo en la boca del estómago.

¿Era porque le había dicho a Hank Baines que su matrimonio con Laura no había sido perfecto al cien por cien? ¿Había traicionado su memoria? No, eso era ridículo. No había mencionado los errores de Laura, sólo los suyos. Y no tenía ningún mérito disimularlos —no si otra persona estaba siendo abierta y honesta con él sobre sus propios problemas maritales.

Entonces, ¿qué le preocupaba?

Traición.

Por algún motivo, esa palabra se clavó en su mente y se negaba a marcharse.

Entonces, se unió otra palabra y, de repente, todo cobró sentido.

Isis.

Se sentía culpable por lo que sentía por Isis. Era la primera vez que admitía que albergaba sentimientos hacia ella.

Apretó con más fuerza el volante. Desde la muerte de Laura, lo último en lo que había pensado era en tener otra relación. Por lo que a él respecta, había encontrado su alma gemela, su compañera de camino, en Laura y nadie podría nunca sustituirla en su corazón. Esperaría pacientemente, solo, con el corazón alimentado de recuerdos, hasta que por fin volvieran a encontrarse en el cielo.

No quería enamorarse de otra persona. No *podía* enamorarse de otra persona.

Ahogando una maldición, intentó concentrarse en el paisaje. La iglesia de San Pablo llamó su atención. Se centró en recordar todos los detalles que pudo de la iglesia. Se había construido en 1739 y era uno de los escasos edificios que habían sobrevivido al bombardeo británico de Norfolk durante la guerra de la Independencia.

Norfolk fue la sede del Comando del Atlántico y sin duda era una ciudad de la marina. Murphy vio barcos y miembros de la marina por todas partes, lo que afortunadamente le recordó cuál era el objetivo del viaje.

Se dirigió hacia el oeste siguiendo la orilla del río Elizabeth.

No tardó en girar a la entrada de la casa de Vern Peterson. Vern estaba cortando el césped y Kevin, su hijo de tres años, jugaba con un cortacésped de juguete, intentando imitar a su padre. Kevin había heredado el pelo pelirrojo y los ojos verdes de Vern y verlos juntos hizo que se desvanecieran las penas de Murphy al instante.

Vern apagó el cortacésped, recogió a su hijo y saludó a Murphy con sorna.

Murphy aparcó el coche y le devolvió el saludo con una sonrisa. Vern dejó a su hijo en el suelo y los dos hombres se dieron un fuerte abrazo mientras Kevin brincaba nervioso a los pies de Vern, intentando enterarse de la causa de tanto revuelo. Al final, su padre lo cogió en brazos otra vez.

—Éste es Michael Murphy. El *profesor* Michael Murphy. ¿Recuerdas la última vez que lo viste?

El niño miró confuso y Murphy le echó un cable.

—Fue hace mucho tiempo, Kevin. Pero yo te recuerdo a ti. Creo que arrastrabas un viejo osito de peluche que abultaba más que tú.

El niño se echó a reír.

—¡Tramps!

—En aquella época —recordó Vern riendo—, lo único que Kevin necesitaba era un osito de peluche harapiento. Ahora son videojuegos, DVD y Dios sabe qué más.

Julie, la mujer de Vern, salió corriendo de la casa y lanzó sus brazos alrededor de Murphy. Era una morena bajita con cara de duendecillo que siempre mostraba una sonrisa traviesa. Murphy recordó una de las últimas veces que la había visto. Fue en el aniversario de su boda con Laura. Los cuatro habían estado celebrándolo en un restaurante del centro de Raleigh más elegante de lo que cualquiera de ellos se podía permitir y recordaron la boda, en la que Vern había sido su padrino y Julie, la dama de honor de Laura.

Le dio un abrazo a Julie y retrocedió para mirarla.

—Julie, eres la única persona que no ha crecido desde la última vez que te vi.

Ella sonrió y le puso una mano en la mejilla.

—Eres un encanto, Murphy. Vamos, entrad en casa. La cena está casi lista y sé que Vern y tú tenéis cosas de que hablar.

* * *

Murphy esperó a tragar el último bocado de tarta de manzana con la ayuda del mosto casero y a que se hubiera quitado la mesa antes de salir al porche con Vern, donde se sentaron en un par de viejas mecedoras.

—Dime, Vern, ¿cuándo fue la última vez que pilotaste un helicóptero?

Vern lo miró de reojo.

—Conoces la respuesta a esa pregunta, Murphy. Kuwait.

No tuvo que dar más explicaciones. Vern había vuelto de Kuwait cuando el general Schwarzkopf inició el avance de la Guardia Republicana. El ejército iraquí había sido aplastado en unos cien días. Los treinta y ocho días de campaña aérea habían minado su moral. Las tropas iraquíes estaban cansadas, hambrientas y hartas tras más de un mes de bombardeos incesantes. Se habían rendido a miles.

—Recuerdo las estadísticas —dijo Murphy—. Nosotros perdimos

cuatro tanques y ellos, cuatro mil. Nosotros perdimos una pieza de artillería y ellos, dos mil ciento cuarenta piezas. Ellos perdieron doscientos cuarenta aviones y nosotros, cuarenta y cuatro.

—No tuvimos tanta suerte con los helicópteros —recalcó Vern—. Nosotros perdimos diecisiete y ellos sólo perdieron siete. De hecho, en el mío hicieron blanco dos veces, pero no caímos.

La conversación sobre la guerra se apagó y Peterson miró a Murphy.

—Michael, quieres decirme algo, ¿qué es?

—Necesito tu experiencia como piloto. Has volado tanto a alturas elevadas como bajas.

—Así que ¿quieres que vuele hasta Canadá? —siguió Vern con una sonrisa.

—Un poco más lejos —replicó Murphy—. Quiero que te unas a mi equipo de exploración en busca del arca de Noé.

Peterson dio un brinco en la silla.

—¿Quieres que vuele a Ararat? ¡Estás de broma!

—Vale, vale, Vern. No me arranques la cabeza.

Murphy continuó explicando que necesitaba a Peterson para transportar en avión provisiones desde la ciudad de Dogubayazit, situada a los pies del Ararat, hasta el campamento base situado en la falda de la montaña. Quizá no podría aterrizar en la nieve a causa de lo escarpado de la ladera y tendría que lanzar las provisiones con un cable. Peterson miró a Murphy.

—He hecho locuras con los helicópteros, pero ésta es la madre de todas ellas.

Murphy le aseguró que la Fundación Pergaminos para la Libertad financiaría la totalidad del viaje. Recibiría un salario muy tentador y estaría de vuelta en casa en tres semanas, aproximadamente. Peterson sacudió la cabeza en señal de incredulidad.

—Tendrás que darme algo de tiempo para pensarlo y hablarlo con Julie. Todavía no te lo hemos dicho, pero estamos esperando otro bebé. No sé cómo se tomará que me marche.

—Es una noticia magnífica, Vern. Enhorabuena. Entenderé que no puedas venir.

—No corras tanto —replicó Vern—. La llegada del bebé también significa que necesito todo el dinero que pueda conseguir. Incluso podríamos hacer esa ampliación de la que siempre está hablando Julie. De todas formas, Ararat no es precisamente el lugar ideal para pilotar un helicóptero, pero no es Kuwait. Quiero decir, no habrá nadie disparándonos, ¿verdad?

—Espero que no —respondió Murphy—. Espero que no.

18

El frondoso bosque de Azer fue como un oasis tras el largo viaje desde la ciudad de Noé. Cuando Noé, sus hijos y sus esposas contemplaron el lago azul claro en el centro del bosque, probaron sus frescas aguas y pusieron a pastar al ganado en la rica hierba de las praderas alrededor de sus orillas, muchos se preguntaron por qué habían hecho tantos sacrificios para defender la ciudad situada en una llanura polvorienta. Sin duda, se encontraban en el paraíso, y en él es donde Dios quería que estuvieran.

Noé y sus hijos empezaron enseguida a cortar cuadernas y erigir refugios. Las mujeres estaban atareadas pescando en el lago y preparando la comida, así como atendiendo a los caballos, camellos, ovejas, cabras y vacas que masticaban satisfechas en las herbosas faldas.

En un descanso, Noé por fin abrió la caja que Tubalcaín le había dado. En su interior encontró mecanismos para pesar y medir e instrumentos para inspeccionar la tierra. También había tres bandejas de bronce con instrucciones grabadas. Sin embargo, el objeto más intrigante era un cofre dorado con diseños de hojas alrededor de los bordes.

Cuidadosamente, Noé abrió el cofre dorado. Contenía varios cristales de colores, granos de lo que parecía arena y pequeños pedazos de metal. Extendió la mano y recogió el material. Al instante, dejó caer los granos y sacudió su mano, pues parecía que la había introducido en un horno. Cerró con fuerza la tapadera del cofre dorado y corrió hacia el lago para sumergir la mano en las refrescantes aguas. El fiero dolor remitió gradualmente, pero cuando por fin sacó la mano, la piel estaba enrojecida.

Regresó, sacó las tres bandejas de bronce y empezó a leer. Cada bandeja contenía instrucciones para utilizar los elementos del cofre dorado.

La primera bandeja le explicaba cómo identificar los distintos tipos de metales que incluían las rocas. La segunda bandeja le enseñó cuántos elementos utilizar dependiendo del tipo de metal. Y la tercera describía el tipo de fuego que se necesitaría para producir distintos metales.

Tubalcaín tenía fama de inventor de artefactos y utensilios de metal para la guerra. Noé se dio cuenta de que Tubalcaín había compartido con él el secreto de sus espadas cantarinas.

En los meses siguientes, Noé y sus hijos construyeron una forja y empezaron a experimentar con las instrucciones de las bandejas de bronce. Recogieron distintos tipos de rocas y empezaron a fundirlas y a añadirles los elementos del cofre dorado.

Se quedaron boquiabiertos ante los resultados.

Noé se dedicó a fabricar hachas, sierras y otras herramientas para trabajar la madera. Él y sus hijos no daban crédito ante la fuerza del metal y lo afilado de su filo, y poco después, ya habían construido casas sólidas junto al lago.

Sin embargo, Noé sabía que los regalos de Tubalcaín tenían otro uso más importante. Un día declaró:

—Debemos comenzar el arca de salvación.

* * *

El estruendoso restallido hizo que Sem se diera media vuelta. Sólo tardó una fracción de segundo en comprender el peligro.

—¡Cuidado! ¡Corred!

Cam, Jafet y Noé también habían oído el terrorífico chasquido y ya habían empezado a moverse antes de escuchar las palabras de Sem. Tras mirar brevemente hacia arriba, comenzaron a correr en dirección sur.

No era la primera vez que escuchaban el sonido de una cuerda que se desplomaba bajo el peso de los baos. Los caballos eran fuertes y podían levantar el peso, pero las cuerdas a veces cedían de tanto uso. Cuanto más grande era el arca, más difícil y peligroso resultaba elevar los baos.

Noé y sus hijos habían empezado a construirla en medio del bosque de Azer. Habían abierto un enorme claro para situar el arca, pero habían dejado en pie los árboles más grandes que rodeaban el perímetro para utilizarlos como cabrestantes. Lanzaron cuerdas entre los árboles por encima del arca y con la ayuda de poleas y caballos, conseguían elevar los baos hasta su lugar.

Pero ahora uno de los baos marrón oscuro se estrellaba contra el suelo del arca. Además de practicar un gran boquete en los baos inferiores, tiró dos escaleras y rompió parte del apuntalamiento de la planta intermedia. Y por si no fuera suficiente, también tiró un barril de pez que estaban utilizando para sellar las grietas. El pegajoso líquido se esparció por todas partes, cubriendo algunos de sus martillos y una pila de estacas de madera que usaban para sujetar los baos.

Los hijos de Noé miraron desesperadamente el cuadro de destrucción.

—¿Qué vamos a hacer? —exclamó Jafet con la cabeza entre las manos.

—¡Todo un día de trabajo arruinado! —se unió Cam.

Sem simplemente se quedó de pie sacudiendo la cabeza.

Sólo Noé parecía indiferente ante el accidente.

—Bueno, hijos, nadie ha salido herido. El Señor nos ha protegido.

—Al principio me preguntaba por qué el Señor nos concedió ciento veinte años para construir el arca —dijo Jafet—, pero, incluso con las sorprendentes herramientas de Tubalcaín, vamos a tardar toda la vida.

—Podría ser parte de la tarea —replicó Noé—, pero la verdadera razón por la que Dios nos ha concedido un período tan largo para construir el arca es darnos tiempo para extender su mensaje al mayor número de pecadores que viven en este malvado mundo como sea posible. Ellos también pueden salvarse del diluvio si dan la espalda a sus malignos pensamientos, su corrupción y su adoración de falsos dioses.

En cuanto las palabras salieron de la boca de Noé, se oyó una risa áspera. El bosque de Azer estaba alejado de los asentamientos importantes, pero los rumores sobre el arca se habían extendido a lo largo y ancho y mucha gente acudía a ver cómo Noé y sus hijos se esforzaban por construir un enorme velero a más de 161 kilómetros del océano, en medio de un bosque. Algunos curiosos se limitaban a mirar asombrados, pero la mayoría se divertían burlándose de ellos o incluso agrediéndolos físicamente.

—¡Nunca conseguiréis construir esa cosa!

—¡No parece que vuestro Dios os esté ayudando! ¡Quizá otro dios os ayude más!

Más carcajadas.

Noé esperó a que terminaran.

—Podéis reíros ahora, pero se aproxima el día en que las risas cesarán. Dios castigará a los malvados con un juicio de agua —dijo con calma—. El cielo se abrirá, comenzará a llover y pozos de agua manarán de la tierra. Todas las criaturas vivientes que necesiten respirar morirán. El único lugar seguro será el arca de salvación de Dios. Por favor, ¡escuchad y dad la espalda a la maldad!

Las carcajadas continuaron y lanzaron fruta podrida a Noé.

Había un hombre que estaba especialmente decidido a desafiar a Noé.

—Llevas años construyendo esa arca, Noé. Llevas años dándonos sermones. Nada ha cambiado. La gente nace y muere. Vivir en la bondad no sale tan rentable como ganarse la vida robando.

Las risas se tornaron gritos de ánimo.

Noé le dio la espalda a los alborotadores con un suspiro.

—Sigamos trabajando, hijos. Tenemos que reparar los daños y continuar. Hay personas que sólo viven para el presente y no piensan en el futuro, pero nosotros somos más inteligentes.

—Estoy harto de sus burlas. ¡Me gustaría darles su merecido antes de que llegue el diluvio! —dijo Sem.

—Como hicimos con el ejército de Zatu —añadió Cam.

Jafet asintió con la cabeza.

Noé los miró a los ojos y repuso:

—Dejaremos los juicios en manos de Dios. En las dos próximas semanas debemos terminar la estructura de la tercera planta. El mes siguiente lo pasaremos cortando más árboles. Todavía nos falta mucho por hacer, pero Dios nos dará fuerzas.

Naamá y sus nueras se habían acercado corriendo al oír el jaleo que provocó el bao al caer. El miedo se había adueñado de sus corazones, pues estaban al tanto de los peligros de trabajar a tanta altura del suelo. ¿Estaría alguno de sus hombres herido o muerto?

Respiraron con alivio al comprobar que ninguno estaba herido, pero los comentarios sarcásticos de los espectadores les resultaban muy dolorosos.

Bithiah rompió a llorar.

—Es más de lo que puedo soportar.

Las otras mujeres la rodearon para consolarla.

—Allá donde vamos, la gente nos pone motes y se ríen de nosotras. No puedo ir al mercado sin que los hombres me hagan comentarios sugerentes y rudos. Temo que lleguen a atacarme, al igual que las demás. Mis amigas me han abandonado y hablan de mí a mis espaldas.

—Sé que es duro —dijo Naamá mientras la abrazaba—. Llevar una vida devota no es tarea fácil. Pero cuando llegue la devastación, dejarán de reírse mientras que tú y tus hijos os salvaréis.

Bithiah se secó las lágrimas.

—Pero ¿cuánto más tenderemos que soportar antes de que llegue el diluvio? ¿Cuánto tiempo más tendremos que sufrir este tormento?

Naamá miró a Noé antes de responder.

—No desees que llegue el día de la devastación antes de tiempo. Incluso para nosotros, será más terrible de lo que puedes imaginar.

19

Cuando el autobús por fin se detuvo al final de la serpenteante carretera de montaña, Tiffany Baines y sus amigas Lisa y Christy salieron pitando.

—Más vale que merezca la pena —avisó Christy, sacudiendo su morena melena larga hasta la cintura. Tiffany miró hacia el lago y supo con seguridad que la merecería. El dedo de un kilómetro y medio de agua verde esmeralda estaba escondido en un pequeño valle rodeado de pinos y robles y la montaña se elevaba por todos lados, haciendo que el paraje destilara un dramatismo increíble. Cualquiera se lo pasaría en grande aquí.

Pero, aunque Lisa y Christy eran sus dos mejores amigas, Tiffany empezaba a preguntarse si había sido tan buena idea traerlas. Cuando les habló por primera vez del retiro, no añadió la palabra *religioso* deliberadamente. Pensó que no había por qué espantarlas antes de llegar, confiando en que una vez allí, la experiencia resultaría tan distinta a sus vidas cotidianas que quedarían cautivadas al instante.

Al fin y al cabo, hace un mes Tiffany no se habría imaginado asistiendo a misa regularmente, y, sin embargo, ahora esperaba el momento de ir durante toda la semana.

Apartando sus dudas, rodeó a sus amigas con los brazos y corrieron hacia el edificio principal, situado junto a la orilla del lago. Encontraron su dormitorio, deshicieron el equipaje rápidamente y comenzaron a explorar.

—Esos chicos tan monos nos prometieron que estarían por aquí, ¿no? —dijo Christy con una sonrisa.

Poco después, se unieron a otro autobús de estudiantes y dieron con la sala de ocio y sus mesas de *ping-pong* y billar. Cuando escucharon la campana que anunciaba la cena, Lisa había derrotado a todos los rivales en la mesa de *ping-pong*. Encontraron el comedor.

Tras la cena, un joven con vaqueros desgastados y una camiseta gris se puso en pie y se presentó.

—Hola a todo el mundo. Soy el director. Lo más probable es que tengáis motivos distintos para haber venido aquí hoy, pero voy a deciros algo que os sorprenderá y que espero que también os inspire.

La conversación y las risas se fueron apagando mientras todos se disponían a escuchar lo que iba a decir.

—No habéis venido por casualidad. Dios tiene un propósito para nuestras vidas —tanto si le prestáis atención como si no— y creo sinceramente que nos ha unido en este lugar y en este momento para revelarnos ese propósito. Hoy en día, ser joven significa ser el blanco de mensajes procedentes de todas las direcciones las veinticuatro horas del día, los siete días de la semana. Tenéis televisión, revistas, música, videojuegos, todos ellos intentan atraer vuestra atención. A veces, parece que no existe ningún lugar ni ningún momento en el que uno pueda estar tranquilo y escuchar la voz de Dios. Bien, ese lugar es el lago Herman. —Rápidamente, extendió las manos con las palmas hacia arriba—. Vale, vale, también nos vamos a divertir un montón. Pero en este maravilloso paisaje, lejos de todo ese ruido, vamos a intentar reservar tiempo para cerrar los ojos y escuchar. Simplemente escuchar lo que Dios tiene que decirnos. Porque, creedme, tiene un mensaje para cada uno de vosotros y es el mensaje más importante que vais a escuchar en vuestras vidas. —Dio una palmada—. Vale, chicos. Basta por hoy de *escucharme*. Recordad, luces fuera a las diez. El desayuno comienza a las 8.00 y nuestra primera reunión es a las 9.00. Espero veros a todos allí.

Christy y Lisa se giraron para mirar a Tiffany, que pudo sentir cómo la miraban letalmente desde ambas direcciones.

—Vale, chicas, olvidé mencionar que éste es un retiro *religioso*, pero...

—No lo olvidaste —cortó Christy—. Sabías que si mencionabas la palabra *religioso*, habrías necesitado una grúa para traernos hasta aquí. ¿Qué te ocurre, Tiffany? ¿Qué te ha *pasado*?

Tiffany sintió cómo se sonrojaba y, de repente, se quedó muda, pero realmente quería que sus amigas entendieran por lo que había pasado.

—¿Recordáis que os dije que mi padre me estaba obligando a ir a la iglesia los domingos con mi madre?

—Ajá —asintieron.

—Bueno... no estaba *obligándome* exactamente. Es decir, al principio no fue idea mía, pero después me enganché y empecé a escuchar lo que el pastor decía —el pastor Bob— y bueno, no estaba tan mal.

—¿No estaba tan mal? —dijeron a coro incrédulas.

Tiffany asintió.

—Sí, no estaba mal. Hablaba de la vida, de lo que va a suceder en el futuro y de por qué estamos aquí.

Lisa puso los ojos en blanco.

—La vida. Divertirse y después morir, cariño. *Eso* es la vida.

Tiffany sabía que quizá iba a perder a sus dos mejores amigas pero, curiosamente, cuanto más se burlaban de ella, más segura de sí misma se sentía.

—No, no lo es —insistió—, hay más. Mucho más. Y si no escucháis, no es sólo que vayáis a tirar vuestra vida por la borda, sino que también os arriesgáis a ser condenadas para toda la eternidad. No quiero que eso ocurra.

Christy y Lisa la miraron y Tiffany deseó con todo su corazón que no se echaran a reír. Y no lo hicieron. Ambas la rodearon con los brazos y Christy dijo:

—Mira, Tiff, *sólo* porque somos buenas amigas y te queremos vamos a olvidar que nos has traído aquí totalmente engañadas, vamos a dejarlo estar y nos vamos a quedar el fin de semana y hacer esa historia de escuchar en silencio. Después, cuando volvamos a Preston...

—¡Dios, entonces sí que vamos a tirarnos por la borda! —continuó Lisa.

Las tres rieron y se abrazaron. Tiffany cerró los ojos mientras sentía acudir las lágrimas y rezaba una oración breve para que Christy y Lisa escucharan la voz antes de que acabara el fin de semana.

* * *

En la reunión del sábado por la mañana, Mark Ortman preguntó a todos sobre su relación con los demás. ¿Había alguien a quien odiaran? ¿Había alguien a quien necesitaran perdonar? ¿Obedecían a sus padres y ayudaban a sus familias? ¿O se limitaban a tomar y nunca a dar?

Tiffany se sintió aliviada al comprobar que Lisa y Christy parecían estar escuchando interesadas y que ninguna de la dos se estaba burlando de lo que había dicho Mark. Las tres agradecieron la oportunidad de quemar energía con actividades físicas el resto del día —kayak en el lago, voleibol en la playa y senderismo en las frondosas faldas de las montañas.

Para cuando quisieron darse una ducha y prepararse para la reunión de la tarde, tenían la mente abierta a ideas y enfoques distintos a los habituales.

Esta vez, Mark Ortman dio una conmovedora charla sobre cómo sufrió y murió Jesús por nosotros. Lo hizo por el amor y la compasión que sentía por todos los hombres y mujeres, les dijo Mark. La forma que tenía Mark de hablar de Jesús —parecía que era de carne y hueso y que lo conocía personalmente— les hizo sentir que fue cierto que se sacrificó por cada uno de nosotros.

—Esta noche vamos a practicar la Disciplina del Silencio —dijo Ortman para terminar—. Después de la reunión, quiero que vayáis fuera y estéis solos durante quince minutos. Solos con Dios, sin ninguno de vuestros amigos. Quiero que os hagáis esta pregunta: ¿quién dirige vuestras vidas? ¿Vosotros o Dios? Quizá esta noche tengáis cosas que hablar con vuestro Creador. Por favor, salid en silencio.

Todo el mundo se marchó en silencio de la sala de reuniones. Tiffany perdió de vista a Lisa y Christy cuando se adentraba en el bosque junto al lago. Encontró un tronco que había sido arrastrado por la corriente y se sentó.

La respuesta a esa pregunta es sencilla, pensó mientras los relajantes sonidos del bosque se introducían en su conciencia. *Yo he estado dirigiendo mi vida y es un completo desastre.*

Vacilante, sintiéndose ligeramente rara aunque sabía que estaba sola, empezó a hablar en voz alta.

—Dios, no sé cómo hablarte. Realmente no sé qué significa pedirte que entres en mi vida, pero esta noche quiero que lo hagas. Es un desastre. Por favor, perdóname mis pecados. Cambia mi vida. Por favor, ayúdame a aprender a vivir para ti. Creo que moriste por mí, que te levantaste de la tumba para hacer una casa para mí en el cielo. Te invito a pasar, por favor, entra.

Tiffany no pudo decir ni una palabra más. De repente, estaba cubierta de lágrimas. Los sollozos sacudían su cuerpo. Lloró hasta quedarse sin lágrimas. Durante unos minutos, se quedó allí sentada, mirando al magnífico cielo estrellado.

De repente, tuvo una idea. *Tengo que llamar a mamá y a papá.*

Salió del bosque y volvió al edificio principal, en cuyo vestíbulo estaban los teléfonos públicos. Se sorprendió al ver que estaba lleno de otros jóvenes haciendo lo mismo que ella. Al parecer, todos ellos sentían la urgente necesidad de hablar con sus seres queridos. Tras hacer cola durante una media hora, por fin consiguió hablar con sus padres. Volvieron a caérsele las lágrimas mientras intentaba explicarles lo que había ocurrido, cómo se sentía y que quería cambiar su vida. Al final de la conversación, los tres estaban llorando.

Sin embargo, al salir de la cabina, jamás se había sentido tan feliz en toda su vida.

20

En las profundidades de la cripta subterránea, los Siete se habían trasladado al cavernoso comedor. Una araña de cristal gigantesca colgaba del techo y proyectaba una luz tenue, convirtiendo el comedor en un reino de sombras cuyos límites parecían extenderse mucho más allá de las paredes. En uno de los muros, un profundo hueco albergaba la chimenea, en la que chisporroteaban fieramente varios troncos. En la negrura que la rodeaba, parecía la entrada al infierno.

Las velas que había sobre la enorme mesa de madera de nogal titilaban en los siete rostros sentados unos frente a otros. Ya habían terminado el plato principal, jabalí relleno de codorniz, y estaban bebiendo vino en copas de cristal.

Méndez fue el primero en romper el lúgubre silencio.

—¿Sabemos algo más sobre lo que podría descubrirse en Ararat?

La lúgubre voz de Bartholomew respondió.

—Sólo que se ha descubierto algo sobre el potasio 40 y la posible ampliación de la vida. Sabemos que Murphy está organizando una expedición para buscar el arca. Garra sabe lo que tiene que hacer.

—Y ¿qué será del profesor Murphy? —preguntó el hombre de nariz afilada y pelo cano.

—Vamos a dejar que el profesor Murphy haga... un *trabajo preparatorio* para nosotros —respondió Bartholomew—. Por supuesto, cuando ya no nos sea útil, será eliminado.

Todos alzaron sus copas en un brindis.

Bartholomew estudió las sonrientes caras que parecían flotar felizmente en la semioscuridad y añadió:

—No os confiéis demasiado, amigos míos. Todavía falta mucho por hacer, muchos pasos que dar por el camino que desemboca en el control definitivo. Debemos instaurar un sistema de comercio universal.

Entonces habló el inglés. Sir William Merton parecía un clérigo inglés inofensivo, ligeramente corpulento. Sobre todo con el cuello blanco y la camisa negra. Sin embargo, su acento británico desaparecía a medida que hablaba. Su voz se hizo más profunda y producía un extraño eco en la habitación. Los que estaban sentados al otro lado de la mesa podían ver un tenue brillo rojizo en sus ojos.

—Pero, no nos confundamos, estamos avanzando. Estamos dando amplias zancadas hacia nuestro objetivo. Los líderes de ciento treinta y ocho naciones se han unido para apoyar la creación de un Tribunal Mundial. La Unión Europea está aún más cerca de convertirse en una única nación. Ya se han plantado las semillas de la transferencia de las Naciones Unidas a Irak. Muy pronto el dinero del petróleo llenará sus arcas. ¡Todo está saliendo tal y como lo planeamos!

La voz de Merton se hizo más alta cuando pronunció el siguiente lema:

—La cristiandad está amenazada en Estados Unidos y en todo el mundo. Gracias a nuestra influencia, muy pronto será atacada por un sinónimo de intolerancia y crueldad y, entonces, ¡nuestra religión mundial estará lista para hacerse con el mando!

Una mujer de vestido verde habló con un ligero acento germano.

—Estoy de acuerdo, William, estamos progresando en todos los frentes. Gracias a Barrington Communications y nuestra capacidad para acceder a los canales de noticias de la televisión por cable, nuestro programa está conquistando terreno en los medios de comunicación. Los evangelistas están en franca retirada y nuestros planes de poner toda la actividad comercial bajo el control de una sola autoridad están muy avanzados. Un solo gobierno para todo el mundo, una sola religión para todo el mundo. Lo tenemos al alcance de la mano —declaró, asintiendo en dirección a Bartholomew.

Hizo una pausa y contempló su copa de vino por unos instantes, perdida en sus pensamientos. Entonces, se giró hacia Bartholomew.

—Sin embargo, estoy segura de que no soy la única de nosotros que se pregunta sobre… quién nos liderará. Tú debes de saberlo, John. ¡Tú debes de saber algo! ¿Cuándo vendrá? ¿Dónde se encuentra en este momento?

Aunque la mujer era una de las banqueras más poderosas de Europa, acostumbrada a tomar decisiones en las que se jugaba un billón de dólares sin pestañear, empezaba a sonar desesperada, casi enrabietada. Bartholomew se apiadó de ella, sabiendo que no era la única que deseaba saber.

Hizo un gesto con las manos.

—Entiendo vuestra impaciencia, por supuesto. Todos nosotros esperamos con ansiedad el día en que lo veremos cara a cara y escucharemos su voz. Y ese día llegará ¡pronto! Pero, hasta ese momento, debemos conservar la calma y estar preparados. —Sonrió—. No sabremos el día, ni la hora… pero os aseguro una cosa, su viaje ya ha comenzado. ¡Ya está de camino!

Se puso en pie levantando la copa y los demás lo imitaron. Bebieron en silencio, contemplando la palabra que no había pronunciado deliberadamente.

Anticristo.

Después, dieron media vuelta como un solo ser y lanzaron sus copas a la chimenea. El eco del cristal rompiéndose y el vino siseando entre las llamas sonó como el final del mundo.

21

Shari estaba colocando un pergamino de papiro egipcio en una cámara hiperbárica de rehidratación cuando sonó el teléfono.

Cuidadosamente, lo dejó en la mesa de trabajo que había delante de la cámara y se dirigió a la mesa de Murphy.

—Hola, éste es el despacho del profesor Murphy. ¿En qué puedo ayudarle?

Silencio al otro lado de la línea.

—Hola. ¿Hay alguien ahí?

Más silencio. Sin embargo, Shari tuvo la incómoda sensación de que había alguien allí, escuchando. La sensación se hacía más fuerte a medida que se alargaba el silencio, hasta límites casi insoportables. Se quedó clavada en el suelo, con el teléfono pegado a la oreja, incapaz de hablar o colgar.

De repente, supo sin el menor atisbo de duda quién estaba al otro lado de la línea. Dejó el receptor cuidadosamente sobre la mesa, caminó a la otra habitación y tosió para llamar la atención de Murphy.

—¿Es el teléfono? ¿Alguien con quien tengo que hablar, Shari?

Ella asintió.

—¿Quién es?

Se miró a los zapatos.

—No lo ha dicho.

Murphy la miró burlón, cogió un paño y se limpió las manos mientras se dirigía hacia el teléfono.

—Soy Michael Murphy.

Se produjo una breve pausa al otro lado de la línea.

—Bien, bien, Murphy. ¿Ya te has secado o todavía estás algo húmedo?

—¡Matusalén! —Murphy agarró el teléfono con más fuerza—. ¡Casi pierdo la vida en esa cueva!

—Sssch, sssch. Me gustaría que los jóvenes se hicieran más responsables de sus actos. Fue tu elección, Murphy. Conoces los riesgos. Conoces las reglas. —Se rió entre dientes—. Pero quizá fui un poco brusco contigo. Me quedé más que sorprendido cuando conseguiste salir —y con esos dos adorables cachorros también—. Tu buen corazón va a acabar contigo uno de estos días, ¿sabes?

—Algo de lo que tú no tienes que preocuparte en absoluto —gruñó Murphy.

—Cálmate, cálmate, Murphy. ¿Dónde estarías ahora si no fuera por mí? Seguramente no estarías en posesión de ese interesante pedazo de madera, ¿verdad?

Murphy no dijo nada y Matusalén empezó a soltar esa risita profunda y áspera suya.

—No me digas que la has perdido, Murphy. Después de todo lo que tuviste que pasar para conseguirla. ¡Después de todo lo que tuve que pasar yo!

—No es motivo de broma, viejo. Han muerto personas. Una amiga mía casi...

—Lo sé, lo sé —interrumpió Matusalén—. Una lástima. Una lástima. Mira, idiota, ¿por qué crees que te estoy llamando? No para interesarme por tu salud. Tengo mejores cosas que hacer. Me enteré del allanamiento en el museo y no hace falta ser un genio para sumar dos y dos. Nuestro pequeño resto de madera ha desaparecido y con él todos sus secretos. Lo que significa que es probable que necesites algo de ayuda. Un par de pistas que te ayuden a encontrar el camino.

La idea de recibir ayuda de Matusalén no era una perspectiva halagüeña, pensó Murphy. Pero no tenía elección y Matusalén tenía la sartén por el mango.

—De acuerdo, Matusalén. Adelante, soy todo oídos.

—Podrías mostrarte más entusiasmado, Murphy. Incluso agradecido. Voy a hacerte un regalo por el que no tendrás que arriesgar la vida ni ningún miembro.

—Eres la bondad personificada —masculló Murphy.

—Por mi reloj son casi las diez y media, Murphy. Recibirás una entrega de FedEx en breve. Si quieres seguir jugando, sigue las instrucciones. Buena suerte, Murphy.

Murphy estaba decidido a lograr que Matusalén le dijera qué estaba ocurriendo, pero había colgado.

Levantó la mirada y se dio cuenta de que Shari estaba a su lado. Tenía los ojos abiertos de par en par y manoseaba nerviosamente el crucifijo que pendía de su cuello.

—¿Qué quería?

Murphy miró el reloj.

—Es difícil de decir con ese viejo estúpido, pero deberíamos recibir otro paquete sorpresa de un momento a otro.

Shari cruzó los brazos.

—Creo que no deberías...

La interrumpió el sonido de alguien llamando a la puerta. Murphy arqueó las cejas y Shari suspiró y fue a abrir la puerta, donde esperaba un repartidor de FedEx. Le tendió el paquete a Murphy con un escalofrío y observó nerviosa mientras lo abría. Una tarjeta se escapó del sobre.

En una plaza circular...
La respuesta que buscas se encuentra en ella.
Calle East Water, 7365
Morehead City

Murphy le pasó a Shari la nota para que la leyera.

—¿Qué significa? —preguntó.

—Sólo existe un modo de averiguarlo —contestó él cogiendo la chaqueta.

* * *

Entre Raleigh y Newbern hay unos doscientos diez kilómetros y después todavía hay que conducir hasta Morehead City. En esas dos horas, Murphy tuvo tiempo de pensar en la nota de Matusalén.

¿Por qué elegiría Matusalén un lugar como Morehead City?

Murphy hizo memoria para recordar la historia de la costa de Cristal de Carolina del Norte. Recordó que John Motley Morehead fue el gobernador a principios de los años cuarenta del siglo XIX. Morehead quería convertir la localidad porteña en una gran ciudad comercial. Gozaba de una ubicación ideal, donde Sheperd's Point se encontraba con el río Newport y la ensenada de Beaufort. Sin embargo, la guerra civil interrumpió y destruyó sus planes. Entonces, Murphy rememoró que Morehead City tenía una parte conocida como la Tierra Prometida. La establecieron los refugiados de las comunidades balleneras de Shackleford Banks.

¡La Tierra Prometida! Seguro que su pista está relacionada con el Antiguo Testamento. Bueno, al menos es un comienzo, pensó Murphy.

Hacia las dos menos cuarto encontró la dirección que le había indicado. Se trataba de un antiguo almacén redondo que parecía datar de la época de la guerra civil. Entre las paredes de ladrillo rojo había una serie de muelles con enormes puertas de madera. Caballos tirando de vagones transportarían la mercancía hasta los muelles de carga antes de que se inventaran los camiones, pensó Murphy mientras exploraba el cavernoso lugar.

No había ni coches ni camiones en la desierta zona de carga. La única luz que había procedía de una bombilla que colgaba sobre una puerta a la que se llegaba a través de una escalera de madera. Esa solitaria luz en medio de la oscuridad era una invitación a entrar.

Murphy sacó la linterna y caminó alrededor del edificio circular. Nada parecía extraño ni fuera de lugar, sólo viejo. Se detuvo ante los escalones iluminados y miró a su alrededor. A continuación, respiró profundamente para aliviar la tensión que sentía y se puso en marcha. Con cada paso, el eco de un fuerte chirrido se extendía por el edificio. Cogió el picaporte y lo giró. La puerta estaba abierta.

Se encontró en una gran sala de almacén. En el centro había un *ring* de boxeo con una sola luz. Había sillas plegables en cada uno de los lados del cuadrilátero. El resto de la habitación estaba a oscuras.

Murphy hirió la oscuridad con la linterna. No había nadie. Pudo ver de refilón varias puertas que parecían llevar a una especie de oficinas. Estaban cerradas.

Supongo que han estado utilizando este viejo lugar para celebrar peleas ilegales, pensó.

Se acercó al *ring* cuidadosamente. En el centro había un sobre. Situó el haz de la linterna en el extremo del cuadrilátero y se agachó para pasar entre las cuerdas. En el interior del sobre había un delicado dibujo de un ángel con las alas extendidas.

Murphy estaba elucubrando sobre su significado cuando escuchó una tos desde algún punto de la oscuridad.

—¡Tienes todo el tiempo que quieras para luchar con eso! —la chirriante risa de Matusalén reverberó en la habitación.

Entonces, Murphy escuchó un ruido tras de sí y dio media vuelta. Vio a un hombre gigantesco pasando bajo las cuerdas. Cuando se irguió y se acercó, Murphy sintió como el suelo vibraba bajo sus pies. El hombre vestía un leotardo ajustado a rayas que dejaba ver su impresionante musculatura. Con el largo bigote encerado y la cabeza afeitada parecía un forzudo de los circos de antaño. Como si leyera los pensamientos de Murphy, sonrió y mostró sus bíceps.

Esto no es un ring *de boxeo, ¡es un* ring *de lucha libre!*, pensó. *La situación empeora por momentos.*

—¡Dijiste que era un regalo, viejo! —protestó Murphy mientras el gigante se acercaba aún más.

—¡Eso no existe, Murphy! Ya deberías saberlo a estas alturas —soltó Matusalén—. La televisión es tan aburrida hoy en día, necesitamos crear nuestros propios entretenimientos, ¿no crees?

Murphy estaba a punto de lanzar una respuesta sarcástica cuando el gigante se abalanzó sobre él, ciento sesenta kilos de músculos y huesos arremetiendo contra su pecho como una apisonadora. Murphy se balanceó, cayó contra las cuerdas y se mantuvo allí por un instante, intentando recuperar el aliento, mientras el gigante giraba por el *ring* con las manos por encima de la cabeza como pidiendo el fantasmal aplauso de las sillas vacías.

Murphy intentó pensar desesperadamente. ¿Cómo podía aprovechar su conocimiento de las artes marciales contra este titán? Un *body slam* o un abrazo de oso y era hombre muerto. Si dejaba que el gigante se le acercara, todo terminaría en unos segundos, pero aunque se mantuviera fuera de su alcance, ¿cómo iba a derrotarlo?

De repente, no tuvo tiempo de seguir pensando, ya que el gigante emitió un rugido y todo lo que pudo ver Murphy fue una masa de rayas tensadas abalanzándose contra él.

Instintivamente, Murphy giró sobre su talón izquierdo y lanzó una patada circular a la sien del gigante. Pero, mientras se recuperaba del impacto, sintió como su pie era apartado de un manotazo por un enorme antebrazo. Después, una mano lo agarró por la pechera y de repente estaba girando por los aires como si fuera un muñeco de trapo.

Cuando aterrizó en la lona, pudo oír los dementes gritos de ánimo de Matusalén.

—¡Bravo! ¡Bravo! Vamos, Murphy, ponte en pie. ¡Haz que mi dinero merezca la pena! ¡Me temo que si sigues ahí tumbado, mi gigante amigo se verá obligado a aplastarte como a una cucaracha!

Murphy levantó la mirada y vio al gigante cruzar el *ring* a toda velocidad en su dirección. Se puso en pie trabajosamente, cogiéndose el hombro izquierdo como si lo tuviera roto. Un plan estaba empezando a bosquejarse en su mente.

Sólo tenía que rezar para que el gigante se conformara con darle vueltas en el aire para alegría de su maestro.

El gigante sonrió como un gato que ha visto un pájaro con el ala rota y eso le proporcionó a Murphy el valor que tan desesperadamente necesitaba. *Si cree que estoy demasiado baqueteado para ser una amenaza, quizá baje la guardia lo suficiente...*

Murphy no tuvo tiempo de terminar su pensamiento, ya que el gigante lo levantó sin esfuerzo por encima de su cabeza. Sujetando el cuerpo de Murphy como si fuera una barra para pesas, exhibió su premio a los cuatro lados del cuadrilátero. Murphy casi podía oír los estridentes silbidos y abucheos de una turba borracha.

De repente fue lanzado sin piedad a la lona. Pese a la violencia del golpe, apenas se hizo daño, pues se había preparado para que su cuerpo estuviera lo más flácido posible. Era una técnica difícil de poner en práctica, pero el instinto había hecho que todos sus músculos se tensaran y Murphy se sintió agradecido de haberse molestado en aprenderla.

Cinco años antes, en una excavación arqueológica a las afueras de Shangai, Murphy había conocido a un joven estudiante de arqueología cantonés llamado Terence Li. Había sido un placer compartir con él sus conocimientos sobre las técnicas arqueológicas más vanguardistas y, en agradecimiento, Li le había enseñado el estilo de kung-fu que practicaba su familia —un raro honor para un *gweilo*, un extranjero.

El primer día de entrenamiento, Murphy se había quedado sorprendido al ver que Li no adoptaba la pose de una grulla o un tigre, sino que se movía vacilante como un borracho mientras invitaba a Murphy a darle un puñetazo.

—Se había quedado boquiabierto al comprobar lo difícil que era —y más aún cuando Li lo lanzó contra la moqueta con un certero golpe en la sien.

El secreto de la lucha del borracho, le explicó Li con una sonrisa, es que el contendiente cree que ya ha ganado antes de que haya empezado la pelea. Cuando el borracho se cae, es suave como una alfombra. No se hiere. Cuando se pone en pie, es difícil golpearlo, como un árbol joven meciéndose al viento. Y cuando golpea, nadie lo espera.

Murphy estaba poniendo en práctica la técnica del borracho a vida o muerte, tambaleándose por el *ring* como un hombre que apenas puede poner un pie delante del otro. De hecho, los golpes que había recibido *deberían* haberlo hecho papilla. Sin embargo, al relajar su cuerpo totalmente, se dio cuenta de cuán fácil era absorber los castigos del gigante.

—Cuando salgas, finge estar muy borracho, como si no supieras volver a casa. Cáete, chócate con las farolas, las paredes, con todo. Pero cuando te despiertes al día siguiente, ¡estarás entero! ¡Ningún hueso roto! Quizá un dolor de cabeza. Ése es el secreto del borracho —le había dicho Li.

—Me temo que lo más fuerte que bebo es un refresco —había respondido Murphy—. Así que tendré que fiarme de tu palabra.

Si salgo de ésta vivo, te invito a cenar la semana que viene, Terence. Prometido, pensó.

Murphy se puso en pie lentamente, extendiendo una mano para agarrarse a una de las cuerdas y recuperar el equilibrio mientras la otra mano le colgaba muerta. El gigante giraba alrededor del *ring*, adoptando poses para realzar sus músculos y saludando al público inexistente. *Toda una representación*, pensó Murphy. *Esperemos que se trague la mía. El próximo acto es el asesinato, supongo.*

Como si leyera la mente de Murphy, el gigante se giró y lo miró maliciosamente. Murphy tragó saliva con dificultad. Podía oír un aplauso.

Es el fin.

Murphy gimió teatralmente mientras el gigante se apoyaba en las cuerdas del extremo del *ring*, llenaba de aire sus pulmones y lanzaba su ataque. Una, dos, tres zancadas tremendas. Se acercaba como un tren a toda máquina. Murphy contuvo el aliento, esperó hasta el último instante, puso el peso sobre su pie izquierdo y se giró con la pierna derecha describiendo un amplio arco para que su talón aterrizara en la parte de atrás de la cabeza del gigante. Al no esperar ninguna resistencia, cogió al gigante por sorpresa y la certera patada le dio el impulso necesario a su ataque para elevar al gigante y sacarlo del cuadrilátero. Murphy se dio cuenta de que ya había perdido el conocimiento cuando volaba por encima de las cuerdas.

El tremendo golpe que produjo su caída sobre una pila de sillas sólo fue la guinda de la tarta.

Se oyó un chirrido mientras Matusalén se alejaba a toda prisa del lugar en dirección a una de las salidas.

Con su último aliento, Murphy le gritó:

—¡Estas cosas son siempre falsas, Matusalén! ¿No lo sabías?

Se oyó el ruido de una puerta que se cerraba de golpe y Murphy se hundió en la lona. *Esta vez no está fingiendo. Anota esto*, pensó: *la próxima vez que uno de los paquetes de Matusalén aterrice en mi mesa, devolver al remitente o dirección desconocida.* No sabía cuántas sorpresas más de Matusalén podría soportar su cuerpo, pero tenía que haber un límite. Sobre todo teniendo en cuenta que en esta ocasión había estado actuando para entretenimiento del viejo.

En el camino de vuelta al coche, Murphy todavía estaba sorprendido de que la técnica del borracho le hubiese evitado una lesión grave. Sabía que estaría dolorido un día o dos, pero no había sufrido ninguna dislocación, sólo unos cuantos tirones y moratones.

De vuelta a casa, tuvo tiempo de sobra para pensar en la extraña pelea. Parecía que Matusalén hubiera dejado de jugar según sus retorcidas reglas. Al fin y al cabo, Murphy había salido victorioso de la pelea, algo que Matusalén no esperaba, ya que no había dejado ningún premio para Murphy. Extraño. Muy extraño.

A no ser que Murphy ya lo hubiera recibido.

Empezó a repasar todos los detalles en su mente. La Tierra Prometida, así que estaban hablando del Antiguo Testamento. Y después, ¿qué? Por supuesto, el boceto. Un ángel con las alas extendidas. De acuerdo, un ángel del Antiguo Testamento. Eso no ayudaba mucho.

¿Qué más sabía?

Tamborileó con los dedos en el volante, frustrado. Quizá el dibujo significaba algo más. Debería haberlo guardado para estudiarlo con más detenimiento. Había luchado con un gigante homicida y todo el tiempo... ¡Eso era! ¡Por supuesto! La pelea. ¿Quién había luchado con un ángel en el Antiguo Testamento?

Jacob.

Y ¿qué tenía que ver Jacob con el arca de Noé? La mente de Murphy trabajaba a toda máquina. ¿Qué más podía ser que el monasterio de San Jacobo, situado a los pies del Ararat?

Murphy se detuvo en una gasolinera y llamó a Isis desde el móvil. Pareció contenta de oír su voz.

—He estado entrenando a fondo, Murphy. Más vale que tengas cuidado cuando llegues a Ararat, te voy a echar una carrera hasta la cima. El que pierda paga la cena.

Murphy sonrió.

—Creo que le voy a deber una cena a mucha gente.

—¿Y eso?

—No importa. Escucha, ¿podrías ir a los Archivos Nacionales y a la Biblioteca del Congreso y ver qué puedes encontrar sobre san Jacobo de Nibisis y el monasterio de San Jacobo en Turquía?

—No hay problema. ¿Por qué?

—No estoy seguro —respondió Murphy—, pero podría ser algo importante.

Cuando regresó a su despacho, Shari ya se había marchado. Murphy empezó a hojear sus libros y manuscritos relativos al arca de Noé, buscando referencias a san Jacobo. Sabía que un terremoto había destruido el monasterio en 1840. Había quedado sepultado bajo un alud de la garganta Ahora. Todos los libros y manuscritos antiguos, así como los artefactos, habían quedado destruidos.

Era tarde cuando sonó el teléfono.

—¡Michael! He investigado sobre san Jacobo y el monasterio. Me temo que no había mucho.

A Murphy se le encogió el corazón. ¿Había seguido la pista equivocada?

—Pero he encontrado un libro bastante interesante sobre los viajes de sir Reginald Calworth que data de 1836. En un capítulo menciona haber visitado el monasterio de San Jacobo y haber hablado con un tal Kartabar. Al parecer, el obispo le dejó echar un vistazo a los manuscritos antiguos de la biblioteca. También lo llevó a una sala especial donde se guardaba lo que él denomina *los tesoros del arca de Noé*. El libro menciona que había más de cincuenta objetos que, según el obispo, procedían del arca.

Murphy emitió un silbido, intentando imaginar qué podrían ser esos objetos.

—Pero eso no es lo mejor —continuó Isis—. Calworth hace un comentario de pasada que me ha llamado la atención. Y cito: «Tras salir de la sala de los tesoros, el obispo me dijo que había enviado alguno de los manuscritos y artefactos a la ciudad de Erzurum bajo el cuidado de curas».

—¿Eso es todo? ¿No dice dónde en Erzurum?

—No. A partir de ahí, sir Reginald continúa describiendo la flora y fauna local, la cultura de la zona, el clima, etc.

—Erzurum —repitió Murphy—. Quizá los secretos del arca no se encuentran en la montaña.

22

—De acuerdo, chicos. Entregadlos y sin trucos.

Se produjo un eco de risas mientras los alumnos pasaban junto a Murphy y le entregaban el trabajo antes de volver a sus asientos en la sala de conferencias. Estaba impresionado. Todo el mundo parecía haber escrito algo. Quizá el tema del arca de Noé y el Diluvio había despertado su imaginación.

—¿Alguno de vosotros ha descubierto algo de interés que quiera compartir con el resto de la clase?

Una mano se alzó a la derecha de Murphy.

—¡Sí, Jerome!

—Profesor Murphy, he descubierto que Noé fue el primer *broker* de la Biblia. ¡Hizo flotar todo su *stock* mientras el resto del mundo estaba en liquidación!

Murphy sonrió. No le molestaban las bromas, siempre y cuando se centraran también en cosas serias. Iba a dirigir disimuladamente la conversación en esa dirección cuando Clayton, el payaso de la clase, levantó la mano. Si se estaban contando chistes, él no iba a quedarse en el banquillo.

—Profesor Murphy, he descubierto que en el arca de Noé no se jugaba a las cartas. ¿Sabe por qué? ¡Porque la señora Noé estaba sentada en la baraja![5]

---

5. Juego de palabras con el término *deck*, que significa tanto cubierta de barco como baraja de cartas. *(N. del T.)*

Toda la clase rió.

—Vale —dijo Murphy—. Si emplearas la mitad de tiempo y esfuerzo en tus trabajos que el que empleas en tus chistes... ¡tendríamos un problema! —Esperó a que se apagaran las risas—. ¿Tiene alguien algo más serio que contarnos? ¡Sí, Jill!

—Profesor Murphy, para mi sorpresa, he descubierto que científicos de todo el mundo han encontrado fósiles de criaturas marinas en las montañas. Eso aporta credibilidad al concepto de un diluvio universal que cubrió todas las montañas del planeta.

Murphy asintió.

—Sam, ¿algún comentario?

—Sí. Durante mi investigación he descubierto, como Jill, que se han encontrado fósiles marinos en las montañas cercanas a Ararat, a 3.048 metros por encima del nivel del mar. Eso está a más de 483 kilómetros hacia el interior desde el golfo de Persia.

Otra mano se levantó.

—He leído que se han encontrado fósiles de erizos de mar y almejas detrás del hotel Dogubayazit, a 1.524 metros por encima del nivel del mar. Dogubayazit es la ciudad que está al pie del monte Ararat. El artículo también decía que los ministros de Interior y Defensa de Turquía dicen que se han encontrado fósiles de caballitos de mar y otros de origen oceánico a 4.267 metros de altura en el monte Ararat.

—¡Profesor Murphy! He encontrado información que atestigua que Nicholas van Arke, un glaciólogo holandés, tomó fotos de peces y moluscos cerca de donde varó el arca, en el extremo occidental de la garganta Ahora, en el monte Ararat.

Empezaban a alzarse manos por toda la sala. Murphy asintió para sus adentros, satisfecho. Estaba en lo cierto, su imaginación se había despertado.

Don West levantó la mano.

—Profesor Murphy. He intentado seguir distintas historias sobre el diluvio de todo el mundo. Me sorprendió descubrir que existen más de quinientas historias diferentes sobre el Diluvio Universal. Creo que *La epopeya de Gilgamesh* es la más famosa.

—Estás en lo cierto, Don. Es sorprendentemente similar al relato de la Biblia sobre el Diluvio. De hecho, he preparado una comparación.

Shari repartió los folios a los alumnos.

	GÉNESIS	GIGALMESH
Extensión del diluvio	Universal	Universal
Causa	Maldad del hombre	Pecados del hombre
Objetivo	Toda la humanidad	Una ciudad y toda la humanidad
Enviado por	Yahvé (Dios)	Asamblea de «dioses»
Nombre del héroe	Noé	Utnapistim
Carácter del héroe	Honrado	Honrado
Forma de avisar	Directamente Dios	Un sueño
¿Se le ordenó construir un arca?	Sí	Sí
¿Se quejó el héroe?	Sí	Sí
Altura del barco	Varias plantas	Varias plantas
Número de compartimentos	Muchos	Muchos
Puertas	Una	Una
Ventanas	Una, como mínimo	Una, como mínimo
Revestimiento exterior	Pez	Pez
Forma del barco	Rectangular	Cuadrada
Pasajeros humanos	Los miembros de la familia	Familia y unos pocos amigos
Otros pasajeros	Todas las especies de animales	Todas las especies de animales
Medios del diluvio	Agua que mana del suelo / lluvia	Lluvia fuerte
Duración del diluvio	40 días y 40 noches	6 días y 6 noches
Prueba para encontrar tierra	Liberar aves	Liberar aves
Tipos de aves	Un cuervo y tres palomas	Una paloma, una golondrina y un cuervo
Lugar en que varó el arca	Monte Ararat	Monte Nisir
Sacrificados tras el diluvio	Sí, por Noé	Sí, por Utnapistim
Bendecidos tras el diluvio	Sí	Sí

Mientras leían, Murphy continuó.

—*La epopeya de Gilgamesh* la descubrió un cajero de banco británico llamado George Smith en 1872. En su tiempo libre, traducía tablas cuneiformes de cuatro mil años de antigüedad que se habían descubierto en excavaciones en la antigua capital asiria de Nínive, junto al golfo de Persia. Durante los diez años que estuvo trabajando allí, descubrió la historia de Gilgamesh, sobre un personaje llamado Utnapistim. Como podéis ver, era muy similar a la historia de la Biblia.

—Además de la épica de Gilgamesh, existen muchos, muchos países donde la historia de un diluvio universal ha ido pasando de generación en generación. A pesar de que los detalles concretos de las historias difieren, es evidente que cada una de estas culturas cree en un diluvio universal que tuvo lugar en algún momento del pasado. He elaborado una lista parcial de los países, pueblos y escritores de la antigüedad en los que aparece la tradición del diluvio. Shari, ¿puedes pasarla, por favor?

Asia Central y África	Lejano Oriente	América del Norte
Babilonia	Bahnara	Acagchemens
Bapedi	Bangal Col	Indios aleutianos
África Central	Benua-Jakun	Algonquinos
Caldea	Bhagavata	Indios apalaches
Egipto	China	Arapajoes
Hotentotes	Cigpaws	Esquimales del Ártico
Tribu Jumala	India	Atapascanos
Bajo Congo	Karens	Indios piesnegros
Tribu Masai	Mahabharata	Cheroquis
Tribu Otshi	Matsya	Chippewas
Persia	Sudán	Cree
Siria	Tártaro-mongoles	Dogribs
		Eleutos
Islas del Pacífico	**Europa y Asia**	Cabeza plana
Tribu Alamblack	Apamea	Groenlandia
Alfoors de Ceram	Apolodoro	Iroquois
Ami	Atenienses	Mandans
Islas Adamán	Celtas	Nez Percés
Australia	Cos	Pimas
Bunva	Creta	Thlinkuts

Nueva Guinea Holandesa	Diodoro	Yakimas
Isla del este de la India	Druidas	
Engano	Finlandia	**América Central**
Tribu Falwol	Hellenucus	Aztecas
Fidji	Islandia	Antillas
Isla de Flores	Laponia	Canarias
Formosa	Lituania	Cuba
Hawai	Luciano de Antioquía	Mayas
Tribu Kabidi	Megaros	México
Tribu Kurnai	Noruega	Muratos
Islas de Sotavento	Ogiges	Nicaragua
Maoríes	Ovidio	Indios panameños
Melanesia	Perirrhoos	Toltecas
Micronesia	Píndaro	
Nais	Platón	**América del Sur**
Nueva Bretaña	Plutarco	Abederys
Isla Otheite	Rodas	Achawois
Ot-Danoms	Rumanía	Arawaks
Polinesia	Rusia	Brasil
Queensland	Samotracia	Caingans
Tribu Rotti	Siberia	Carayas
Samoa	Sithnide	Incas
Los dyaks de mar	Tesalónica	Macusis
Sumatra	Transilvania	Maypures
Tahití	Gales	Indios del Orinoco
Toradjas		Pamarys
Tribu Valman		Tamanacos

—Como podéis ver, existen muchas comunidades en todo el mundo que cuentan con la tradición del diluvio en su cultura.

Mientras Murphy hablaba, varias personas entraron en la sala de conferencias. Reconoció a dos de sus alumnos, que llegaban tarde e intentaban pasar desapercibidos. Le pareció reconocer a la tercera persona. Era un hombre alto de rasgos muy marcados. Llevaba un traje azul de raya diplomática y buen corte. Murphy siguió a la atlética figura mientras se dirigía a la parte trasera del auditorio. Se apoyó en la pared y miró hacia el frente. Cuando se quitó las gafas de sol, Murphy pudo ver sus ojos grises, a pesar de la distancia.

Lo conozco... ¿cómo se llamaba?

La atención de Murphy regresó a la primera fila. Paul Wallach había levantado la mano. Shari parecía ligeramente aprensiva.

—Sí, Paul.

—¿No es posible que estos pueblos recibieran historias similares de parientes que hubieran viajado a otros países? O, quizá, les habló sobre el Diluvio un misionero y por eso tienen historias sobre el mismo.

Murphy asintió.

—Supongo que podría ser posible, pero es una extensión enorme, Paul. Es difícil imaginar que personas de, digamos, las selvas de Papúa Nueva Guinea tengan familiares que hayan viajado lejos. Sólo en ese país existen más de ochocientos sesenta idiomas. Los misioneros han traducido la Biblia a sólo unos ciento treinta de ellos y, a pesar de todo, acaban de descubrir tribus que también cuentan la historia del diluvio. Te daré un ejemplo. En el distrito occidental de Papúa Nueva Guinea, vive una tribu llamada los Samo-Kubo. Cuando los misioneros llegaron hasta esta remota tribu, se encontraron con que contaban con una historia del diluvio en su tradición. Los miembros de la tribu creían que si hacían enfadar a los lagartos, traerían otro diluvio que destruirá el mundo una vez más. Si hubiera habido misioneros allí antes, no habrían enseñado a los indígenas que los lagartos destruirían el mundo con un diluvio.

Murphy le pidió a Shari que pasara la diapositiva.

—Te enseñaré una diapositiva sobre cómo podría haberse extendido la historia del Diluvio. Verás flechas que van desde Oriente Próximo en todas direcciones. Se cree que después de que Noé varara en Ararat y la raza humana empezó a multiplicarse, construyeron la torre de Babel. Entonces, Dios confundió sus idiomas y los seres humanos se dispersaron por todo el mundo. Podrían haberse llevado la historia del diluvio con ellos. Con el paso del tiempo, a medida que fue extendiéndose la historia, fue variando en los distintos lugares. Parece una conclusión más lógica respecto a por qué existen más de quinientas tradiciones del diluvio en el mundo. Creo que proceden de una única fuente, que tuvieron un origen común.

Murphy se dio cuenta de que Paul estaba buscando el punto débil de su argumento. También notó que Shari lo estaba pasando mal con Paul. Parecía incómoda mientras él fruncía el ceño, concentrado, a su lado.

—Si lo que dices sobre el Diluvio es cierto —dijo Paul por fin—, contradice la teoría de la evolución. Las dos no pueden ser ciertas al mismo tiempo.

—Estoy de acuerdo —contestó Murphy.

—Por un lado, tenemos una multitud de mitos e historias —añadió Paul—. Por otro, una teoría científica demostrada con las pruebas que aportan los fósiles. —Sonrió con una mueca—. Creo que sé con cuál quedarme.

Parecía que Shari quería que se la tragara la tierra, pero Murphy sonrió a Paul, intentando demostrar a Shari que no estaba molesto ni enfadado por el comentario de Paul.

—Tienes un argumento, Paul. Las pruebas son las pruebas. ¿Recuerdas el último semestre, cuando demostré que han existido más de veinticinco mil excavaciones arqueológicas en las que han desenterrado pruebas que confirman la autenticidad de la Biblia? ¿Y que jamás se ha encontrado ni un solo artefacto que contradiga una referencia bíblica? También me gustaría señalar que todas y cada una de las pruebas sobre las que se sustenta la teoría de la evolución, el famoso eslabón perdido, han resultado ser falsas, mal identificadas, o simplemente son un caso de interpretación personal. Incluso un evolucionista, el doctor Colin Patterson, antiguo director del Museo Británico de Historia Natural, ha admitido que no existe ni un solo fósil de transición que demuestre la teoría de la evolución. Así que, dime, Paul, ¿qué pensarías si alguien descubriera los restos del arca? Tendrías que renunciar a la teoría de la evolución, ¿no?

Paul se encogió de hombros.

—Claro. Y me comería mi sombrero también.

Murphy lo apuntó con el dedo.

—No hagas promesas que no puedes cumplir, Paul. Dejaré que

te ofrezcas a comerte el sombrero, siempre y cuando prometas leer la Biblia con la mente abierta y reflexionar sobre sus enseñanzas. —Se giró hacia el resto de la clase—. Imaginemos que alguien encuentra los restos del arca. Sería el hallazgo arqueológico más importante de la historia. Y más fascinante aún, sería la prueba de que Dios *juzgó* la maldad del mundo con el Diluvio. Y si la Biblia acertó al predecir el juicio del diluvio, también debería acertar al predecir el juicio final. ¡El juicio del hijo del hombre del que habla Jesús!

Paul no parecía tener respuesta, para evidente alivio de Shari, y Murphy empezó a ordenar sus apuntes.

Entonces, miró instintivamente al elegante hombre que estaba apoyado contra la pared de la sala de conferencias.

Sin embargo, ya se había marchado.

23

Murphy se marchó del anfiteatro a toda prisa, pero no veía más que alumnos caminando tranquilamente de o hacia las clases o la cafetería. No había señal del hombre del traje azul por ninguna parte.

Regresó para recoger sus apuntes y allí estaba, de pie junto a la puerta, con la mano extendida.

—Profesor Murphy, me llamo Shane Barrington. Una conferencia interesante.

Sabía que su cara me resultaba familiar, pensó Murphy.

—Acabo de llegar a Raleigh —continuó, como si eso lo explicara todo—. La búsqueda del arca de Noé, ¿eh? Un tema interesante. ¿Lleva mucho tiempo buscándola?

—Ésta es la tercera clase que imparto sobre el tema —dijo Murphy cautelosamente. Le resultaba extraño mantener una conversación sobre el arca de Noé con el director de Barrington Communications, uno de los empresarios más poderosos del mundo. ¿Qué quería? ¿Comprar espacio publicitario sobre el arca? Se llevaría una decepción cuando Murphy le comentara que no se había avistado en varios miles de años—. Los alumnos parecen bastante interesados.

—Sí, me he dado cuenta. A mí también me interesa el tema.

—¿De veras? —replicó Murphy—. No se ofenda, pero no creo que pueda obtenerse beneficios de artefactos bíblicos como el arca. Cuando se descubren, pertenecen a todo el mundo y su valor no puede expresarse en dinero.

Durante una fracción de segundo, los ojos de Barrington se oscurecieron, pero, de repente, se echó a reír.

—Excelente. Admiro su pasión, profesor Murphy. De hecho, por eso quiero hablar con usted. ¿Puede dedicarme unos minutos?

Murphy seguía con la mosca detrás de la oreja, pero resultaba difícil no dejarse engatusar por el encanto de Barrington. Y hablar no hace daño a nadie, cualesquiera que sean los motivos de Barrington.

—Tiene suerte. Tengo media hora libre hasta mi próxima conferencia.

Murphy lo condujo por el campus hasta la cafetería, donde pidió dos tés helados y buscó una mesa tranquila.

—En primer lugar, siento mucho el fallecimiento de su esposa. Es terrible, espantoso. ¿Llegaron a atrapar al responsable?

—Todavía no —respondió Murphy lúgubre. Se preguntaba por qué Barrington había sacado ese tema y el empresario pareció darse cuenta de su curiosidad.

—Mi hijo también fue asesinado, hacia la misma época que su esposa.

Murphy asintió.

—Sí, me enteré de aquello. Lo siento mucho.

—Gracias. Mire, profesor Murphy, a fin de cuentas tenemos algo en común. Ambos hemos sufrido la pérdida de un ser querido. Perder a Arthur me ha cambiado mi forma de ver la vida, de ver lo que es importante. —Sonrió—. Parece escéptico, profesor Murphy. Quizá no tengamos el mismo enfoque, pero es cierto que ambos, a nuestra manera, intentamos utilizar nuestra influencia para marcar una diferencia en este mundo. Y creo que quizá nuestra influencia sería aún mayor si trabajáramos juntos.

Su ensayado discurso le salió con facilidad y, sin embargo, no pudo evitar regresar al día en que había fallecido su hijo —y cuando no logró salvarlo—. Pero lo cierto era que no quería a Arthur ni un ápice, al igual que su padre no lo había querido a él. En realidad, no tenía nada en común con Murphy.

Salvo una cosa. La esposa de Murphy y el hijo de Barrington habían sido asesinados por el mismo hombre.

Garra.

Pero ése era un detalle que no iba a compartir con Murphy.

—Hay tanta violencia y disturbios en el mundo —continuó Barrington—. Tantos delitos y violencia. Quiero utilizar Barrington Communications para luchar contra ello.

—¿Cómo? —preguntó Murphy sorbiendo su té.

—Información. Comunicación. Cuanto más sepamos sobre el mundo, sobre los demás, menos motivos habrá para que estallen conflictos. ¿Le parece que tiene sentido?

Murphy asintió.

—Claro. Siempre y cuando lo que le cuente a la gente sea la verdad. En ocasiones, la verdad desemboca en conflicto. A veces, la verdad es el motivo por el que hay que luchar.

Barrington se quedó pensativo.

—Entiendo lo que quiere decir. Y ¿cuál es su batalla particular en este gran conflicto?

—Intento demostrar la verdad de la Biblia —dijo Murphy con sencillez.

—Y ¿por qué es tan importante?

—Por una serie de razones —contestó Murphy—. Permítame darle un ejemplo. Si pudiéramos demostrar que el arca de Noé existió realmente, entonces sabríamos con seguridad que Dios castigó a los malhechores de los días de Noé. Así que, cuando la Biblia nos dice que vendrá otro juicio, sería inteligente tomárselo en serio e intentar cambiar nuestras vidas para adecuarlas a la voluntad de Dios.

—Salvar las almas inmortales de los hombres —caviló Barrington, removiendo el hielo en su taza de té—. ¿Qué podría ser más importante? Por lo tanto, a cuantas más personas pueda comunicar el mensaje, mejor.

—Por supuesto —corroboró Murphy.

—Entonces, debo suponer que si tiene la posibilidad de utilizar uno de los canales de televisión por cable más influyentes del mundo para extender el mensaje, sería... ¿cómo decirlo?... un regalo caído del cielo, ¿verdad?

—Supongo que sí —respondió Murphy.

Barrington sonrió como un jugador de póquer que acaba de ganar la partida.

—Eso es lo que esperaba que dijera. Mire, Murphy, quisiera ofrecerle un trabajo. Me gustaría que trabajara para Barrington Communications Network.

Murphy abrió la boca pero no emitió palabra alguna. La verdad es que no sabía qué decir. Barrington continuó hablando.

—Quiero que se encargue de crear un departamento nuevo de un interés especial. Me gustaría que dirigiera un equipo de producción de documentales sobre arqueología. Creo que nuestros telespectadores más científicos y rigurosos disfrutarán de ese formato. Puede elegir usted mismo el personal. Nosotros le facilitaremos el equipo de grabación y edición. Estará al mando de todo. Puede hacer el programa que le parezca, sobre cualquier tema. El dinero no es problema. ¿Qué le parece?

La verdad es que sonaba maravilloso. En lugar de estar de pie en una sala de conferencias hablando a cien alumnos, Murphy podría hablar a millones de personas de todo el mundo. En lugar de pelear con el decano Fallworth a diario por el contenido de sus conferencias, dispondría de total libertad para elegir los temas.

—No sé qué decir. Sólo soy un arqueólogo.

—Confíe en mí —insistió Barrington, inclinándose sobre la mesa—. Usted es un hombre de primera. Tiene carisma. Llámelo como quiera. Por eso es un magnífico profesor. La gente le responde. Cree en usted.

Y ¿por qué debería confiar en usted?, se preguntó Murphy. *¿Qué es lo que hay detrás?*

Fue como si de repente despertara de un sueño especialmente realista.

—Le agradezco la oferta, Sr. Barrington, pero me temo que la respuesta es no.

Una sombra negra oscureció el rostro de Barrington de nuevo. Era obvio que no le gustaba que le dijeran que no.

—No se precipite. Tómese un tiempo para pensarlo. Si quiere alguna otra cosa, pídamela. Estoy seguro de que podremos llegar a un acuerdo.

Murphy sentía cómo se iba acalorando. No le gustaba que la gente asumiera que se le podía comprar.

—La respuesta es no. Gracias.

—¿Le importaría decirme por qué? —preguntó Barrington, sin molestarse en controlar el tono envenenado de su voz.

—Porque no quiero formar parte de su sórdida organización. Los programas nocturnos de su cadena no son más que pornografía. Los de máxima audiencia están repletos de insinuaciones sexuales, vocabulario de mal gusto y ataques a la moralidad. Los programas cómicos se ríen de todo lo que queda de decente en Estados Unidos. Los *reality shows* ni se aproximan a la realidad. Y, además, apoya a determinados líderes corruptos. Si me he dejado algo en el tintero, le pido disculpas. Citando un versículo de los Salmos: «Prefiero el umbral de la casa de Dios a vivir con los malvados».

Barrington se quedó paralizado. Murphy notó que deseaba fervientemente agarrarlo por el cuello, pero algo se lo impedía. Algo muy poderoso, más aún que su rabia. Murphy se preguntó qué sería.

Lentamente, Barrington se puso en pie y se arregló la corbata. Se alisó la chaqueta y extendió la mano, sin poder contener su expresión de furia.

—Hasta que volvamos a vernos, Murphy. Hasta que volvamos a vernos otra vez.

Murphy observó cómo se marchaba. Todavía no estaba seguro de lo que acababa de ocurrir. *Debería reflexionar sobre esto*, pensó. Sin embargo, en ese preciso instante empezó a sonar su móvil.

—Murphy.

—Michael, soy Vern. Te llamo por la conversación que tuvimos. Te dije que te daría una respuesta sobre llevar al equipo de exploración en avión a Ararat.

—Correcto. ¿Qué habéis decidido Julie y tú?

—La respuesta es sí.

—¿Qué le parece a Julie? —preguntó Murphy.

—No voy a engañarte. Está preocupada. No le apetece que me marche. Sabe que Turquía no es precisamente el lugar más seguro del mundo para un estadounidense en este momento.

—Tiene razón, Vern. No tienes por qué venir.

—Lo sé, pero es mi oportunidad para ofrecer una vida mejor a mi familia. A veces, hay que arriesgarse para conseguirlo. Además, no lo conseguirás sin mí. Te he visto en acción, ¿recuerdas? Necesitas una persona inteligente que vigile tus espaldas —añadió riendo.

Murphy sonrió.

—Y no se me ocurre nadie mejor que tú. Me alegro de tenerte a bordo, Vern.

Colgó y miró hacia el lago. Un escalofrío recorrió su espalda.

Estaba seguro de que la oferta de Barrington era un cáliz envenenado. Tentador, pero peligroso. Ahora, él acababa de hacer una oferta a su viejo amigo Vern. Una oferta igual de tentadora. Tentadora, pero posiblemente letal.

Y si llegara a serlo, ¿cómo se sentiría Murphy?

24

Paul Wallach estaba en la biblioteca, totalmente absorto tomando apuntes de un libro sobre excavaciones arqueológicas en el valle de los Reyes. No vio al hombre que estaba de pie tras él hasta que cogió la silla que había junto a Paul y se sentó.

—¿Le importa si me siento?

Paul no levantó la vista de sus apuntes.

—Claro que no. Entonces, algo le hizo volverse.

—¡Sr. Barrington! ¿Qué está usted haciendo aquí?

Barrington sonrió y extendió la mano.

—¡He venido a vigilar mi inversión, Paul!

—Su inversión está perfectamente —contestó Paul efusivamente, cerrando el libro—. Gracias a usted y a la beca. Fue un gran honor que me visitara en el hospital después de la explosión en la iglesia.

Barrington se restó importancia con un ademán.

—Fue un momento difícil para todos, incluso para mí, Paul. Quedé destrozado tras la pérdida de Arthur. Seguramente igual que tú cuando falleció tu padre. Supongo que desde que perdí a Arthur empecé a considerarte un poco como un hijo. Espero que no te moleste.

Paul sonrió ingenuamente, como Barrington sabía que haría. Sus botones emocionales eran fáciles de apretar.

—¿Podrías tomarte un descanso y dar un paseo conmigo?

—Por supuesto. De todas formas, ya estaba terminando.

Mientras salían de la biblioteca, Paul se fijó en que otros alumnos hablaban de ellos y los señalaban. Intentó parecer natural y relajado, pero por dentro brillaba. Uno de los empresarios más famosos del mundo había ido a Preston a verlo. A él, a Paul Wallach.

Encontraron un banco a la sombra de las azaleas y los cornejos y se sentaron.

—Paul, quiero proponerte algo. Para que lo pienses. Me gustaría que consideraras la posibilidad de trabajar para mí cuando te licencies. Eres inteligente, trabajador y sabes trabajar en equipo. Una combinación difícil de encontrar.

Paul intentó no dejar traslucir su emoción.

—No sé qué decir, Sr. Barrington. Sería una oportunidad increíble.

—Mira, esto es lo que he estado barruntando. Creo que tienes madera de líder. Me gustaría que te unieras a BCN y trabajaras como becario. Te tomaré bajo mis alas y seré tu mentor. Creo que puedes llegar lejos en nuestra empresa de comunicaciones. Ya tienes experiencia en los medios de comunicación, ya que tu padre trabajaba en el negocio de la imprenta. Estoy seguro de que aprendiste alguna de sus habilidades.

Paul se limitó a asentir.

—Esto es lo que me gustaría que ocurriera, Paul. Quisiera que continuaras estudiando. Me haré cargo de tus gastos académicos. Pero quiero que empieces a desarrollar tus aptitudes de escritor. Para empezar, me gustaría que me dieras algunas muestras de tus escritos todas las semanas. Por ejemplo, sobre tu clase de arqueología. La que imparte el profesor Murphy. Empieza dándome un informe de cuatro páginas sobre lo que os enseñan en clase. Lo leeré y te lo devolveré con sugerencias. ¿Qué opinas?

—Es una de las clases más interesantes. Sería genial. Estoy seguro de que tengo mucho que aprender de usted.

—Bien. Entonces empezaremos tal y como te he explicado. Por cierto, olvidé mencionar que no sólo dispondrás de una beca, sino que me parece justo pagarte por las tareas que te asigne. ¿Qué tal suena veinte dólares la hora? ¿Te parece aceptable?

Paul no podía creer lo que estaba oyendo. Le iban a pagar los estudios. Había conseguido un trabajo a tiempo parcial por veinte dólares la hora y se tenía asegurado un trabajo muy bien remunerado tras licenciarse. Las cosas no podían ir mejor.

—Paul, antes de que me des una respuesta definitiva, es importante que lo pienses detenidamente. No quiero forzarte ni hacer que te precipites al tomar la decisión. Te estoy pidiendo que aceptes responsabilidades aparte de tus obligaciones académicas. Quiero que te sientas cómodo y seas feliz. Así que no debe preocuparte rechazar mi oferta. Como he dicho, eres como un hijo para mí. Lo único que me importa es tu propio interés.

Paul estaba a punto de hablar, pero Barrington lo detuvo con una mano.

—Otra cosa más. ¿Estás libre este fin de semana? Tengo entradas para *El fantasma de la ópera*. ¿Te gustaría volar a Nueva York y acompañarme? Puedes alojarte en mi ático.

—Sería fantástico, Sr. Barrington. Podría aprovechar el vuelo para escribir.

Barrington le palmeó el hombro y se puso en pie para marcharse.

—Excelente. Mi limusina te recogerá y te llevará al aeropuerto el viernes por la tarde. —Hizo ademán de mirar el reloj—. Tengo que marcharme ya. Tengo una reunión importante. Sigue trabajando duro, Paul.

—Sí, señor. Gracias, Sr. Barrington —le gritó Paul mientras se marchaba. Se sentó estupefacto, imaginándose en la oficina de Barrington en Nueva York, aprendiendo cosas importantes sobre el negocio, recibiendo información confidencial, viendo cómo se toman decisiones multimillonarias.

—Lo siento, Shari —musitó—. Voy a tener que saltarme esa reunión para estudiar la Biblia de este fin de semana. Mira, me voy a Nueva York. Shane Barrington...

—Hola, Paul. ¿Estás hablando solo?

Paul levantó la mirada, avergonzado.

—Hola, Shari. No, sólo estaba repasando algo en la mente.

Se sentó junto a él.

—¿No era Shane Barrington con el que acabo de verte?

Paul parecía incómodo. Sabía que Shari sospechaba de Barrington. Sabía que ella pensaba que el interés de Barrington por él desde la explosión tenía algo falso, pero nunca acertaba a concretar el qué.

A Paul no le apetecía tener otra discusión sobre el tema. Especialmente ahora.

—Sí, era él —dijo Paul cautelosamente.

—¿Qué quería? ¿Ha venido simplemente a verte?

Paul había intentado dirigir la conversación hacia otros derroteros, pero el tono de Shari estaba haciendo mella en él.

—¿Por qué no? Se interesa por mi trabajo, eso es todo.

—¿Por qué iba a estar el director de Barrington Communications interesado en tu trabajo? Eres un estudiante, Paul, no un profesor de fama mundial.

Paul notó cómo se sonrojaba.

—Es cierto. No tengo ideas absurdas sobre demostrar los cuentos de hadas de la Biblia. A diferencia del mundialmente famoso profesor Murphy.

Shari sintió que su enfado se equiparaba con el de Paul.

—¡No son cuentos de hadas! ¿Cómo puedes decir algo así? Creí que te interesaba la arqueología bíblica. Creí que te gustaban las clases de Murphy.

Paul se dio cuenta de que la conversación se le estaba yendo de las manos.

—Vale, vale. Las clases de Murphy son muy... estimulantes. Es sólo que no estoy seguro de que viva en el mundo real, eso es todo.

Shari asintió, como si por fin entendiera de qué se trataba.

—¿Y Barrington sí? ¿Por qué? ¿Porque tiene dinero? ¿Porque tiene éxito? Fíjate en cómo gana el dinero, Paul. Vendiendo basura.

—Ni siquiera ves la televisión —contraatacó Paul—. Quizá si sacaras las narices de la Biblia de vez en cuando, tendrías una perspectiva distinta.

—Me dijiste que te unirías a mí en el grupo de estudio de la Biblia este fin de semana, Paul. ¿Me estás diciendo que ya no te interesa?

Paul respiró profundamente. No podía mirar a Shari a los ojos.

—Iba a decírtelo. Me ha surgido algo. No puedo ir.

—¿Algo relacionado con Shane Barrington?

—Sí, si quieres saberlo. Me ha invitado a Nueva York a pasar el fin de semana. Quiere enseñarme su negocio. Es una gran oportunidad, Shari. ¿Cómo iba a rechazar su oferta?

Shari lo miró. Habían discutido antes, sobre la Biblia y la evolución. En ocasiones, fuertemente. Pero al menos habían sido honestos el uno con el otro. Por muy ásperas que fueran las peleas, siempre que fueran honestos el uno con el otro, todavía les quedaba esperanza.

Pero ahora Paul le había mentido. Estaba segura.

Y por primera vez, sintió que él se alejaba.

25

—Michael, soy Hank Baines. Siento molestarte, pero necesito verte.

Murphy captó la ansiedad que traslucía la voz de Baines.

—Estoy a punto de salir. Tengo que ir a la Oficina Estatal de Archivos e Historia. ¿Podríamos encontrarnos allí hacia las once? ¿Qué te parece?

Se oyó un suspiro de alivio al otro lado de la línea.

—Te veré allí.

Cuando dieron las once, Murphy estaba tan enfrascado en su investigación que no vio a Baines acercarse.

—¿Qué es eso tan interesante? —preguntó Baines.

Murphy levantó la vista e hizo un gesto a Baines para que se sentara en la apartada mesa de la sección de biblioteca.

—La colonia perdida.

—¿Qué es eso?

—En 1587, sir Walter Raleigh envió un grupo de ciento diecisiete personas a colonizar Virginia. Llegaron a la isla Roanoke en su camino hacia la bahía de Chesapeake. Eran noventa y un hombres, diecisiete mujeres y nueve niños. El primer bebé que nació en el continente se llamó Virginia Dare.

—He oído hablar de ella —dijo Baines, asintiendo.

—Los barcos de abastecimiento de los colonos no pudieron volver desde Inglaterra hasta 1590 a causa de la guerra con España. Cuando por fin volvieron, todos los colonos habían desaparecido. No había ni rastro de ninguno de ellos. Lo único que descubrieron fue un árbol con las letras CRO grabadas y un segundo árbol con la palabra CROATOAN grabada. Nadie ha averiguado qué significa ni lo que les ocurrió.

—¿Y usted cree que tiene una pista? —preguntó Baines.

Murphy sonrió.

—Resolver misterios es mi pasatiempo preferido. Pero no has venido hasta aquí para hablar sobre eso. ¿Qué te preocupa, Hank?

—¿Te has enterado de lo de Tiffany?

Murphy se incorporó en la silla.

—No. ¿Qué ha ocurrido?

—El coche en el que viajaba chocó de frente con un camión hace dos días. Dio unas cuantas vueltas de campana y el conductor falleció. Era su amiga Lisa.

—¿Y Tiffany?

—Sólo unos cuantos rasguños y moratones. Fue un milagro que no saliera gravemente herida. Pero está muy triste por su amiga.

Murphy se dio cuenta de que Baines estaba a punto de echarse a llorar.

—Tiffany casi... Fue un auténtico aviso. No quiero perder a mi hija y tampoco quiero perder a Jennifer. No sé, pero tengo la sensación de que alguien está intentando decirme algo. Hay algo que tengo que hacer. El problema es que no sé exactamente qué.

—Quizá sabes más de lo que crees —arguyó Murphy.

Baines lo miró.

—¿Qué quieres decir?

—¿Recuerdas cuando hablamos sobre escuchar? ¿Oír lo que sus familiares tienen que decir?

Baines asintió.

—Ajá.

—Quizá es el momento de escuchar a esa pequeña voz que tienes en tu interior. ¿Sabes, Hank?, todos tenemos ese anhelo, ese vacío dentro que sólo puede llenar Dios. Pascal, el gran filósofo francés, decía que había un hueco con la forma de Dios en el corazón de todos los hombres que sólo podía llenar Dios a través de su relación con Jesucristo, su hijo.

Hank bajó la mirada hacia la mesa.

—Vaya, es difícil hablar sobre esto, pero te escucho. Los últimos días he tenido una sensación como de necesitar... comprometerme. Pero no sé cómo hacerlo.

—Bueno, lo principal es que quieres hacerlo. Después, es como saltar desde un trampolín. Simplemente, cierra los ojos y ¡adelante!

Baines rió.

—Haces que suene fácil, Michael, pero ahí está el quid de la cuestión. No he recibido mucha educación religiosa. Siento que me queda mucho por aprender.

—¿Como qué?

Baines frunció el ceño, concentrado, mientras intentaba ordenar sus pensamientos.

—De acuerdo, aquí tienes un ejemplo. Tú hablas sobre Dios, Jesús y el Espíritu Santo. Tres cosas distintas. ¿Qué está pasando aquí?

Murphy sonrió.

—Sé que parece confuso. Deja que te lo explique. Dios es el padre, el hijo y el Espíritu Santo. Son tres en uno.

—¿Tres en uno?

—Es similar a tres responsabilidades. Por ejemplo, tú tienes una hija y una esposa. Como Hank Baines, eras marido para tu esposa, padre para tu hija y un profesional en el FBI. Realizas distintas funciones en el momento correspondiente.

—Vale, te sigo.

—Te daré otro ejemplo, esta vez extraído de la naturaleza. El agua, H_2O, puede existir como líquido, como sólido o como vapor, pero sigue siendo H_2O.

—De acuerdo, pero he oído hablar muchas veces sobre Jesucristo como hombre. ¿Cómo puede ser un hombre y Dios al mismo tiempo?

Murphy se echó a reír.

—Muchas personas más inteligentes que yo llevan luchando con esa pregunta desde hace más de dos mil años, pero intentaré responderte. ¿Estás familiarizado con Shakespeare?

—Leí algo en la universidad pero, para serte sincero, no recuerdo demasiado.

Murphy rió de nuevo.

—Yo tampoco, pero ¿recuerdas quién es Macbeth?

—Claro. El escocés. El que tenía una esposa fascinante.

—¿Ves?, recuerdas más de lo que crees. El personaje de Macbeth, ¿podría haber conocido a Shakespeare en persona?

Baines parecía confuso.

—Yo diría que no.

—Pero podría conocerlo —continuó Murphy—. Shakespeare podría introducirse en la obra, como personaje llamado Shakespeare, y presentarse a Macbeth.

—Supongo.

—Bien, eso es lo que hizo Dios. Él es el autor del universo. Se introdujo en la obra con la forma humana de Jesucristo. Tomó la forma de un hombre. Incluso Jesús dijo: «Yo y el padre somos uno solo».

Baines se quedó en silencio unos instantes. Murphy dejó que reflexionara sobre lo que le acababa de decir.

Finalmente, Baines dijo:

—Supongo que la pregunta principal es ¿si acepto el hecho de que Jesús es Dios con forma humana, va a cambiar mi vida?

—Por supuesto. Demos un paso más. ¿Conoces a alguien que sea perfecto?

Baines negó con la cabeza.

—Dios es perfecto y quiere que los seres humanos pasen la eternidad con él en el cielo. Sin embargo, hay un problema. Nosotros no somos perfectos. Si nos presentáramos ante Dios en nuestro estado imperfecto, no lo soportaríamos. ¿Por qué? Porque Dios es sagrado. ¿Recuerdas cuando eras niño y hacías una travesura? No querías que tus padres se enteraran, ¿verdad? Imagina a tu creador siendo consciente para la eternidad de todos y cada uno de los malos pensamientos y actos que has cometido en la vida. No querrías pasar ni cinco minutos en su presencia, y no hablemos de la eternidad. Pero si hubieras expiado tus pecados y los hubieras borrado al aceptar a Jesucristo como tu Señor y Salvador antes de ir al cielo, no habría problema, ¿verdad?

—Tiene sentido —corroboró Baines.

—Dios adoptó la forma del hijo —Jesús— para morir por nuestra imperfección, por nuestros pecados. Nos cubre con la perfección de Cristo para que podamos aparecer ante él. Todo lo que hay que hacer es creer y aceptar esa magnífica sustitución.

—Suena demasiado simple. ¿No hay que hacer nada más?

Murphy levantó las manos.

—Eso es todo. Todo lo demás que intentemos hacer será imperfecto.

—Tengo la sensación de que debería ser más complicado.

—No es que lo diga yo. Deja que te cite la Carta a los Romanos, capítulo 10, versículos 8 a 13: «Pero ¿qué dice la Escritura? La palabra está cerca de ti, en tu boca, en tu corazón, esto es, la palabra de la fe que proclamamos. Porque si confiesas con tu boca que Jesús es el Señor y crees en tu corazón que Dios lo resucitó de entre los muertos, te salvarás. Con el corazón se cree para la justicia y con la boca se confiesa la fe para la salvación. Pues dice la Escritura: Todo el que cree en él no será defraudado».

Cuando Murphy terminó, Baines estaba sumido en sus pensamientos. Murphy había hecho todo lo que había podido, había explicado su fe lo mejor que sabía. Ahora dependía de Baines. No estaba seguro de que Baines siguiera escuchándole, pero quería añadir una cosa más.

—Recuerda, Hank, puedes pedirle a Cristo que entre en tu vida en cualquier momento. No tiene que ser en la iglesia. Podría ser mientras estás conduciendo o caminando hacia el supermercado. En cualquier parte. Sólo tienes que rezar una oración y pedírselo. Estará allí para responderte. Te lo garantizo.

Murphy recogió sus libros lentamente, apoyó la mano suavemente en el hombro de Baines y se alejó caminando.

Rezó su propia oración silenciosa mientras se marchaba.

26

Isis llegó a la terminal y se detuvo a consultar la pantalla de llegadas de American Airlines. A tiempo. Encontró una silla libre junto a la ventana de la sala de llegadas y se sentó a esperar, deseando que los latidos de su corazón se hubieran tranquilizado cuando él llegara. Lo último que quería era dejarle ver el efecto que provocaba en ella.

Murphy la vio, sentada recatadamente, con las manos en el regazo, casi como si estuviera meditando. Parecía tener los ojos cerrados. Se detuvo, disfrutando del momento. En cuanto la saludara, sólo hablaría de trabajo. Así era como había decidido que tenía que ser. Por eso, esa visión era un regalo inesperado. Su pelo rojo fuego parecía revuelto por el viento, incluso allí, en contraste violento con la serenidad de porcelana de su rostro, rematado por una barbilla de elfo que sintió el repentino deseo de tocar con la punta de los dedos.

Como si ella hubiera adivinado su pensamiento, sus párpados se levantaron y sus resplandecientes ojos verdes lo encontraron al otro lado de la sala. Entonces, apartó la mirada casi a la misma velocidad. Él levantó la mano en señal de saludo, respiró hondo y se abrió camino entre la multitud.

Cuando llegó junto a ella, sus rasgos habían vuelto a adoptar su habitual media sonrisa de esfinge.

—Murphy —dijo.

—Isis. Estás... —Vaciló un instante. Con pantalones de combate, una camiseta verde ajustada, zapatillas y nada de maquillaje parecía una supermodelo intentando pasar desapercibida. Sin conseguirlo.

Ella pareció sorprendida.

—... Bien. Pareces estar bien —consiguió decir finalmente.

Ella se levantó de un salto y empezó a caminar hacia la parada de taxis.

—Ya te lo dije. He estado entrenando.

Murphy la siguió.

—Bien —dijo—. Genial.

✳ ✳ ✳

En el taxi, Murphy se sintió aliviado al comprobar que tenía todo lo que necesitaba en la maleta e Isis estuvo mirando por la ventanilla hasta que llegaron a su destino, escondido en la tranquila comunidad de Malean, Virginia. El terreno original había sido adquirido en 1719 por Thomas Lee, quien le había dado el nombre de Langley, en honor a su hogar en Inglaterra.

Tras pasar todos los controles de seguridad, caminaban por los terrenos del campus, similar al de una universidad. El patio ajardinado, el frondoso césped y las flores y árboles en flor hacían aún más vívida la impresión de encontrarse en una de las facultades del famoso grupo de universidades Ivy League.

Hasta que no se detuvieron delante del monumento a Kryptos, no recordaron que no se trataba de un idílico centro de enseñanza. Murphy recordó la primera vez que había estado ante la pantalla de cobre con forma de S, que parecía un pedazo de papel saliendo de la impresora de un ordenador. En él, varios mensajes enigmáticos desafiaban al lector a descodificarlos. Ya lo había intentado antes y no lo había conseguido y, mirando de reojo a Isis, se preguntó si algunos misterios estaban destinados a no ser resueltos jamás.

Poco después entraron en el moderno edificio principal de cristal y se dirigieron hacia la recepcionista.

—¿Puedo ayudarles?

—Somos Michael Murphy e Isis McDonald. Tenemos una cita con Carlton Stovall.

Poco después se les unió un hombre de baja estatura, con algo de sobrepeso, calvo y de sonrisa anodina. Los invitó a su despacho.

Stovall esperó a que se sentaran delante de su mesa.

—Ya les he dicho por teléfono que no creo que pueda serles de gran ayuda. Espero que no hayan realizado este viaje en vano.

—Ya veremos —dijo Michael sin alterarse—. Como sabe, me interesan las copias de documentos relativos al arca de Noé.

La risa de Stovall fue estridente.

—Lo siento, profesor Murphy, ¡todos nuestros archivos se dañaron en el Diluvio! —volvió a reír—. Tendrá que perdonarme. Nos hacen peticiones muy extrañas, ¿sabe? Gente que quiere saber si Elvis sigue vivo, cómo el Servicio Secreto asesinó a Marilyn Monroe, ese tipo de cosas, pero, ¡esto! Esto sin duda se lleva el primer premio. ¿Está seguro que no quiere el archivo sobre Blancanieves y los siete enanitos?

Sacó un pañuelo blanco y empezó a secarse la frente.

Murphy esperó hasta estar seguro de que Stovall no tenía preparados más chistes.

—Quizá lo llamen ustedes por otro nombre. Déjeme ver… ¿Qué le parece el archivo sobre la Anomalía del Ararat? ¿Le dice algo?

De repente, Stovall dejó de reírse. Su rostro enrojeció. Empezó a tartamudear, pero Murphy lo interrumpió.

—Sé con seguridad que el 19 de junio de 1949, un avión del ejército del aire de los Estados Unidos estaba realizando un vuelo rutinario sobre el monte Ararat. Sé que se tomaron fotografías y que el objeto se avistó a 4.724 metros. Me han dicho que la CIA bautizó ese objeto con el nombre de Anomalía del Ararat. También me consta que en 1993, en virtud de la Ley de Libertad de Información, el archivo Anomalía se desclasificó tras más de cuarenta años de secretismo ¿Qué tal lo estoy haciendo hasta ahora?

Una vez más, Murphy no le dio tiempo a responder.

—También me consta que Porcher Taylor, un erudito del Centro de Estudios Estratégicos e Internacionales de Washington, hizo algunos descubrimientos interesantes. Descubrió que un avión espía U2 tomó fotografías de la misma anomalía en 1956. Taylor también descubrió que la CIA tomó algunas instantáneas con el satélite remoto militar KH9 de alta resolución en 1973. Y, por último, el satélite *K11* fotografió el mismo punto del Ararat en 1976, 1990 y 1992.

Murphy hizo una pausa, pero esta vez Stovall no parecía tener nada que decir.

—Si no me equivoco —continuó Murphy—, el satélite *Ikonos* llegó incluso a identificar las coordinadas secretas de la anomalía del monte Ararat en 39 grados, 42 minutos y 10 segundos longitud norte y 44 grados, 16 minutos y 30 segundos latitud este.

Los ojos de Stovall iban de Isis a Murphy sin parar. Parecía un ratón atrapado intentando encontrar una salida. Finalmente, dijo:

—No tengo autoridad para conceder acceso a esos archivos. Tendré que hablar con mi superior.

—Me parece bien —sonrió Murphy—. Tenemos toda la tarde, Sr. Stovall.

Stovall salió de la habitación e Isis no pudo evitar sonreír a Murphy.

—Bravo, lo has puesto entre la espada y la pared. ¿Es todo eso cierto?

—Eso es lo que hemos venido a descubrir —contestó Murphy.

Precisamente estaban preparándose para una larga espera cuando se abrió la puerta y dos hombres entraron resueltamente en la habitación. Stovall parecía haber recuperado la compostura. Tras él había un hombre que Murphy conocía demasiado bien.

Al instante, Murphy se vio asaltado por los recuerdos de la bomba en la iglesia y de las agresivas investigaciones de un agente del FBI convencido de que cristianos como Murphy, Laura y el pastor Bob Wagoner eran culpables.

El hombre que Hank Baines le había dicho que ahora estaba trabajando para la CIA.

El mundo es un pañuelo, pensó Murphy.

—Bueno, bueno, profesor Murphy —dijo Welsh con el ceño fruncido—. Parece que no consigo librarme de usted por mucho que lo intente.

—Justamente lo mismo que estaba pensando yo —replicó Murphy—. Pero será un placer dejarle a solas para que pueda continuar haciendo lo que quiera que haga aquí. Denos los archivos y nos marcharemos enseguida.

—Lo siento, pero no va a ser posible —dijo Welsh, que no parecía sentirlo en absoluto—. Verá, todos esos archivos han vuelto a clasificarse como documentos secretos.

—Eso es imposible —dijo Murphy, levantándose de la silla y encarándose con Welsh. Isis le puso una mano en el brazo en ademán tranquilizador, temiendo que perdiera los nervios, pero no pareció darse cuenta—. Todos esos materiales entran en el ámbito de la Ley de Libertad de Información. No tiene derecho a negarnos el acceso.

Welsh se mantuvo impasible, con los brazos cruzados.

—No tengo nada que añadir.

Murphy lo señaló con el dedo.

—Ya nos ha dicho demasiado, Welsh. Nos ha dicho que tenemos razón. La CIA tiene toda esa información pero no quiere hacerla de dominio público. ¡Es una maniobra para encubrir el asunto!

Welsh se encogió de hombros.

—¿Qué quiere que le diga? Quizá debería escribir al presidente. Tómela con él. Que tengan buen viaje de vuelta. —Giró sobre sus talones y salió de la habitación cerrando la puerta de un portazo.

27

Murphy todavía echaba chispas entre dientes cuando salían del edificio y caminaban de vuelta hacia la salida.

—Ese tal Welsh. Primero intenta culpar a los evangélicos de la explosión y ahora, aparece aquí cerrando los archivos sobre Ararat a cal y canto. ¿Qué está ocurriendo?

Isis apoyó su brazo en el de Murphy mientras se decía a sí misma que era sólo para calmarlo.

—Estás siendo un pelín paranoico, Murphy. Si la CIA tiene pruebas de que el arca existe, ¿por qué querrían mantenerlas en secreto? Algo ha pasado entre tú y Welsh. Creo que anda con evasivas porque no le gustas.

—Quizá tengas razón —dijo Murphy—. Quizá me estoy poniendo paranoico.

—Y ¿ahora qué hacemos? —preguntó Isis—. Dado que no podemos contar con los archivos, nos sobran unas cuantas horas antes de ir al aeropuerto. ¿Quieres hacer un poco de turismo? ¿Te apetece ver algunos monumentos de Washington?

En realidad, Murphy no la estaba escuchando.

—Claro. Es imposible hacernos con esos archivos...

—Escucha, si no te apetece, no pasa nada. Me espera una montaña de trabajo en el museo —dijo Isis haciendo una mueca.

Murphy forzó una sonrisa.

—Lo siento, Isis. Vamos a coger un taxi y a hacer esa visita turística. Tú eres la guía.

—Menuda suerte. Aquí no suelen encontrarse taxis —dijo Isis—. Al monumento a Washington, por favor —le dijo al taxista mientras subían al vehículo.

El taxista asintió y se sumergió en el tráfico. Durante un rato, no cruzaron palabra. Murphy todavía estaba pensando en su discusión con Welsh, mientras que Isis se miraba las manos, que descansaban sobre su regazo. Estaba empezando a dudar de que la visita fuera una buena idea.

Unos instantes después, levantó la mirada y, para su sorpresa, se dio cuenta de que estaban en una zona que no conocía.

—¡Eh! —Dio un golpe al panel de cristal que los separaba del taxista—. Le he dicho que al monumento a Washington. ¡Éste no es el camino!

El cuerpo de Murphy se puso tenso.

—¿Qué pasa, Isis?

—No sé dónde estamos, pero éste no es el camino, de eso estoy segura. —Volvió a golpear con firmeza el cristal.

El taxista no respondió.

Murphy sintió como le subía la adrenalina a toda velocidad. Algo iba mal. Muy mal.

Probó el picaporte de la puerta, pero no se movía. De repente, el taxi empezó a perder velocidad. Parecía que el taxista iba a dejarlos salir. Isis suspiró de alivio mientras se acercaban a la acera. Murphy la cogió de la mano y se prepararon para saltar.

Antes de que pudieran moverse, las puertas se abrieron y dos hombres subieron al taxi, apretando a Murphy e Isis entre ellos. Murphy empezó a agitarse en su asiento y se encontró con el cañón de una pistola automática con silenciador. El hombre llevaba traje negro, camisa blanca y corbata roja. Tenía el pelo moreno engominado hacia atrás y unos dientes bien formados que pudieron ver cuando sonrió.

—¿Quieren hacer una visita turística? No hay problema, pero va a ser una visita especial. Van a conocer lugares que los turistas jamás visitan. Afortunadamente —añadió con una sonrisa de suficiencia.

Murphy giró la cabeza y miró a Isis a los ojos. Estaba temblando mientras el otro hombre —delgado y rubio— la apuntaba en la frente con una automática similar. Éste no sonreía.

Mientras el taxi volvía a ponerse en marcha, por la mente de Murphy desfiló todo un abanico de posibilidades: ¿querían robar el coche? ¿Un secuestro? ¿Un caso de confusión de identidades? La operación parecía propia de un profesional. Le vino a la mente una palabra que había utilizado Levi.

Fantasmas.

Lo que significaba que tendría que tener mucho cuidado. Profesional o no, tenía una posibilidad razonable de desarmar al hombre que lo apuntaba. Pero estaba Isis. No podía ponerla en peligro. Tendrían que esperar a llegar a cualquiera que fuese su destino y ver qué oportunidades se les presentaban entonces.

Se escuchó un chirrido cuando el hombre rubio colocó bruscamente un pedazo de esparadrapo en la boca de Isis y después una venda de un material oscuro sobre los ojos.

—¡Eh! —Murphy se movió instintivamente. Pero antes de que pudiera hacer nada, la culata de una pistola le rozó la frente. Momentáneamente paralizado, sintió como unas esposas de plástico le unían las muñecas y un pedazo de esparadrapo le tapaba la boca. Finalmente, también le vendaron los ojos.

El mundo se sumió en la oscuridad.

Sintió como el hombre de su izquierda se relajaba.

—Pónganse cómodos y relájense —dijo—. Llegaremos en un santiamén.

Como no podía hacer nada más, Murphy se concentró en memorizar todos los detalles de sus atacantes. ¿El hombre de su izquierda hablaba con acento? ¿Tenía un ligero deje sureño? Le llegaba el aroma de loción para después del afeitado, pero no identificaba la marca.

Intentó sacudirse la venda, aunque sabía que era inútil. Parecía que pronto tendría una bala en el cerebro. Y también Isis. Luchó con las esposas embargado por la ira, y sintió como la pistola se le clavaba en las costillas.

Redujo el ritmo de su respiración, intentando transformar la ira que sentía en algo más positivo, preparándose para lo que pudiera ocurrir cuando llegaran a su destino. Intentando bosquejar un plan.

A Murphy le pareció que sólo habían transcurrido unos segundos desde que los dos hombres subieron al taxi, pero debía de haber pasado más tiempo. El taxi reducía la velocidad de nuevo. No se oía tráfico. Entonces, el coche se detuvo y todo lo que pudo oír fue el chirrido del motor enfriándose, el repiqueteo de su corazón y los sollozos ahogados de Isis.

Unas manos fuertes lo agarraron y lo sacaron del coche. Entonces, un afilado pinchazo de la pistola en la parte inferior de la espalda lo empujó hacia delante de una sacudida. Sintió cómo se caía, pero alguien lo mantuvo en pie. Mientras recuperaba el equilibrio, le quitaron bruscamente el esparadrapo de la boca, así como la venda.

Se encontró junto a Isis en una habitación con paredes de cemento, grande y de techo bajo. Sólo se veía una bombilla, que iluminaba el único mueble de la habitación, una mesa gris metálica. El hombre del pelo engominado estaba apoyado en ella, con la pistola a su lado.

Miró a Murphy con desprecio.

—Teniendo en cuenta a cuánta gente importante ha conseguido irritar, no parece gran cosa —dijo.

—¿A qué gente importante se refiere exactamente? —preguntó Murphy, intentando que su voz sonara neutral.

El hombre frunció el ceño.

—Corríjame si me equivoco, pero creo que soy yo el que tiene una pistola. Lo que significa que soy yo el que hace las preguntas.

Murphy forzó una sonrisa.

—Adelante, pregunte. —Podía ver como Isis temblaba a su lado.

—De hecho, sólo necesito saber una cosa —continuó—. ¿Quién quiere ser el primero? —Cogió la pistola y apuntó primero a Murphy y después a Isis—. Entendería que no quisiera ver cómo su amiga recibe un balazo en el cerebro. Por otro lado, quizá sea caballeroso dejar que ella vaya en primer lugar. Sr. Enson, ¿qué cree que sería lo más educado en esta situación?

Murphy pudo ver por el rabillo del ojo al segundo pistolero y al taxista de pie, unos pasos detrás de ellos.

El taxista rió.

—Es difícil de decir. Se trata de una elección personal.

El primer hombre sacudió la cabeza.

—¿Cómo pueden las personas encontrar el camino en este mundo sin Dios si no existen normas de comportamiento adecuadas? Es un milagro que nuestros hijos no se conviertan en salvajes. ¿Qué opina, Murphy?

Murphy buscaba una respuesta que mantuviera la conversación viva y le diera más tiempo cuando oyó un sonido ahogado. Isis estaba doblada hacia delante, sufriendo una especie de convulsión. A continuación, dio un paso y se desmayó en el suelo, con los ojos en blanco.

Durante un segundo, todo el mundo la miró.

—Espero que estés haciendo lo que creo que estás haciendo —musitó Murphy antes de girar hacia la izquierda, dar un paso rápidamente y lanzar una poderosa patada a la entrepierna del taxista, que dejó escapar un quejido y se llevó las manos a la ingle, mientras Murphy le asestaba una segunda patada que hizo que su pistola resbalara por el suelo. Mientras el primer pistolero le apuntaba, Murphy rodó por el suelo en dirección contraria y oyó los disparos silenciados tras él.

Después, sonó un grito estrangulado mientras Isis se ponía en pie de un salto y lanzaba las esposas de plástico al cuello del segundo pistolero. Cuando el garrote improvisado se clavó en su tráquea, dejó caer la pistola e intentó sacarse de encima las manos de Isis, pero ella no lo soltó y forzó la cabeza del hombre hacia atrás.

Murphy sabía que sólo disponía de unos segundos para sacar partido de la situación. Pasó con dificultad junto al cuerpo postrado del taxista hasta que sus dedos se cerraron alrededor de la pistola. Como todavía tenía las manos esposadas, tardó unos instantes en poder agarrarla en condiciones.

Fueron unos instantes demasiado largos. El primer pistolero estaba en cuclillas en postura de tirador con el cañón de su automática apuntando al pecho de Murphy.

—Ni se le ocurra —le avisó.

Después, pareció estremecerse y un chorro de sangre manó de un lateral de su cabeza mientras caía al suelo.

Murphy se giró, incrédulo, para ver como Isis sostenía la automática y un hilo de humo salía formando anillos del silenciador.

—No te quedes ahí mirando —dijo—. Ayúdame a quitarme las esposas. Tengo una navaja en el bolsillo delantero de los pantalones.

—Murphy la encontró rápidamente y retiró las esposas de plástico de las muñecas de Isis antes de hacer lo propio con las suyas.

Dirigió la mirada hacia el cuerpo del segundo pistolero, que no parecía respirar.

—¡Cuidado! —chilló Isis.

Murphy dio media vuelta y vio al taxista abalanzándose sobre él como un jugador de rugby. Sin pensarlo, adoptó una postura de lucha y le dio un rodillazo en la mandíbula. Se oyó un chasquido terrible y el cuerpo muerto del taxista cayó a sus pies.

Durante un instante, se quedaron paralizados, mirando los grotescos cuerpos en el suelo. Después, Murphy le quitó delicadamente la pistola de las manos a Isis y dijo:

—Deberíamos salir de aquí. Puede que haya refuerzos de camino.

Isis no parecía escuchar. Después, se quitó el pelo de los ojos y asintió.

—¿Recuerdas que te dije que estabas poniéndote paranoico? Bueno...

—Después —dijo Murphy conduciéndola hacia la puerta.

Desandaron el camino corriendo, subieron las escaleras y entraron en el garaje. Murphy abrió la puerta y salieron a la calle. El sol los cegó durante un momento. Al final de la calle podían ver coches y personas caminando tranquilamente.

Empezaron a correr sin cruzar palabra.

28

Durante el viaje de vuelta a casa, Baines repasó la conversación telefónica con Murphy en su mente, intentando encontrar sentido a lo que había sucedido. Tras parar un taxi —esta vez uno de verdad— Murphy e Isis se dirigieron a la comisaría más cercana. Los policías son policías y al principio se mostraron escépticos, pero al final accedieron a enviar dos coches patrulla a la dirección en que habían sido retenidos Murphy e Isis, mientras que más policías les tomaban declaración.

A Murphy no le sorprendió que los coches patrulla regresaran y el capitán no les dijera ni una sola palabra. No había ningún cadáver. Ningún arma. Ni una sola huella de sangre.

Fantasmas, pensó Murphy. *Estos tipos son unos auténticos profesionales.*

Finalmente, los policías dejaron que se marcharan, pero no sin antes darles un sermón sobre que no hay que hacer perder el tiempo a la policía. Isis estaba furiosa, pero Murphy pensó que no merecía la pena discutir. Aunque pudieran convencer a la policía de que su historia era cierta, ¿qué sacarían de ello? Estaban enfrentándose a fuerzas demasiado poderosas incluso para la policía.

Por eso había telefoneado a Baines y por eso Baines estaba dando vueltas en su cabeza a todo lo que sabía sobre Burton Welsh.

Cuando llegó a casa, se sintió aliviado al comprobar que Jennifer no estaba. Si sus sospechas eran ciertas, iba a tener que enviarla fuera con Tiffany. A algún lugar seguro.

Sacó el equipo sensor de su bolsa de deportes y empezó con el lugar más obvio: los teléfonos. Los tres tenían un diminuto micrófono plateado. Su ordenador era el siguiente lugar más obvio. Bingo.

Para cuando terminó de comprobar la casa del tejado al sótano, había reunido toda una colección de micrófonos y ni siquiera estaba seguro de haberlos encontrado todos.

Si están preparados para instalar escuchas en la casa de un agente del FBI, deben de ser serios, pensó. Tendría que tener mucho cuidado.

* * *

Murphy estaba conduciendo camino del campus de Preston cuando sonó su teléfono móvil.

—Michael, soy Hank.

—Hola, Hank. ¿Va todo bien?

—No hables, Michael. Sólo escucha. ¿Recuerdas dónde hablamos sobre Jennifer y yo?

—Claro.

—Te veré allí en unos veinte minutos.

—De acuerdo.

Murphy colgó el móvil y dio la vuelta con el coche. Quince minutos después, aparcó en el exterior del gimnasio Health and Fitness. Avisó a la recepcionista de que probablemente recibiría una llamada en breve y ella le señaló una mesa vacía. No tuvo que esperar demasiado. La recepcionista contestó el teléfono al primer tono y dijo:

—Sí, está aquí. —Señaló la luz que parpadeaba en el teléfono que había en la mesa de Murphy.

—Murphy.

—Michael. Perdona por comportarme de forma tan misteriosa. He tenido que salir de la oficina y utilizar un teléfono público de un centro comercial. Todos mis teléfonos están pinchados. Los móviles tampoco son seguros.

—Hank, ¿tiene todo esto que ver con los fantasmas que nos atacaron en Washington? ¿Tú también eres un objetivo?

—No podemos hablar por el teléfono. ¿Conoces el parque Mount Airy, al sur de la ciudad?

—Sé dónde está.

—Bien. Nos vemos allí, digamos, alrededor de las cuatro. Nos encontraremos en el antiguo tiovivo.

—Allí estaré.

—Y, Michael, asegúrate de que no te siguen.

* * *

Murphy llamó a Isis al Smithsonian antes de volver a la universidad. Acordaron que era el lugar más seguro para Isis gracias a la seguridad extra y a las patrullas policiales que vigilaban el edificio tras el allanamiento. Sin embargo, Murphy notó que Isis no volvería a sentirse segura al cien por cien en ninguna parte. Y era culpa suya.

Sintió renacer su determinación de llegar a Ararat y encontrar lo que quiera que hubiese allí, llegar al fondo del misterio y enfrentarse a aquellos que intentaban impedírselo.

Cuando entró en su despacho, se topó con una Shari Nelson muy enfadada.

—¡Mira esto! ¡Mira esto! Alguien ha entrado y ha roto el manuscrito de papiro egipcio en el que estaba trabajando. Deben de haberlo tirado al suelo sin querer y lo han vuelto a dejar en el mostrador. Hay pequeños trozos debajo de la mesa. Mira, hay…

Murphy se puso un dedo en los labios. Shari se detuvo en la mitad de la frase con una expresión socarrona. Entonces, Murphy se acercó a la radio del armario de archivos, la puso a todo volumen en una cadena de *rock* y le susurró al oído:

—Puede que el despacho esté pinchado. —Shari asintió, aunque no perdió la mirada inquisitiva. Murphy arrancó un pedazo de papel de una libreta y escribió:

Echemos un vistazo para ver si falta algo.

No tardaron demasiado en descubrir que todos los archivos sobre el arca de Noé habían desaparecido. Hasta se habían llevado sus apuntes de clase. Años de investigación... desaparecidos. Miró el reloj. No tenía tiempo de seguir comprobando con calma si quería llegar puntual a su cita con Baines. Le hizo señas a Shari de que le siguiera fuera.

Murphy se dirigió a un aparcamiento lleno de restos quemados de coches, neumáticos viejos, latas y basura. Había una vieja caravana cubierta de pintadas con la mitad en el césped seco y la otra mitad en el asfalto. Parecía que había chocado con un árbol. Murphy vio que el tiovivo estaba estropeado y no se había utilizado en años. El propio parque estaba dejado de la mano de Dios y había pintadas en los toboganes y otros juegos. Muchos de los animales del tiovivo estaban desportillados y pintados de colores excéntricos. Algunos presentaban pintadas de bandas.

Que él supiera, no lo habían seguido. Se había detenido varias veces para dejar pasar a los coches que tenía tras él y no había visto el mismo vehículo dos veces. Tampoco lo había seguido nadie cuando volvió a la carretera. Estaba seguro de estar solo en el aparcamiento. Si Baines ya estaba allí, tendría que haber aparcado en alguna otra parte y vendría a pie.

Tranquilamente, en silencio y con mucho cuidado, atornilló el silenciador al Dragunov SVD, un rifle ruso semiautomático de gas. Las diez balas estaban cargadas en la recámara. Lentamente, enfocó el potente telescopio. Poco después, la mira apuntaba, hambrienta, al blanco.

—¡Paciencia, paciencia! —se susurró a sí mismo.

Murphy salió del coche y se abrió paso entre la basura. Miró el reloj. Las 16.10. Empezó a preocuparse por Baines.

—¡Michael!

La voz procedía del tiovivo. Dio media vuelta y vio a Baines apoyado contra un caballito verde y dorado. Baines le hizo señas de que se acercara.

—Disculpa por el entorno. Es la única forma de tener intimidad.

Se estrecharon la mano.

—¿Qué tal está Tiffany?

—Fantástica. Ya ha salido del hospital. Lleva en casa alrededor de una semana.

Baines se sentía relajado, pero sus ojos no dejaban de vigilar el parque.

—¿Y Jennifer y tú?

—Nos va mucho mejor, gracias a ti. Pero, escucha, puede que no dispongamos de demasiado tiempo. ¿Puedes contarme algo más sobre lo que ocurrió en Washington? ¿Algún detalle que hayas olvidado?

Murphy pensó durante un instante y sacudió la cabeza.

—Creo que te lo he contado todo.

Ajustó la mira una vez más. El cañón se movió de un blanco a otro. Los blancos estaban conversando y no se movían demasiado. *Como patos*, se dijo. *Sí, patos en medio de una estampida de caballos inmóviles.* —Uno de sus dedos, cubiertos por un guante de látex, empezó a presionar suavemente.

Baines asintió.

—De acuerdo. Es posible que haya descubierto un par de cosas. He utilizado mi autorización del FBI para entrar en algunos de los ordenadores de Langley. Pueden rastrear las solicitudes entrantes, pero conozco un par de trucos para borrar mis huellas. He conseguido información, pero se necesita un código de acceso especial para entrar en el archivo principal sobre Ararat.

—¿Qué has conseguido averiguar? —preguntó Murphy intentando que no le temblara la voz.

—Como sabes, en los años ochenta, el coronel James Irvin, astronauta del *Apollo*, realizó tres viajes a Ararat en busca del arca. Estaba convencido de que había algo en la montaña. Existían referencias a ésa y otra información a la que debió de tener acceso. También eché un vistazo a un memorando que decía que podía verse una *estructura con forma de barco en la montaña.* Y continuaba diciendo que, en las fotos que se habían tomado, *parecía que la dañada proa asomaba entre la nieve.* Los que examinaron las fotografías declararon que el objeto estaba, sin duda, *hecho por el hombre, por los ángulos de 90°.* Estaban seguros de que era...

Murphy oyó el disparo una fracción de segundo después de que Baines fuera empujado contra el caballo del tiovivo por la fuerza del impacto. Dejó escapar un sonido ahogado, se agarró el pecho con una mano y se deslizó hasta el suelo, dejando un rastro de color rojo vivo en el caballo pintado de verde.

—¡Hank! —Murphy se agachó y acunó la cabeza de Baines. Baines miraba hacia delante, intentando articular mientras un terrible sonido de succión le salía del pecho.

Murphy se quedó petrificado un segundo, pero después el instinto le hizo rodar hacia un lado mientras otra bala rebotaba ruidosamente contra las patas del caballo provocando una lluvia de chispas. Se acercó a rastras hasta debajo de otro caballo e intentó poner todos los obstáculos posibles entre él y el pistolero. Trató de ganar tiempo para pensar. Miró a Baines y vio que tenía su automática en la mano. Algo debía de haberlo puesto en alerta una fracción de segundo antes de que la bala le golpeara. Murphy se arrastró hasta él y le quitó la pistola.

¿Creería el pistolero que les había dado a ambos? ¿O iba a esperar a poder apuntar bien otra vez? Murphy ya había adivinado de dónde procedían los disparos: la caravana cubierta de pintadas. Se arrastró unos metros hacia su izquierda, alejándose de Baines. Tomó una gran bocanada de aire, se puso en pie de un salto, apoyó el hombro contra una de las barras del tiovivo y disparó cuatro tiros antes de agacharse de nuevo. Un sonido de cristales rotos le informó de que había dado a una ventana. No había forma de saber si se había librado del tirador, pero al menos no se lo estaba poniendo fácil. Volvió a ponerse en pie y miró hacia la caravana, pero antes de que pudiera disparar de nuevo, se oyó un chirrido de neumáticos. Murphy vio cómo la caravana cambiaba el césped por el asfalto y se dirigía hacia la salida del aparcamiento como un rayo.

Bajó la pistola y volvió corriendo junto a Baines. Le puso la palma de la mano sobre la herida y presionó intentando detener la sangre, aunque sabía que era inútil. Baines ya había perdido demasiada. Había sangre por todas partes.

—¡Aguanta, Hank! —gritó Murphy.

Con la otra mano estaba buscando el móvil. Sus ensangrentados dedos marcaron el 112.

Baines intentaba hablar. Murphy acercó la oreja a su boca para intentar oír.

—Dile a Jennifer… siento… malgastado tanto tiempo. Dile…

Murphy sintió el cuerpo de Baines doblarse bajo su mano para después sufrir espasmos. Finalmente, la cabeza de Baines cayó hacia atrás y su cuerpo quedó inmóvil. Había muerto.

29

Stephanie se miró en el gran espejo y suspiró. El vestido le sentaba bien, sin duda. La tela se adhería a cada una de sus curvas, acentuando su estrecha cintura y sus pechos y, sin embargo, el corte era lo bastante elegante como para parecer refinado. Era el tipo de vestido que se ve la noche de los Oscar, el tipo de vestido que sólo llevan las estrellas de cine o las multimillonarias.

O la amante de uno de los magnates de los medios de comunicación más poderosos del mundo.

Abrió la cremallera cuidadosamente, se lo quitó y se dispuso a ponerse algo más apropiado para una valiente reportera de noticias —un traje color crema abotonado hasta el cuello, también elegante pero mucho más sobrio, sugiriendo solamente el exuberante cuerpo que se escondía debajo.

Con eso era con lo que se identificaban los millones de seguidores de Stephanie Kovacs. Una periodista sin miedo persiguiendo a los malos para conseguir el reportaje.

Miró al espejo y vio a la antigua Stephanie, la que se había labrado una carrera en el despiadado mundo de la televisión gracias a su talento, su coraje y su firme determinación. Antes de que Barrington la hubiera invitado a su *suite* privada en la decimotercera planta y le hubiera hecho una oferta que no podía rechazar. Antes de haber vendido su cuerpo.

Antes de haber vendido su alma.

Miró la brillante tela negra del vestido de cóctel que yacía a sus pies como un estanque de aguas oscuras. Le agradaba volver a trabajar como periodista, pero lo cierto era que también le agradaba ser la compañera de cama de Barrington. Le hacía sentir más poderosa que cualquier político o estrella de cine. La hacía intocable. Podía hacer lo que le viniera en gana, lo que le apeteciera.

Siempre y cuando, por supuesto, hiciera lo que le ordenaba su maestro.

Y ahora su maestro le había ordenado que se olvidara de la cena en la mejor mesa del restaurante más elegante de la ciudad, que cambiara el bolso de Gucci por una libreta y que fuera a Raleigh, Carolina del Norte.

Un agente del FBI llamado Baines había resultado muerto de un disparo, en un parque de atracciones abandonado, por un francotirador que había huido del lugar del crimen sin dejar pistas sobre su identidad ni sobre sus motivos. Con su avezado ojo de periodista, podía ver que reunía todos los elementos para convertirse en una historia de máxima audiencia. Un escenario extraño, lúgubre. Una muerte violenta. Y un enorme misterio.

Pero aún más importante, el profesor Murphy. Michael Murphy. Ése era, sin duda, el motivo por el que Barrington había cancelado la cena y le había ordenado que fuera a la escena lo más rápido que le permitiera el avión Gulfstream.

* * *

Cuarenta y ocho horas después, estaba ocupada eligiendo la mejor posición para la cámara, lo más cerca posible del lugar de la muerte sin molestar *demasiado* a los familiares. Mientras el cámara encendía la señal de directo, Stephanie repasaba el informe del día anterior, el que de nuevo había puesto a Barrington News a la cabeza de la carrera.

—Soy Stephanie Kovacs informando en directo desde Raleigh, Carolina del Norte, a las afueras de la comisaría. A última hora de la tarde de ayer, el agente del FBI Hank Baines murió de un disparo que, al parecer, procedía de un vehículo. Agentes de la policía y del FBI han trabajado toda la noche investigando este asesinato sin sentido. Baines, junto con el profesor Michael Murphy de la Universidad de Preston, se encontraba en el parque Mount Airy cuando se produjo el incidente. La policía y el FBI no han realizado ninguna declaración hasta la fecha, pero se dice que la policía está buscando una vieja caravana Dodge cubierta de pintadas de colores. Les iremos informando a medida que recibamos más datos. Stephanie Kovacs en directo desde Raleigh, Carolina del Norte, para la BNN.

Stephanie asintió con satisfacción. No estaba mal, no estaba mal en absoluto. Y no había visto ningún otro equipo de televisión. Como de costumbre, Barrington parecía saber lo que ocurría mucho antes que los demás periodistas, pero hacía tiempo que Stephanie había dejado de preguntarse cómo lo lograba.

Conseguía que ella diera una buena imagen y eso era lo único que importaba.

Alisándose la falda y atusándose el pelo, Stephanie se sorprendió al ver cuánta gente había acudido al funeral de Baines. Varios centenares de personas ocupaban las sillas del césped. En el extremo de la multitud pudo ver oficiales de paisano con gafas de sol y pinganillos. Sin duda eran agentes del FBI en alerta máxima. También había docenas de policías de uniforme.

¿Esperaban que el asesino de Baines apareciera por el funeral?

Otros canales de noticias se estaban preparando para emitir y algunos de ellos miraban al equipo de Stephanie nerviosamente, preguntándose qué as tendría guardado en la manga para dejarlos en ridículo. Stephanie sonrió. *Deja que se lo pregunten*, pensó mientras el pastor Bob Wagoner se acercaba al podio junto a la tumba y se preparaba para leer el servicio.

Cuando empezó a hablar, Stephanie miró a los familiares y amigos del fallecido que estaban sentados frente a él.

La esposa de Baines, Jennifer, estaba en la primera fila, muy quieta, con una expresión ilegible bajo el velo negro. A su lado estaba Tiffany, secándose los ojos con un pañuelo mientras una amiga la agarraba de la mano. Kovacs localizó al profesor Murphy y a su ayudante, Shari Nelson, sentados detrás de la familia. No había visto a Murphy desde la explosión de la iglesia de la comunidad de Preston y no pudo evitar pensar que tenía buen aspecto, bronceado y en forma, con un aura de poder sereno similar al de un *sprinter* que espera a que den el pistoletazo de salida. Esperó a que él la mirara.

Volvemos a vernos, pensó, y sintió como le subía ligeramente la adrenalina.

El pastor Wagoner finalizó y un agente de policía con el traje de ceremonia de las Tierras Altas empezó a tocar «Amazing Grace» en la gaita. El inquietante sonido de lamento de las gaitas flotaba por encima del césped mientras se doblaba ceremoniosamente una bandera de Estados Unidos para entregársela a Jennifer Baines. Era imposible ver su reacción, pero a Tiffany le conmovió tanto el gesto que volvió a romper en llanto.

En cuanto se apagó el sonido de la gaita, Stephanie empezó a abrirse camino entre la multitud. Jennifer Baines, con Tiffany agarrada de su brazo, se dirigía a una de las limusinas negras que esperaban, pero Stephanie estaba decidida a interponerse en su camino, con el cámara tras ella preparado para empezar a grabar en cuanto se lo ordenaran.

De repente, una sombra oscura se cruzó en el camino de Stephanie, dejándola clavada donde estaba. Levantó la mirada y vio que Murphy la estaba mirando con el ceño fruncido.

—¿No puede dejar a la Sra. Baines y a su hija tranquilas? Ya han sufrido bastante como para que la prensa las acose.

Stephanie le regaló su sonrisa de reportera más dulce y puso un micrófono en la cara de Murphy. La cámara ya estaba grabando.

Murphy se dio cuenta de que había caído en su trampa. No perseguía a Jennifer Baines en absoluto. Era a él a quien quería entrevistar y había conseguido que él hiciera exactamente lo que ella quería. No había forma de escapar sin formar una escena, lo que le vendría de perlas a la periodista.

Le rechinaron los dientes y esperó a que empezara a hacerle preguntas. No tuvo que esperar mucho tiempo.

—Nos encontramos en el funeral del agente del FBI Hank Baines. Estoy hablando con el profesor Michael Murphy, de la Universidad de Preston. Profesor Murphy, usted fue la última persona que vio a Hank Baines con vida, ¿es correcto?

—Estaba presente cuando perdió la vida de forma tan trágica —respondió.

—¿Podría decirse que eran amigos?

—Sí.

—Entonces, ¿puedo preguntarle por qué se había reunido con su buen amigo Hank Baines en un tiovivo abandonado en el parque Mount Airy? Es un lugar extraño en el que verse para charlar, ¿no le parece?

Murphy esbozó una respuesta, pero Stephanie lo ignoró.

—A menos que quisiera asegurarse de que nadie era testigo de esa cita, por supuesto. —Bajó la voz, avisando a sus telespectadores de que estaba a punto de saltar sobre la presa—. ¿De qué hablaban usted y el agente Baines, profesor Murphy? ¿Se lo ha contado a la policía? ¿Se lo ha contado a su desconsolada viuda? Dígame, ¿se siente responsable de su muerte? ¿Cree que es correcto haber asistido al funeral? ¿Puede explicar por qué se han encontrado sus huellas en una pistola que apareció en la escena del crimen?

Murphy se quedó mudo unos instantes. La había visto hacer exactamente lo mismo en decenas de entrevistas, pero eso no lo hacía más fácil. Lanzaba una serie de preguntas al entrevistado sin pausa, cada una más provocativa e irritante que la anterior, hasta que quedaba en tal estado de *shock* que no era capaz de tartamudear ningún tipo de respuesta. Como un ciervo en el punto de mira, ofrecían el aspecto que ella quería que ofrecieran.

De culpabilidad.

Entonces, rápida como un rayo, devolvía la conexión al estudio y los dejaba allí plantados.

Murphy estaba decidido a que eso no le sucediera a él.

—He venido a presentar mis respetos a un gran hombre y buen amigo. Creo que carece de gusto y es totalmente inapropiado especular sobre el responsable de esta tragedia junto a su tumba, ¿no le parece? He realizado la declaración más detallada que he podido ante la policía y el FBI. Quizá debería preguntarles a ellos. Muchas gracias.

Dio media vuelta para irse, satisfecho de haber finalizado la entrevista a su manera, pero ella tenía otra bala en la recámara y corrió tras él.

—Profesor Murphy, ¿es posible que la muerte de Hank Baines esté relacionada con la expedición clandestina que está organizando para ir en busca de los restos del arca de Noé en el monte Ararat? ¿Le gustaría hacer algún comentario al respecto?

Ahora Murphy sí que se quedó sin habla. ¿Cómo lo había descubierto? ¿Habría filtrado información algún miembro de su equipo? ¿Tenía alguna fuente en la CIA?

Intentó no parecer enfadado por la pregunta.

—Como a muchos arqueólogos, me fascinan las historias que circulan sobre el arca desde que era niño —dijo—. Sería una aventura fascinante intentar encontrarla. Ahora, me temo que tengo que marcharme.

Volvió a dar media vuelta, preguntándose cómo adornaría Stephanie la entrevista antes de enviarla al estudio.

—Buena suerte, profesor Murphy —oyó que le decía.

—Buena suerte.

30

Stephanie Kovacs se había equivocado en una cosa: durante el funeral, Murphy no estaba pensando en el monte Ararat, sino en el monte Rainier en Washington. O, para ser exactos, en la escuela de escalada Mount Rainier.

Era el lugar perfecto de entrenamiento para la dura prueba que les esperaba.

Levi y Murphy se habían decantado por ella porque tanto el Ararat como el Rainier eran volcanes. El Ararat se encuentra a 5.137 metros de altura y el Rainier, a 4.392 metros. Ambos tienen glaciares con enormes grietas, puentes de nieve y un terreno escarpado.

Murphy y Levi volaron de Raleigh a Seattle juntos. Se encontrarían con el resto del equipo en la escuela. Murphy había elegido a Vern Peterson e Isis, el resto eran cosa de Levi, y Murphy se alegró al enterarse de quiénes eran.

—La clave para formar un equipo como éste es el equilibrio —le explicó Levi mientras se abrochaban el cinturón de seguridad antes de despegar—. Hay que disponer de la mezcla correcta de aptitudes. La personalidad también es importante. No podemos olvidar que nuestras vidas dependerán de los demás. —Miró a Murphy desaprobador.

—Isis va a ser un miembro muy valioso del equipo —insistió Murphy, interpretando correctamente el velado comentario de Levi—. La necesitaremos para traducir los escritos que encontremos en el arca y es una montañera con experiencia.

Y, podría haber añadido, *ya me ha salvado la vida en una ocasión.*

Levi dejó escapar un gruñido.

—Primero, la seguridad. Dos hombres muy recomendados. El primero es el coronel Blake Hodson, antiguo *ranger* del ejército. El segundo es el comandante Salvador Valdez, antiguo miembro de las Fuerzas Especiales de la marina. Ambos son tipos duros, pero con sentido de humor.

Murphy asintió.

—Parece que el problema de la seguridad está resuelto. ¿Quién viene ahora?

—El profesor Wendell Reinhold, doctor en ingeniería por el MIT. Lo sabe absolutamente todo sobre construcción. Podrá evaluar el estado del arca y aconsejarnos en todos los temas científicos. También es un hombre de acción. Se le da bien la montaña.

—He oído hablar de él —dijo Murphy—. Leí su libro sobre construcción de las pirámides en Egipto y México. Es un hombre muy inteligente. Me alegro de que esté a bordo.

—Sabía que te gustaría —dijo Levi con una sonrisa—. Ahora pasemos a la política. Los dos siguientes representarán a los gobiernos de Turquía y Estados Unidos. Mustafa Bayer es un antiguo miembro de las Fuerzas Especiales turcas. Desde que dejó el ejército, ha estado trabajando en el gobierno, en el Departamento de Recursos Naturales y Medio Ambiente. También es experto en historia turca y artefactos arqueológicos. Su homólogo de Estados Unidos es Darin Lundquist. En la actualidad, trabaja como asesor especial del embajador de Turquía.

—¿Estás seguro de que no trabaja para la CIA?

Levi se limitó a sonreír.

—Es obligatorio incluir un turco en el equipo y el gobierno turco insistió en un representante oficial de Estados Unidos. Pero Lundquist no es un ratón de biblioteca. Ha escalado multitud de montañas en Turquía. Nos será de utilidad. El último miembro del equipo es Larry Whittaker. Será el cámara. Grabará todo el viaje. Nadie lo supera obteniendo buenas imágenes en las condiciones más duras.

Levi le pasó un escueto informe sobre cada uno de los miembros del equipo, y Murphy se dispuso a leerlo. Cuando terminó, ya estaban aterrizando en Seattle.

* * *

Doce horas más tarde, el equipo estaba escalando un escarpado campo de rocas en las faldas de la montaña y Murphy empezó a darse cuenta de cómo iba a ser el entrenamiento. No cabía duda de que todos ellos aprenderían aptitudes sumamente útiles o perfeccionarían las que ya poseían, y lo más importante, tendrían la oportunidad de observar cómo se comportaban los demás miembros del equipo en un entorno extremo, bajo la presión del estrés y en condiciones muy difíciles.

Era la única forma de descubrir quiénes eran realmente esas personas y si se podía confiar en ellos.

En la primera reunión del equipo, Murphy se presentó y explicó los objetivos de la expedición, así como los riesgos. Después, preguntó si tenían alguna duda. Valdez fue el primero en alzar la mano. El antiguo SEAL tenía una complexión robusta, la mandíbula cuadrada y el pelo cortado casi al rape de color gris metálico. Por el momento, no lo había visto sonreír.

—Si necesitas a alguien que pueda escalar una pared vertical de 305 metros en la oscuridad y en plena tormenta, has dado con la persona adecuada. Sin embargo, algo me dice que nos has elegido a Hodson y a mí por algo más que por nuestra experiencia en la montaña. ¿Qué tipo de chicos malos esperas encontrar en el monte Ararat?

Era una buena pregunta. La mala noticia era que Murphy no tenía la respuesta.

—El monte Ararat está situado en una parte del mundo muy peligrosa. Podríamos topar con bandidos, perros salvajes o simplemente indígenas de la zona que desconfían de los extranjeros.

Valdez entrecerró los ojos. No parecía convencido.

—Entonces, llévate regalitos y unos dólares para dar a los indígenas. No nos necesitas. —Empujó la silla hacia atrás y se puso en pie para marcharse.

—¡De acuerdo! —Murphy extendió las manos delante de él, con las palmas hacia arriba—. Tienes razón. Podrían presentarse otros...

peligros. Quiero asegurarme de que el equipo está bien protegido y Levi me ha dicho que sois los mejores. El problema es que no puedo decirte exactamente de qué peligros se trata.

Valdez continuó de pie, con sus robustos antebrazos cruzados sobre el pecho. Murphy se dio cuenta de que tendría que proporcionarle algún tipo de información antes de continuar.

—Mira, probablemente has oído hablar sobre el agente del FBI que murió de un disparo, Hank Baines. Yo estaba junto a él cuando sucedió. Y el día antes, la doctora McDonald y yo fuimos secuestrados y amenazados en Washington.

Vio a Isis arquear una ceja. No cabía duda de que, en su opinión, «secuestrados y amenazados» no describía con exactitud su experiencia.

—El hecho es que —continuó Murphy— alguien está al tanto de la expedición y no quiere que tenga éxito. Ahora mismo no puedo decirte quién es esa persona, pero sí puedo decirte que es despiadada y no se detendrá ante nada para conseguir lo que quiere.

—Y ¿qué es? —preguntó el profesor Reinhold. Tenía una figura sorprendentemente aniñada, con una desordenada mata de pelo rubio que se apartaba constantemente de los ojos y unas gafas redondas pasadas de moda. A diferencia de Valdez, siempre parecía estar sonriendo.

—Tenemos que asumir que se trata de lo mismo que buscamos nosotros... los restos del arca y lo que quiera que haya en su interior.

Reinhold se rascó la barbilla pensativo.

—Si están dispuestos a matar por ello, debe de ser realmente importante. Supongo que mucho más que unos simples fragmentos de madera húmeda. —La perspectiva de que alguien pudiera matarlo por un artefacto bíblico pareció agradarlo inmensamente.

A Hodson, el antiguo *ranger*, también pareció gustarle la respuesta de Murphy. Con sus gafas oscuras y un chicle siempre en la boca, resultaba difícil interpretar su expresión, pero asentía con convicción, como si la perspectiva de toparse con tipos peligrosos de verdad fuera su idea de unas fantásticas vacaciones. Se giró hacia Valdez y sonrió.

—Estoy convencido de que los profesores y yo podremos hacer frente a cualquier problema, si tú no quieres implicarte, comandante.

Valdez se sentó, pero no sin antes clavarle una mirada helada a Hodson.

—Estoy con vosotros —gruñó.

Murphy respiró aliviado. Al menos hasta ahora nadie se había marchado. Sin embargo, los fuegos artificiales todavía no habían terminado. Al final del grupo estaba Mustafa Bayer apoyado contra la silla. Se alisó el oscuro bigote con un elegante dedo al que habían hecho la manicura. Se dirigió a Isis, que estaba sentada junto a él, con las piernas y los brazos en lo que parecía una postura defensiva.

—Afortunadamente, el Sr. Levi fue lo bastante inteligente como para garantizar la presencia militar turca, así que estarán seguros, señorita McDonald, aunque el Sr. Valdez y el Sr. Hodson empiecen a dispararse.

Inclinándose hacia Isis, Lundquist, una figura alta con un traje gris oscuro bien cortado, decidió participar.

—Mustafa, ¡no olvidemos quién paga todos esos aviones y misiles de los que su pueblo está tan orgulloso!

Murphy decidió interrumpir antes de que la conversación subiera de tono.

—Chicos, centrémonos en nuestro objetivo. Cada uno de vosotros ha sido elegido por unas aptitudes muy especiales. Pero nuestra única posibilidad de triunfar es estar todos juntos. Todos tenemos nuestras quejas, dejadlas en el campamento base o tendremos problemas.

Nadie habló. Valdez, Hodson, Bayer y Lundquist se miraron, Isis miró a Bayer, mientras a Reinhold parecía divertirle la situación. Entonces, Murphy se fijó en Whittaker, de pie contra la pared, que estaba enfocando al grupo con la cámara.

Clic.

Magnífica foto de grupo, pensó Murphy compungido. Disponía de dos días en el monte Rainier para convertirlos en una piña. Sólo Dios sabía si dos días serían suficientes.

31

El viaje en coche de Ankara a Erzurum fue largo y polvoriento e Isis pasó la mayor parte del trayecto durmiendo. A Murphy no le sorprendió. El entrenamiento en el monte Rainier había sido agotador incluso para los antiguos miembros de las Fuerzas Especiales y todos ellos tenían agujetas y moratones que daban fe de ello.

Miró por el espejo retrovisor y pudo ver un destello de su pelo rojizo a la luz del atardecer. Tenía la boca ligeramente abierta, lo que le daba un aspecto inocente, infantil. Pero ahora sabía que no era más que una ilusión. Recordó la terrible experiencia que habían vivido en Washington. Entonces no parecía ni inocente ni infantil con la automática en la mano y un cadáver a sus pies.

Y pensar que la he traído para velar por su seguridad.

El Land Rover dio un tumbo sobre un bache y Murphy volvió a mirar por el retrovisor para ver si Isis se había despertado, pero sus ojos seguían cerrados. *Tiene que estar agotada*, pensó.

Adelante, la carretera desierta serpenteaba entre colinas bajas y polvorientas. A cada lado se extendían campos de color tostado que se perdían en la neblina. Murphy tuvo la sensación de encontrarse totalmente solo. Le sorprendió el sonido de su propia voz, apenas audible por encima del ronroneo del motor.

—Me has engañado totalmente, Isis, ¿sabes? Creía saber lo que estaba haciendo, pero ahora... ¿Sabes por qué te pedí que te unieras a la expedición en busca del arca? ¡Para protegerte! Ése era mi estúpido plan. Después de que Garra intentara matarte, tenía que protegerte, pero ¿cómo podría hacerlo si tú estabas en Washington y yo en Preston? Tenía que encontrar la forma de que estuviéramos juntos, aunque eso significara exponerte a más peligros. Fue tan tonto que creí que podría protegerte. Supongo que aún me siento terriblemente culpable por no estar ahí cuando mataron a Laura... No podría permitir que volviera a suceder. Menudo plan, ¿eh? —Sacudió la cabeza—. Pero ¿sabes qué? Después de que dispararas a aquel tipo en Washington —después de que *tú me* salvaras—, me he dado cuenta de que he estado engañándome todo este tiempo. No quería que estuvieras a mi lado para protegerte. Es decir, *quiero* protegerte, pero ésa no es la verdadera razón. Podría haberle pedido a Levi que te vigilara. No, la verdadera razón es que... que no puedo soportar estar lejos de ti. Porque...

Su voz se redujo a un susurro.

—... estoy enamorado de ti.

Hecha un ovillo en el asiento trasero, Isis pestañeó brevemente, pero no abrió los ojos. Una sola lágrima rodó lentamente por su mejilla.

* * *

Una hora después, se detenían en un hotel que les había recomendado Levi.

—Ya hemos llegado —dijo Murphy girándose hacia Isis. Ella se incorporó en el asiento de atrás y bostezó, evitando sus ojos.

—Entonces, será mejor que nos pongamos en marcha —contestó—. El museo cerrará en una hora. Tenemos el tiempo justo para darnos una ducha y cambiarnos de ropa.

Veinte minutos después, estaban de pie delante del mostrador de la recepción del museo de la Antigüedad y las Reliquias Antiguas. Un joven de traje gris raído les dio la bienvenida.

—Bienvenidos. Supongo que son ustedes el profesor Murphy y la doctora Isis McDonald, ¿cierto?

Asintieron.

—Les agradecemos que nos dejen echar un vistazo —dijo Murphy.

—El placer es nuestra. —Se puso de pie e hizo una breve reverencia—. ¿Qué están buscando exactamente?

Murphy le habló sobre el monasterio de San Jacobo y el relato de sir Reginald Calworth de sus viajes en 1836. El guía no conocía los escritos de Calworth y sabía muy poco sobre el monasterio. En cuanto a las reliquias, encogió los hombros como diciendo: «¿Cómo podría saberlo?». Parecía una actitud extraña para un guía de museo.

Entonces, su rostro se iluminó.

—¡Un minuto! Hoy está aquí uno de nuestros antiguos curadores. Tiene ochenta y tres años y a veces viene a ayudarnos unas horas. Está en el sótano. Voy a buscarlo.

Murphy dudaba que un aciano supiera más que un guía joven, pero la figura endeble de pelo cano que surgió del sótano unos minutos después tenía un aspecto decidido y vivaz. El guía le explicó lo que Murphy e Isis estaban buscando y, tras reflexionar unos instantes, el anciano asintió vigorosamente y habló apasionadamente al guía en turco.

—¡Vamos! —dijo el joven, y siguieron al anciano por un tramo de escaleras de madera que conducían a la cueva de Aladino de las antigüedades. A la luz de una sola bombilla que pendía del techo, vieron un batiburrillo de cajas, papeles y objetos esparcidos en todas direcciones.

—¿Cómo vamos a encontrar lo que buscamos en este desorden? —rezongó Isis.

—Parece saber lo que está haciendo —replicó Murphy mientras el anciano se abría paso entre el caos hacia el otro extremo de la sala. Extendiendo la mano hacia una tambaleante pila de baúles antiguos, deslizó los dedos por las manidas etiquetas, como leyendo lo que estaba escrito en ellas más por el tacto que por la vista.

Murphy e Isis aguantaban la respiración y esperaban.

Al final, el anciano golpeó uno de los baúles y sonrió de oreja a oreja.

—¡Éste es! Esto es lo que están buscando, creo —anunció el guía. Murphy e Isis apartaron rápidamente los demás baúles. Murphy sacó una linterna e Isis leyó la etiqueta.

—Monasterio de algo —dijo. El anciano volvió a asentir.

Abriendo una navaja, el guía situó la hoja bajo la tapa del baúl e hizo fuerza. Una nube de polvo de olor agrio le hizo retroceder, tosiendo.

Murphy iluminó el baúl. Después, atisbó en su interior y sacó cuidadosamente lo que parecía una antigua tetera de cobre, ennegrecida de mugre.

La sostuvo a la luz e Isis resopló impaciente.

—Frótala, Murphy. Quizá haya un genio dentro que nos conceda tres deseos.

El anciano no parecía desanimado. Obviamente, eso era lo que esperaba encontrar en el baúl. Le farfulló algo al guía.

—¡Sir Reginald! Sí, esto es suyo, creo —dijo el guía, sonriendo orgulloso.

Murphy volvió a colocar cuidadosamente la tetera en el baúl.

—¿Esto es todo? —preguntó—. ¿Nada más?

El guía conversó con el antiguo curador. Sacudió la cabeza tristemente.

—Dice que es la única reliquia que conservamos del monte Ararat. —Se encogió de hombros, fatalista—. Ladrones. Así funciona el mundo.

* * *

De vuelta en la calle, Isis y Murphy se preguntaron qué hacer a continuación. A Murphy le sorprendió que ella lo tomase por el brazo y lo condujese una callejuela.

—Vamos, busquemos una cafetería y tomemos una taza de café. Aunque quizá sería más apropiado un té. —Sonrió. Dejó que lo guiara pasando por filas de tiendas de aspecto polvoriento, la mayoría a punto de cerrar mientras el muecín llamaba desde los minaretes del otro extremo de la ciudad.

Algo hizo a Murphy mirar hacia atrás y vio a un hombre alto que se perdía rápidamente en un portal.

—No mires —dijo—, pero creo que nos están siguiendo.

El estado de ánimo despreocupado de Isis se desvaneció al instante, mientras las imágenes de la pesadilla de Washington inundaban su mente.

Apretaron el paso y Murphy la guió hasta un callejón lateral. Entonces, echaron a correr, con la esperanza de desaparecer por el otro extremo antes de que su perseguidor pudiera ver hacia dónde se dirigían. De repente, se vieron bloqueados por un hombre robusto y sin afeitar vestido con un abrigo de cuero gastado.

Sonrió abiertamente, mostrando una hilera de dientes de oro.

—Por favor. No tienen por qué asustarse. Tengo entendido que les interesan las reliquias del monasterio de San Jacobo. Vengan por aquí.

Dio media vuelta y empezó a caminar por el callejón.

* * *

Diez minutos después, estaban sentados con las piernas cruzadas sobre una alfombra raída, bebiendo té en pequeños vasos en los que se disolvían lentamente cubos de azúcar. El hombre del abrigo les ofreció una bandeja de pistachos y ambos los probaron.

—¿Cómo sabe quiénes somos y lo que estamos buscando? —inquirió Murphy.

El gigantón rió.

—Erzurum no es un lugar tan grande. Es fácil enterarse de todo.

Murphy estaba a punto de presionarlo para obtener más información, pero Isis sabía que estaban perdiendo el tiempo.

—¿De verdad tiene reliquias del monasterio? ¿Objetos procedentes del arca de Noé?

El gigantón se llevó la mano al pecho con aire ofendido.

—¿Cree que les he mentido? Quizá será mejor que se marchen. Quizá alguna otra persona aprecie lo que poseo.

—Discúlpeme —dijo Isis rápidamente—. Por favor, ¿le importaría enseñárnoslas?

El hombre gruñó y se dirigió hacia una pila de alfombras que estaba apoyada contra una de las paredes de la pequeña tienda y buscó algo tras ella. Sacó una ornamentada caja tallada de unos 91,5 centímetros de longitud y la dejó delante de ellos.

Tenía una placa de metal con un grabado en turco. Isis se lo tradujo a Murphy.

—Obispo Kartabar —leyó.

El corazón de Murphy se disparó... ¡Kartabar era el obispo cuando Calworth visitó el monasterio en 1836!

Abrieron la caja rápidamente y analizaron su interior. En la parte superior había cinco manuscritos con forma de libro y antiguos cierres de cuero. El idioma parecía ser latín. Bajo los manuscritos había una bandeja de bronce con unas marcas extrañas que Isis ya había descifrado. A continuación, aparecieron varias vasijas pequeñas con elementos que parecían cristales y unos curiosos instrumentos que asemejaban sextantes o teodolitos. Murphy cogió uno de ellos.

—Sean lo que sean, debían de pertenecer a Calworth. Parecen demasiado modernos para proceder del arca.

Isis empezó a leer los manuscritos en latín. Murphy continuó examinando los demás objetos de la caja, mientras los ojos del gigantón iban impacientes de uno a otro de sus invitados como si intentara averiguar lo interesados que estaban... y cuánto estarían dispuestos a pagar.

Finalmente, Isis dijo:

—Es relativamente fácil. Latín a veces mezclado con una especie de turco o armenio. La mayor parte describe la vida en el monasterio en los siglos IV y V. Pero esto es interesante... una carta del obispo Kartabar dirigida al curador de Erzurum. Dice que los objetos de la caja los extrajo del *arca sagrada* un monje llamado Cestannia en el año 507 d. C. Un verano muy caluroso hizo que la nieve del arca se derritiera y el tal Cestannia entró y se llevó estos y otros muchos objetos. Los demás están guardados en el monasterio.

—¿Dice algo de la bandeja de cobre? ¿Qué me dices de las inscripciones?

—Nunca ha visto nada semejante —admitió Isis—. Se asemeja ligeramente al hebreo... quizá una especie de protohebreo. Lo único que puedo asegurarte es que habla sobre el metal y el fuego.

—¿Qué quieres decir con «metal y fuego»? —replicó Murphy.

—Habla sobre las distintas clases de metal y el tipo de fuego que se necesita para conseguirlos. No tiene mucho sentido.

Pasó unas cuantas páginas más.

—Mmm. El obispo menciona que Cestannia vio *enormes escritos* tallados en las paredes del interior del arca, pero es todo lo que comenta al respecto.

Murphy se dirigió al gigantón.

—¿Es esto todo lo que tiene?

En su rostro volvió a reflejarse la expresión ofendida.

—¿No es suficiente? ¡Quizá estén buscando pelos de la barba de Noé!

Murphy se echó a reír.

—No es necesario. Todo esto es muy interesante. ¿Cuánto pide por ello?

El gigantón se golpeó la barbilla.

—Cien mil dólares americanos —respondió al final.

—¿Qué? ¡Estará de broma! —dijo Murphy, sacudiendo la cabeza—. Ni siquiera estoy seguro de que estos objetos procedan del arca. Como ya he dicho, parecen demasiado modernos. —Se puso en pie, arrastrando a Isis con él.

Con mirada asustada, el gigantón posó una mano en el brazo de Murphy.

—De acuerdo, ¿cuánto quieren pagar? Quizá les haga un descuento.

Murphy fingió pensarlo.

—Diez mil dólares. Es mi última oferta. La toma o la deja.

El gigantón frunció el ceño.

—De acuerdo. La tomo. Deme el dinero ahora mismo —contestó, extendiendo una mano mugrienta.

—No llevamos tanto dinero encima —dijo Murphy.

—Tenemos que ir a un banco. Volveremos mañana por la mañana... digamos, a las diez en punto.

—Diez en punto —asintió el gigantón—. No se retrasen. Quizá tenga otros clientes, ¿sabe?

Murphy le estrechó la mano y guió a Isis hasta la calle. El gigantón se sentó y devolvió cuidadosamente los objetos a la caja antes de coger un vaso de té y sorber el dulce y tibio líquido con una sonrisa de satisfacción.

Unos minutos después, miró el reloj y empezó a ponerse en pie.

Entonces, una bala de alta velocidad perforó la ventana y atravesó su frente a varios kilómetros por minuto, haciendo estallar su cabeza y la mayor parte de su cerebro en una nube de sangre y huesos.

32

Sem estaba realizando un trueque por aceite para lámparas cuando oyó un grito ahogado. Supo al instante que era Achsah. Se giró y empezó a correr, apartando a la gente a empujones.

Ni Sem ni Achsah habían pensado que habría ningún peligro en el abarrotado mercado a plena luz del día, pero se habían equivocado. La había dejado hablando con un vendedor de especias cuando se marchó a por el aceite para lámparas.

Un grupo de tres hombres se dio cuenta de que Achsah estaba sola. La habían agarrado rápidamente y la habían arrastrado fuera del mercado. Ella empezó a gritar y uno de ellos le dio un golpe en la boca y cayó al suelo. Le arrancaron el vestido y la levantaron, exponiéndola. Algunas personas que estaban en el mercado se giraron y miraron, y volvieron a sus ocupaciones.

No era más que otra violación. Nada fuera de lo normal.

Con un chillido, Sem cargó contra los tres hombres que sujetaban a su esposa. Se dieron media vuelta y toparon con un hombre de mirada salvaje que se abalanzaba con todas sus fuerzas contra ellos. Con toda la fuerza que pudo reunir, Sem golpeó con el hombro al hombre que estaba a la derecha de Achsah. Salió volando contra una pila de objetos de cerámica.

Después, golpeó al hombre de la izquierda con el puño y la sangre manó mientras el hombre retrocedía vacilante, sujetándose la nariz rota con las manos.

El hombre de delante buscó su daga. Sem percibió el movimiento y sacó su espada, pero estaban demasiado cerca para poder usarla, así que golpeó la boca del hombre con la empuñadura, haciendo que sus dientes se hicieran pedazos y saltaran por el aire. Se oyó un grito de dolor.

Los tres hombres se pusieron en pie, maldiciendo, y se prepararon para atacar, cuando vieron el acero brillando en las manos de Sem. La idea de enfrentarse a un marido furioso blandiendo una de las espadas cantarinas de Tubalcaín no les agradó. Volvieron corriendo al mercado y desaparecieron entre la multitud.

Sem sostuvo a Achsah, que lloraba desconsoladamente. Todavía empuñaba la espada y vigilaba a los mirones. Lo embargaba la ira. «Permite que venga el diluvio, Señor», se dijo a sí mismo, «para que no tengamos que seguir soportar estas cosas».

* * *

Jafet caminaba por el tejado del arca cuando sucedió.

De repente, en plena mañana, empezó a oscurecer. Girándose, emitió un grito ahogado. Al este, el cielo estaba repleto de bandadas de aves, con una enorme plaga de langostas bloqueando el sol.

—¿Dónde van? —se preguntó. Entonces, los primeros pájaros comenzaron a aterrizar en el arca. Primero una alondra, luego una garceta, un colorido periquito azul, una paloma huilota. Poco después, todo el tejado estaba cubierto de aves de todos los tamaños, formas y colores.

Jafet se quedó sin habla; tampoco podía moverse. Sólo podía contemplar la extraña visión. Aves de las que ni siquiera conocía el nombre piaban y arrullaban a su alrededor. Más sorprendente aún, los pájaros no parecían tenerle miedo. Extendió la mano y una docena de pinzones, gorriones y halcones se posaron sobre ella como si fuera la rama de un árbol conocido.

Poco después, se encontró a sí mismo caminando entre las aves, observando sus fantásticos colores. Se trataba de pájaros que sólo había visto desde la distancia. Ahora, se encontraban a unos escasos centímetros de él. Vio aves pequeñas como canarios, tordos y currucas. También había pájaros carpinteros, búhos y martines pescadores.

Le sorprendieron los tucanes multicolores, los guacamayos y los faisanes. Los peregrinos rozaban sus alas con las de las palomas como si fueran los mejores amigos del mundo en lugar de enemigos acérrimos. Los patos caminaban junto a los pelícanos y los flamencos. Jafet se sentía sobrecogido.

Tardó unos minutos en comprender lo que estaba ocurriendo.

Durante ciento veinte años había ayudado a su familia a construir el arca. Parecía una tarea interminable. ¿Se produciría algún día una tormenta terrible y un gran diluvio? ¿Se reunirían todos los animales y subirían a bordo del arca?

Su sonrisa de entendimiento comenzó a apagarse. ¿Y los que se quedaran atrás? Se enfrentarían al juicio de Dios. Serían destruidos. Los avisos de su padre se estaban haciendo realidad.

Los pensamientos de Jafet fueron interrumpidos por un grito áspero. Se acercó al extremo del tejado y miró hacia abajo. Sus hermanos y Noé estaban gritando y señalando hacia el bosque. Cuando levantó la mirada, se quedó sin respiración.

Por la colina, a través de lo que quedaba del bosque de Azer, se aproximaban los animales.

Se dirigían hacia el arca formando un enorme rebaño, una multitud de bestias tan gigantesca que los animales se confundían unos con otros. Forzando la vista mientras su boca se abría de sorpresa, distinguió osos, leones y un elefante entre el torrente de criaturas de menor tamaño.

A medida que se acercaban al arca, pudo ver animales gigantescos de los que no conocía el nombre y de extrañas formas con las que jamás había soñado: canguros, rinocerontes, jirafas... Los ciervos y los monos se encontraban junto a los leopardos. Los elefantes parecían enormes mientras avanzaban pesadamente entre las mofetas y los puerco espines, arreglándoselas para no pisar a ninguno de ellos.

—Baja y ayúdanos —gritó Cam.

—Dios ha traído a los animales hasta aquí. Nos mostrará qué hacer —dijo Noé. Escaló una parte del andamiaje que soportaba la rampa y miró a los animales.

Empezó a darse cuenta de que se estaban agrupando en parejas. Poco después, todos estaban emparejados. Su corazón dio un vuelco de alegría al darse cuenta de lo que estaba haciendo Dios.

—Empezaremos a subirlos al arca por la rampa. Primero los más grandes y pesados. Llevad a los elefantes, hipopótamos y rinocerontes por la rampa hasta la planta baja. Evitará que volquemos. Poned a los osos, alces, uatipíes y tapires con ellos. Después subiremos a los felinos más grandes.

Se pusieron manos a la obra, boquiabiertos ante la docilidad de los animales. Incluso los más fieros se dejaban conducir a bordo hasta sus establos. Noé y su familia estaban demasiado ocupados para darse cuenta de la multitud que se había reunido a una distancia segura para contemplar el increíble espectáculo. Nadie hablaba, ya fuera por la sorpresa que sentían o por miedo a que los animales les atacaran. O quizá por la terrible verdad de la que finalmente se daban cuenta.

Llegaba el diluvio.

33

—Probablemente, eran falsos —dijo Murphy mientras que Isis y él veían por primera vez Dogubayazit—. Quiero decir, la bandeja de bronce... es difícil de creer que algo así estuviera realmente en el arca. Creo que nuestro hombre puso pies en polvorosa. Quizá pensó que a la mañana siguiente apareceríamos con la policía. Por eso desapareció.

—Los documentos eran auténticos. Estoy segura —continuó Isis—. Y diez mil dólares es mucho dinero. Me resulta difícil de creer que no se quedara a poner la mano.

Murphy suspiró.

—Bueno, nunca lo sabremos. Olvidémoslo. ¿Qué te parece Dogubayazit?

Isis resopló.

—Si hubieras estado preparado, si hubieras tenido dinero...

—¡Isis, por favor! —casi gritó Murphy—. Tengo mucha más experiencia que tú con estas cosas. Créeme, estábamos a punto de que nos dieran gato por liebre y ahora estamos muy cerca de Ararat. Miremos hacia delante y no hacia atrás, ¿vale?

Isis volvió a resoplar, pero no dijo nada. Continuaron en silencio por la autopista dirección sur por una enorme y plana llanura situada entre dos escarpadas cadenas de montañas desoladas. La carretera se había ido elevando lentamente hasta una altura de 1.950 metros a medida que se aproximaba a la frontera iraní.

Ahora podían ver el Ararat en la distancia, a unos veinticinco kilómetros, con las tres primeras montañas cubiertas de nieve. Parecía increíble que el lugar en el que descansaba el arca estuviera a la vista, como lo había estado miles de años, tan claramente que parecía que sólo tenían que extender la mano para tocarlo. Y la maravilla del monte les hizo olvidar todos los pensamientos de lo que podría haber sido en Erzurum.

Entraron en la ciudad entre racimos de viejas casas de hormigón y se dirigieron al hotel Isfahan, uno de los favoritos de los equipos de escaladores.

Dogubayazit se había convertido en una ciudad de cuarenta y nueve mil habitantes y Murphy se preguntaba cómo se las arreglaban para vivir en medio de ninguna parte. Levi le había contado que la principal fuente de ingresos de la ciudad era el contrabando, lo que tenía sentido.

Cuando Murphy e Isis entraron en el vestíbulo, pudieron oír risas estridentes procedentes de algún punto del hotel. El recepcionista, un hombre delgado con un bigote desproporcionado, parecía saber quiénes eran antes de que tuvieran la oportunidad de presentarse y se limitó a señalar hacia el comedor. Dejaron sus bolsos y siguieron sus instrucciones.

El equipo del Ararat parecía haber invadido el interior del comedor. No se veía a ningún otro cliente y Murphy se preguntó si ver a Hodson y Valdez —vestidos con ropa militar y pistolas colgando de sus hombros, tragando ruidosamente chupitos de *raki* local— les había hecho salir corriendo a ponerse a cubierto. Sin duda, parecían un equipo peligroso y Murphy se sintió muy contento de que estuvieran de su parte.

A la gran mesa cubierta con un mantel de cuadros rojos también estaban sentados el profesor Reinhold, con un libro en una mano y un pedazo de pan en la otra, Bayer y Lundquist, inmersos en un apasionado debate en voz baja y Vern Peterson, que estaba charlando amistosamente con Whittaker. Vern fue el primero en ver a Murphy e Isis, se puso en pie rápidamente y se dirigió hacia ellos.

—Murphy, tengo malas noticias. El gobierno turco nos lo está poniendo difícil con el helicóptero. Pude venir en él hasta Dogubayazit, pero dicen que no tengo permiso para acercarme al Ararat.

Murphy miró por encima de su hombro a Mustafa Bayer.

El turco se bajó las gafas y suspiró dramáticamente.

—¡Lo sé! ¡Lo sé! ¡Estoy en ello! Tengo los permisos para escalar la montaña y tenemos permiso para volar, pero el encargado de la zona militar ha sido reasignado a un puesto distinto. El nuevo coronel no conoce nuestro pacto. No es más que la típica burocracia turca. Estoy seguro de que lo solucionaré pronto.

—Espero que pronto signifique mañana por la noche —dijo Murphy—. Si no, tendremos que alquilar caballos para transportar el equipo hasta el campamento 1. Después, tendremos que trasladar el resto de las provisiones al campamento 2 y al campamento 3 en nuestras mochilas. No resultará nada divertido.

Peterson continuó:

—Yo estoy decidido a pilotar este cacharro, Murphy. Es un Huey de motores gemelos y rotor de cuatro palas. Tiene capacidad para seis pasajeros y algo de equipo y alcanza hasta 3.657 metros. Si superamos esa altura, probablemente tendremos que reducirlo a cuatro personas. Las cuatro palas ayudan en aire fino, pero cuanto más subamos, menos eficientes serán.

—¿Qué ocurriría si empieza a nevar mientras estamos volando a gran altura? —preguntó el profesor Reinhold, apoyando el tenedor con la ensalada.

—No debería suponer un problema. El Huey está equipado con descongeladores. En mi opinión, lo más problemático será el viento. Las ráfagas fuertes podrían complicarnos las cosas. Sobre todo si estamos muy cerca de la montaña. No seríamos el primer avión que da vueltas. Pero, no os preocupéis, ¡estáis en buenas manos!

—Me alegra oír eso —dijo Reinhold, con tono de cualquier cosa menos de alegría.

Hodson continuó:

—¿No es posible que el viento que originan las palas lleve a provocar una avalancha?

Vern se encogió de hombros.

—Es posible. Tendréis que aseguraros de no estar bajo una cornisa o un muro escarpado cuando os recoja. No podré aterrizar en la mayor parte de la montaña. Es demasiado escarpada. Tendremos que usar la cuerda para subiros.

El grupo se quedó en silencio unos instantes, concentrándose en el hecho de que el piloto del helicóptero podría ser su salvador... o podría condenarlos a una tumba de hielo.

Entonces, Lundquist les hizo una seña a Murphy e Isis.

—Vamos, vosotros dos. Bebed algo y pedid algo de comer. La comida no está nada mal, ¿sabéis? Y quizá pase un tiempo hasta que volvamos a ver comida de verdad.

Murphy decidió que había llegado el momento de establecer su autoridad.

—No, gracias. Tenemos que ponernos en marcha. Quiero que tú y Valdez me ayudéis a comprobar el equipo de escalada y las provisiones. —Sacudió la cabeza hacia los que estaban sentados al otro extremo de la mesa—. Hodson puede comprobar el equipo de primeros auxilios y las radios. Isis tiene una lista de provisiones que vamos a necesitar. Sugiero que el profesor Reinhold la acompañe al mercado.

Desganadamente, dejaron los platos a un lado y las bebidas sobre la mesa y todo el mundo se puso en movimiento. Bayer se quedó repantingado en la silla.

—¿Y qué quieres que haga yo? —preguntó sonriendo.

Murphy no le devolvió la sonrisa.

—Necesitamos el permiso para volar sobre el Ararat. ¿Con quién hay que hablar?

Bayer frunció el ceño.

—No te molestes. Confía en mí, lo conseguiré.

—Entonces, hazlo —insistió Murphy.

Bayer se escabulló con un resoplido. Whittaker lo observó marcharse y le guió un ojo a Murphy.

—Bien dicho, pero todavía nos queda mucho camino, Murphy. Espero que no te hayas ganado un enemigo.

Murphy se giró para mirarlo.

—En este equipo no hay lugar para favoritismos, Whittaker. Cuando antes lo entienda Bayer, mejor.

—Entonces, supongo que será mejor que suba y compruebe que tengo todos los carretes —dijo Whittaker, dirigiéndose hacia la puerta—. No quiero que el jefe me haga trizas.

Cuando todos los demás se hubieron marchado, Murphy se sentó con Vern para repasar los planes, intentando asegurarse de que había pensado en todo. Lo relajado que había encontrado al equipo le estaba preocupando. Dos horas después, un desconsolado Bayer volvió al hotel.

—¿Le va a dar el permiso al Huey? —preguntó Peterson.

—Creo que sí —respondió Bayer.

—Pero no hasta dentro de dos días, como mínimo. Tendremos que hacer llegar el equipo a la montaña de otra forma. No podrá llevar al equipo a Ararat, pero sí podrá recogernos y traernos de vuelta a casa.

—¡Vamos! —dijo Murphy, golpeando la mesa con la palma de la mano—. No podemos permitirnos perder el tiempo. Tenemos que encontrar a alguien con caballos.

* * *

Eran las cinco de la mañana del día siguiente cuando el equipo se reunió delante del hotel y empezó a cargar su equipo en un camión. Valdez se subió al taxi junto a Bayer, mientras que el resto se apretujaba en una camioneta. Peterson les hizo un gesto de despedida.

—Estaremos en contacto a través del teléfono por satélite —le aseguró Murphy, bajando la ventanilla del pasajero—. Si Dios quiere, ¡te veremos en el Ararat!

Vern lo saludó y observó cómo desaparecía la camioneta al doblar la esquina.

La parte trasera de la camioneta estaba equipada con bancos rústicos a cada lado y, mientras el equipo se acomodaba, a Murphy le recordaron a paracaidistas esperando a que los soltaran sobre territorio enemigo.

—Es la última oportunidad de echarse atrás —dijo—. Próxima parada, Ararat.

—Próxima parada, el arca de Noé —corrigió Reinhold con una sonrisa.

En la parte delantera, Bayer estaba hablando.

—Nos dirigiremos hacia el este por la autopista principal hacia Irán, hasta que lleguemos al puesto de comando de Dogubayazit. Tendréis que tener preparados los pasaportes y los permisos de escalada para enseñárselos a los guardas. A un kilómetro aproximadamente del puesto, giraremos a la izquierda y seguiremos dirección norte hacia el Ararat. Es una carretera de arena bastante aceptable. No deberíamos tardar demasiado tiempo.

Isis miró por la ventana cómo se levantaba el sol sobre dos pequeños pueblos. Algunos de los pastores más madrugadores ya estaban reuniendo a sus rebaños.

Poco después, empezaron a subir la cuesta hacia una casa. Cuando alcanzaron los 2.010 metros, se detuvieron y descargaron el equipo. El dueño de los caballos de carga y sus dos hijos los estaban esperando apiñados alrededor de una fogata. Cargaron el material en los caballos y el equipo empezó a caminar hacia el campamento 1. A medida que el sonido de las herraduras sobre el rocoso sendero sustituía el chirrido del equipo y las cabañas de pastores de cabras reemplazaban los pueblos, empezaron a sentir que habían penetrado en un mundo diferente... un mundo que todavía tenía vínculos con la antigüedad.

* * *

Murphy miró hacia atrás para comprobar qué tal le iba al equipo escalando la montaña. Valdez y Hodson se habían situado cada uno a un extremo, analizando el sendero y girándose periódicamente para echar un vistazo atrás. Llevaban pistolas automáticas colgadas del cuello, pero sus manos nunca se separaban de las provisiones. Murphy no quería saber cómo habían introducido las armas en Turquía. Bayer se había colocado en cabeza, sin duda una cuestión de orgullo, y subía a toda marcha. A veces, reducía y miraba hacia la línea de nieve como si estuviera esperando por algo. Lundquist caminaba tras él y sus ojos nunca se apartaban de la espalda de Bayer, como si estuviera decidido a no perderlo de vista ni un instante.

En medio del grupo, Reinhold intentaba leer un libro apoyado a duras penas en el lomo de uno de los caballos. De vez en cuando, tropezaba con una piedra, maldiciendo, y el libro se caía al suelo. Murphy sacudió la cabeza. Para un hombre con el que parecía compartir muchos intereses, Reinhold era curiosamente muy poco comunicativo. No cabía duda de que le fascinaba la posibilidad de descubrir el arca, al igual que a él, pero Murphy sospechaba que el matiz espiritual de la expedición le echaba para atrás y prefería guardarse sus pensamientos para sí mismo. *Me parece bien*, pensó Murphy. *Ya tendremos tiempo de sobra para hablar después.*

Justo delante de Murphy, Isis llevaba un buen ritmo gracias a sus zancadas fáciles y económicas. Daba la impresión de estar paseando un domingo por la mañana por una pequeña colina y Murphy se quedó maravillado una vez más ante sus reservas de fuerza y resistencia. También se quedó maravillado ante su belleza salvaje, natural, que encajaba a la perfección con el paisaje que los rodeaba.

Y no era el único en darse cuenta. Por cada fotografía de la montaña que tomaba Whittaker, sacaba dos de Isis a escondidas. A su pesar, Murphy sintió un latigazo de preocupación. ¿O era de celos?

✳ ✳ ✳

Era media tarde y parecían llevar escalando horas cuando las nubes se oscurecieron y empezó a llover. Para cuando terminaron de desempaquetar el equipo de lluvia, ya estaban cayendo chuzos de punta. Se produjeron truenos y rayos y el resbaladizo lodo hizo el camino traicionero. Pero el dueño de los caballos de carga y sus hijos no redujeron la velocidad. Siguieron hasta que las nubes se abrieron y volvió a asomar el sol.

A unos 3.000 metros, el equipo llegó a una mullida pradera. Riachuelos de agua cristalina manaban de un banco de nieve cercano y el dueño de los caballos de carga y sus hijos ayudaron a levantar el campamento. Las coloridas tiendas de nailon pronto cubrieron el suelo, se manearon los caballos y la cena bullía en cazuelas sobre un fuego de maleza.

Mientras todos devoraban la cena de arroz y alubias, Murphy explicó el plan para los siguientes días, una serie de excursiones hasta los campamentos 2 y 3, transportando provisiones adelante y atrás mientras ellos mismos se aclimataban.

Apenas hablaban. Todos tenían su opinión sobre lo que iba a ocurrir y se notaba claramente que querían guardar fuerzas. La parte fácil había terminado.

El sol se había puesto y se levantó la brisa. El dueño de los caballos de carga y sus hijos cubrieron a los caballos con mantas y se marcharon a su tienda. El resto los imitó poco después.

Isis se arrebujó en su saco de dormir y tensó el cordón para repeler el aire frío de la noche. En la oscuridad, podía oír el nailon aleteando en la brisa. No podía evitar pensar que Murphy sólo estaba a unos metros de su cuerpo. Después, el agotamiento se apoderó de ella y empezó a quedarse dormida, con la mente llena de un revoltijo de imágenes violentas que alimentarían sus sueños durante el resto de la noche.

Murphy se tumbó con los ojos abiertos, escuchando los sonidos de la noche. Podía oír el ruido de las armas siendo desmontadas y el pasar de páginas... probablemente el profesor Reinhold estudiando su material de investigación sobre la construcción del arca.

Después, todo lo que oyó fue el sonido del viento en la montaña.

Empezó a rezar.

34

—¿Estás seguro de que todo estará a salvo?

Era temprano y Murphy y Bayer estaban de pie en un parche de tierra lejos de las tiendas, junto a los caballos. Tras ellos, el resto del equipo estaba ocupado preparando el desayuno y tazas de té caliente.

Bayer se llevó la mano al pecho.

—Por supuesto, los vigilaré. No habrá ningún problema. —Dio unos golpecitos a la automática que llevaba en la cintura.

—De acuerdo —dijo Murphy—. Vamos a cruzar el glaciar de Araxes y explorar el área que rodea la garganta de Ahora. Si todo va bien, Whittaker debería conseguir buenas imágenes en el glaciar.

Bayer se sentó en una piedra y encendió un cigarro, mirando hacia la distancia, mientras Murphy volvía a las tiendas para ayudar a embalar las mochilas con cuerdas, mosquetones, clavos de hielo, crampones y piquetas.

Salvo Isis, Reinhold, Bayer y el dueño de los caballos de carga y sus hijos, el resto del equipo comprobaba sus GPS y se dirigía hacia el glaciar con el objetivo de marchar hacia el este al mismo nivel de la montaña, relativamente. Dejarían la agotadora escalada para más tarde.

El aire matutino era frío y estimulante. El cielo era claro y azul y no se veía ni una sola nube. Pero como Murphy sabía, en el Ararat, las apariencias engañaban. En el espacio de una hora, un cielo claro podía dar paso a una furiosa tormenta.

El equipo caminaba a buen ritmo entre las rocas y los ocasionales ventisqueros por las sombrías laderas de la montaña. Aunque era temprano, empezaron a desabrocharse y abrirse las chaquetas. Era importante dejar salir el calor corporal y reducir el sudor al mínimo para mantener la ropa seca y reducir el riesgo de deshidratarse.

Nos estamos acercando, pensó Murphy emocionado, con la adrenalina bombeando por su cuerpo mientras entraba en un barranco salpicado de rocas.

* * *

Isis observaba al pequeño grupo mientras desaparecía por el campo de nieve. El dolor de sus piernas había mejorado y, a pesar de una noche de sueños febriles, el claro aire de la montaña le había hecho recuperar fuerzas. Sintió como empezaba a relajarse por primera vez en semanas. ¿O era simplemente que se sentía mejor cuando Murphy estaba cerca? Buscó una roca soleada con buenas vistas a la montaña donde disfrutar de unos minutos de descanso antes de limpiar las cazuelas y sartenes, y vio al profesor Reinhold sentado en una roca en la pradera donde empezaba a descender la montaña. Le gustaba el sol, aunque también disfrutaba de la brisa ligera. Lo único que no le gustaba era tener que sujetar las páginas del libro mientras leía. La brisa hacía que salieran volando.

Bayer no aparecía por ninguna parte.

* * *

Cuando el equipo llegó al glaciar de Araxes, descargaron los crampones de púas y se los pusieron. Cada uno de ellos se ató a una cuerda por seguridad, a unos doce metros los unos de los otros, y empezaron a cruzar el mar de nieve blanca que cubría el glaciar. Murphy lideraba el equipo, con Valdez tras él. A continuación iba Lundquist y Hodson cerraba la marcha. Whittaker tenía otra cuerda atada a la cuerda principal entre Lundquist y Valdez que le daba libertad para moverse hacia delante o hacia atrás para tomar fotos.

Cruzar el glaciar fue fácil, pese a que en ocasiones Valdez y Lundquist se hundían de repente en la nieve hasta las axilas, tropezando en pequeñas grietas que las nevadas habían hecho invisibles.

Descender al lado este del glaciar resultó mucho más complicado. La nieve se había convertido en hielo. Murphy estaba fijando unos cuantos clavos de hielo cuando resbaló y cayó antes de poder sujetarse. Se ató a las cuerdas de seguridad para descender los veintiún metros que lo separaban de las rocas situadas más abajo, con la intención de dejar las cuerdas en su sitio para escalar a la vuelta.

Esperaba que siguieran allí.

* * *

—Bonitos, ¿verdad? —dijo Reinhold señalando los caballos. Los hijos del dueño de los caballos de carga estaban dándoles de comer heno y hablando con ellos. Isis se preguntó si los caballos entenderían el turco.

—Sí, lo son. Los chicos los cuidan muy bien y eso no suele ser habitual por aquí —contestó Isis—. Es la primera vez que te veo sin la nariz metida en un libro —añadió riendo.

Reinhold sonrió.

—Nunca se sabe demasiado. Cuando encontremos el arca —o más bien debería decir lo que quede del arca si la encontramos—, quiero asegurarme de que sé lo que estamos viendo, cómo de estable es la estructura. Y, por supuesto, si realmente es el arca. Ha habido tiempo de sobra para que alguien coloque restos falsos en la montaña.

—¿Como la sábana santa de Turín?

—Exactamente. Aunque tu profesor Murphy probablemente cree que es auténtica.

Isis se quedó bastante sorprendida al oírle referirse a él como tu profesor Murphy.

—No tengo ni idea de qué opina —dijo con aire displicente—. Pero ¿y tú? Me resulta difícil creer que hayas dejado de lado tu preciosa investigación para arriesgar tu vida en el monte Ararat si no creyeras que hay algo en él.

Reinhold siguió sonriendo, pero sus ojos infantiles se habían endurecido.

—De acuerdo, creo que hay algo en él. Pero la cuestión es ¿qué?

El avance hacia la garganta de Ahora se hacía cada vez más difícil, a medida que el equipo se adentraba en un enorme campo de rocas. Algunas de ellas eran del tamaño de una casa pequeña. Escalar alrededor de las rocas o por encima de ellas estaba empezando a consumir mucho tiempo y energía.

—Descansemos un minuto —propuso Lundquist, con la cara cubierta de sudor.

—Vamos, Lundquist, no tenemos tiempo. Tenemos que cumplir un horario —protestó Hodson, mirando a Murphy en busca de confirmación.

Murphy estaba a punto de hablar, pero Whittaker le puso una mano en el hombro y, después, se llevó un dedo a los labios. Parecía estar escuchando algo.

—¿Qué pasa? —susurró Murphy.

Whittaker no respondió, pero Murphy también pudo oírlo. Un chirrido ahogado en la distancia, como olas arrastrando piedras en una playa. Miró hacia el ascenso, por donde habían venido y, de repente, lo vio.

—¡Avalancha de rocas! —gritó—. ¡A cubierto!

Murphy y Valdez corrieron hacia la roca con forma de casa que había a su derecha. Hodson y Lundquist intentaban llegar a una roca similar que había a unos seis metros por debajo de ellos.

Por algún motivo, Whittaker empezó a correr hacia la avalancha como si albergara el estrambótico deseo de morir. Por un momento, Murphy pensó que iba a tener que darse la vuelta y traerlo a la fuerza. Entonces, se dio cuenta de que Whittaker había visto una grieta perfecta en el campo de rocas que estaba justo encima de ellos. *Supongo que ha hecho esto más veces que yo*, pensó Murphy mientras se lanzaba al suelo junto a Valdez. Se movió justo a tiempo para ver a Whittaker sacando una última foto con su cámara antes de que una gigantesca ola de polvo y rocas se abalanzara sobre su posición y chocara contra la roca en la que se habían cobijado Murphy y Valdez.

Mientras un ruido tremendo los ensordecía y el polvo los obligaba a cerrar los ojos, Murphy intentó visualizar en su mente la última posición de Lundquist y Hodson. No sabía si habían podido apartarse del camino de la avalancha a tiempo. Durante unos agonizantes minutos, Murphy se agarró a las rocas, esperando a que los terribles chirridos y chasquidos se detuvieran, señalando que el peligro había pasado. Al final, se puso en pie. Tapándose la nariz y la boca con el pañuelo para protegerse del asfixiante polvo, se dirigió hacia el campo de rocas, intentando localizar a los demás miembros del equipo. Poco después, Valdez y Whittaker estaban a su lado.

—¡Hodson! —gritó—. ¡Lundquist! ¿Dónde estáis?

Se oyó un «¡aquí!» ahogado y Murphy percibió movimiento entre los escombros. Hodson estaba poniéndose en pie, tambaleante, y después, Lundquist también empezó a emerger.

Hodson se llevó la mano a la frente y espetó violentamente:

—Me dirigía hacia esa roca de allí cuando este tío me agarró. Afortunadamente, caímos en un agujero, si no, todo habría terminado.

—Nunca habrías conseguido llegar a esa roca —protestó Lundquist, sacudiéndose el polvo—. Tuviste suerte de que te agarrara a tiempo.

Hodson lo miró y escupió en el polvo.

—Lo que tú digas.

—Mirad, lo importante es que estamos todos bien —dijo Murphy—. Gracias a los afilados sentidos de Whittaker.

—Nunca se sabe quién va a salvarte la vida, ¿verdad? —dijo Whittaker sonriendo y sacando una foto a los despeinados y polvorientos montañeros.

Entonces, oyeron otro ruido y todas las cabezas se levantaron al unísono. ¿Se trataba de otra avalancha? Escucharon, preparándose para buscar refugio si lo necesitaban. Pero el ruido era demasiado lejano. Un pop-pop-pop regular que procedía del campamento.

Disparos.

* * *

Los caballos fueron los únicos que los oyeron llegar. Sus orejas fueron las primeras en levantarse. Entonces, las ventanas de su nariz se abrieron y empezaron a husmear el aire. Resoplaron un par de veces y relincharon suavemente.

El ruido de los caballos hizo que el dormido dueño abriera los ojos. Miró a los animales para ver qué sucedía. ¿Estarían oliendo una manada de perros salvajes?

Se incorporó justo a tiempo para ver una figura saliendo de detrás de una roca. Tenía un rifle en la mano y una cicatriz en la cara. Iba hacia el profesor Reinhold, que estaba en una roca leyendo su libro.

El dueño de los caballos estaba a punto de gritar para avisarlo cuando oyó otro sonido. El sonido de una bala siendo cargada. Procedía de su izquierda. Se giró y vio otro pistolero enmascarado con el rifle apuntando directamente a su corazón.

Levantó las manos y giró lentamente la cabeza para ver a un tercer pistolero moviéndose rápidamente hacia la tienda de Isis. Sus hijos estaban despiertos junto a él y les puso las manos en el hombro para que no se movieran, pero no era necesario. Habían vivido suficiente tiempo en la montaña como para saber que cuando te apuntan con un rifle, simplemente confías en Alá y esperas a ver qué ocurre.

Reinhold seguía inmerso en su libro cuando sintió que algo se le clavaba en su espalda. Se giró y se topó con el cañón de un rifle sujeto por un hombre con una cicatriz en la cabeza. Levantó las manos lentamente. Pudo ver a Isis salir de la tienda con otro pistolero gruñendo algo en turco.

Esto no tiene buena pinta, pensó. *Nada buena.*

El pistolero los condujo a la zona de cocina. Uno de los hombres les apuntaba con el rifle mientras otro revolvía en las tiendas. Salió con unos cuantos objetos.

El cabecilla habló con el dueño de los caballos de carga en lo que parecía kurdo. Reinhold no entendía las palabras pero sí el significado gracias a los gestos. Querían que se marchara llevándose a los caballos y a sus hijos. Si mantenía la boca cerrada y no avisaba a las autoridades de lo que había sucedido, no le harían daño. El dueño de los caballos de carga miró a Reinhold e Isis compasivamente y condujo a los caballos de vuelta por el sendero.

Los pistoleros se centraron en Isis y Reinhold, atándoles bruscamente las manos con pedazos de una cuerda de nailon. Golpeando a Isis con la punta del rifle, un hombre le preguntó algo en turco con impaciencia.

Reinhold se dio cuenta de que él también tenía una pregunta urgente.

¿Dónde estaba Bayer?

Entonces, se oyó un repiqueteo de piedras en lo alto de la montaña y los pistoleros instintivamente apuntaron hacia allí con los rifles. El cabecilla gritó algo en kurdo y, junto con otro de los pistoleros, empezó a correr por el sendero en la dirección por la que se habían marchado el dueño de los caballos de carga y sus hijos, arrastrando a Isis tras ellos. Reinhold se quedó solo con el tercer pistolero. Lo señaló con el dedo y dijo algo que Reinhold no entendió, pero estaba seguro de que era algo del tipo: «No intentes nada». Deseó saber kurdo para poder decirle: «Estarás de broma».

Entonces, se oyó otro repiqueteo de piedras y el pistolero apuntó con el rifle en esa dirección. Por el rabillo del ojo, Reinhold pudo ver una figura oscura que se aproximaba a toda velocidad. El pistolero también la vio, pero demasiado tarde. Una poderosa mano lanzó su cabeza hacia atrás y se vio brillar la hoja de un cuchillo. El pistolero se agarró un lado del cuerpo, emitió un sonido similar a una arcada y cayó sobre sus rodillas, mientras Bayer sacaba la hoja de su cuerpo y la limpiaba sin delicadeza. Miró a Reinhold, exaltado, con un dedo en los labios. Reinhold asintió. A continuación, Bayer se marchó corriendo en pos de los otros dos pistoleros y Reinhold se quedó contemplando el sangriento cadáver sacudido por los últimos espasmos de vida.

Tras unos instantes, se alejó unos metros, hacia las tiendas. No sabía qué hacer. Finalmente, regresó junto al cadáver y le quitó el rifle de las manos. Esperaba saber cómo usarlo si fuese necesario.

De repente, el campamento se quedó en silencio. Incluso el viento se había reducido a un susurro. Escuchó atentamente por si oía el más leve ruido. Le pareció oír un sollozo. ¿Era Isis? Le aterrorizaba pensar qué le habría sucedido. Entonces, oyó un crujido. Después otro. Un ruido de piedras cayendo por un empinado descenso. Finalmente, se hizo el silencio.

Esperó, temiendo ver aparecer en cualquier momento a los otros dos pistoleros en el campamento. Tendría que usar el rifle. De repente, se dio cuenta de lo estúpido que resultaba estar de pie en medio de la pradera, como un blanco inmóvil. Empezó a correr hacia el glaciar en busca de una roca lo bastante grande como para esconderse detrás cuando oyó un grito.

—¡Profesor Reinhold! No pasa nada. ¡No hace falta que corra!

Dio medio vuelta y ahí estaba Bayer, sonriendo de oreja a oreja mientras arrastraba a una pálida Isis de vuelta al campamento. Isis temblaba como una hoja.

—¿Qué ha ocurrido? —preguntó Reinhold cuando llegaron a su altura.

Bayer sacudió la cabeza.

—Hombres malos. Muy malos. —Después, volvió a sonreír—. Pero también muy tontos. Y ahora muy muertos.

Soltó a Isis, que se desmayó en los brazos de Reinhold.

35

A la mañana siguiente, Murphy compartía una taza de té hirviendo con Isis mientras el resto del equipo se sentaba alrededor del fuego. Era todo lo que podía hacer para no abrazarla contra su pecho, pero ella parecía feliz simplemente con que él estuviera allí. La carrera de vuelta al campamento desde el glaciar había sido brutal, habían quedado exhaustos, al no saber qué les esperaría allí. Ahora que estaban todos juntos otra vez —y vivos— por primera vez se palpaba una sensación de hermandad.

—¿Quiénes eran? —le preguntó Murphy a Bayer, dándose cuenta de que, ante la euforia de encontrar a Isis sana y salva, no se había interesado por la identidad de los pistoleros.

—El PPK, seguro —respondió Bayer.

Isis lo miró burlona y Lundquist intervino, encantado de alardear de sus conocimientos sobre política kurda.

—Rebeldes kurdos. El Partido de los Trabajadores de Kurdistán, para ser exactos. Hace poco descubrieron que podían conseguir dinero para su causa secuestrando a turistas por un rescate. Eso era básicamente lo que iban a hacer contigo.

Bayer asintió.

—Exacto.

Murphy parecía pensativo.

—Probablemente tenéis razón, pero quiero asegurarme.

Bayer pareció ofendido, como si Murphy estuviera poniendo en tela de juicio que fuera él quien había salvado a Isis.

—¿Qué quieres decir?

—Me gustaría examinar los otros cuerpos. Ver si llevan alguna identificación.

Bayer sacudió la cabeza, como si estuviera ante la típica locura estadounidense.

—Rebeldes, eso es lo que son. ¿Qué otra cosa podrían ser? —De repente, se puso de pie—. Pero ven si quieres verlos. Puedo llevarte. —Sonrió—. No creo que se hayan ido a ninguna parte en plena noche.

* * *

Murphy, Valdez y Bayer bajaron por el sendero hasta que este último les hizo ademán de que se detuvieran y señaló a un barranco que había a un lado.

—Allí.

Caminaron hasta el borde y echaron un vistazo. Antes de que pudieran ver los cadáveres, oyeron un ruido. Murphy les dijo por señas que se acercaran lentamente. Valdez sacó la pistola automática y le quitó el seguro.

Atisbaron por encima del borde y Murphy dejó escapar un grito ahogado. Una voraz masa borrosa de cuerpos oscuros y hediondos estaba despedazando los cadáveres de los pistoleros, lanzando la sangre a su alrededor como si fuera harapos. Una manada de unos quince perros salvajes gruñía y rugía en busca de los pedazos más sabrosos. Sin embargo, por el aspecto de los cuerpos, ya se habían comido la mejor parte.

—Dios —masculló Valdez, y cargó una bala. Bayer le puso la mano en el brazo, pero era demasiado tarde. Al unísono, los perros alzaron las orejas y se giraron en su dirección.

Valdez apartó la mano de Bayer.

—¿Crees que me asusta un puñado de perros?

—Debería —respondió Bayer con calma, retrocediendo—. Éstos no son como los perros de tu país. Son bestias.

Los lobunos perros miraban hambrientos a los tres hombres y husmeaban el aire.

—Vamos —dijo Murphy—. Los animales que cazan en manadas

son unos cobardes. Apuesto a que estos chuchos prefieren la carne muerta.

Empezó a bajar por entre las rocas y los perros comenzaron a retroceder, gruñendo, con los hocicos pegados al suelo. Con desgana, Valdez y Bayer lo siguieron.

Valdez disparó una bala al aire y los perros se alejaron unos metros más. Los tres hombres se arrodillaron junto a los cuerpos y, mientras Valdez vigilaba a los perros, Murphy inspeccionaba los espeluznantes restos en busca de cualquier cosa que les diera una pista sobre la identidad de los pistoleros.

—Date prisa —susurró Bayer, nervioso.

Una sombra de pánico cubrió el rostro de Valdez, que se puso en pie. De repente, dos perros se separaron de la manada y Murphy oyó el tableteo de la pistola automática de Valdez eliminándolos. Los cuerpos de los perros quedaron temblando a sus pies, y Murphy confiaba en que los demás se marcharan.

Pero se había equivocado. El hambre era más fuerte que el miedo.

Con el instinto de cazadores en manada, los demás perros avanzaron como uno solo. Bayer se sacó el cuchillo de la bota, maldiciéndose por haber dejado la pistola en el campamento. Pero al menos tenía un arma. Murphy no tenía nada.

—¿Cuántas balas contiene el cargador? —preguntó Bayer a Valdez rápidamente.

—No las suficientes —fue la lúgubre respuesta—. Y creo que lo saben. Si se abalanzan sobre nosotros, estamos perdidos.

—¿Y para qué? ¿Para ver si estos hombre son de la KGB? —masculló Bayer.

Murphy cogió una piedra y se la lanzó al perro más cercano, golpeándolo limpiamente en el hombro. El perro gruñó despreciativamente y se acercó un poco más. Parecía sentir el miedo de los hombres.

De repente, ocurrió lo inesperado. Desde el otro lado del barranco, un hombre alto y delgado caminaba lentamente hacia ellos. Llevaba una capa gris con un cinturón ancho de cuero alrededor de la cintura y Murphy pudo ver unos ojos negros y penetrantes encima de una desgreñada barba gris y morena. Llevaba un cayado retorcido casi tan alto como él.

Por un momento, los tres hombres olvidaron sus problemas, observando hipnotizados al hombre mientras se acercaba a los perros, la mitad de los cuales se habían girado en su dirección. El hombre parecía estar reflexionando, entonces, dio un paso hacia delante y Murphy se dio cuenta de que el perro más grande parecía aceptar el reto, separándose de la manada.

Emitió un ladrido fiero y saltó a la garganta del hombre. Con una agilidad sorprendente, se dio la vuelta e hizo girar el cayado, golpeando al perro en la cabeza justo cuando sus mandíbulas estaban a punto de cerrarse en torno a su muñeca. El perro cayó al suelo pero, inmediatamente, le mordió el tobillo. Sin embargo, el hombre era demasiado rápido. Giró el cayado imperceptiblemente y se oyó un desagradable crujido cuando golpeó al perro con él. El animal quedó inmóvil.

El hombre volvió a levantar el cayado y dio un paso hacia la manada. Al unísono, los perros dieron media vuelta y se marcharon corriendo, aullando mientras huían.

Por supuesto, pensó Murphy. *Matar al líder.* No había pensado con claridad. Vieron como los perros se alejaban, mientras Valdez seguía apuntando la pistola en su dirección. Entonces, Murphy se giró hacia el extraño hombre.

Pero había desaparecido.

36

Murphy marcó el número en el teléfono por satélite y esperó.

—Vern Peterson.

—Vern, soy Murph. Me alegro de escuchar tu voz.

—¿Qué tal os está yendo?

Murphy vaciló.

—Hemos tenido nuestra ración de emociones. ¿Qué tal estás tú? ¿Alguna novedad sobre el permiso para sobrevolar el Ararat?

—Al parecer, necesitan dos días más —respondió Peterson—. Tienen que obtener permiso formal por escrito del comandante en jefe. Está en Estambul, en una reunión. Me dicen que ha firmado los formularios y que están de camino mediante transporte militar, pero no te emociones. No lo creeré hasta que lo vea.

Murphy sabía que la temporada que había pasado Vern en el ejército le hacía ser pesimista por lo que al papeleo se refería. Ocurriría cuando tuviera que ocurrir. Y, sin embargo, había un matiz de impaciencia en su voz. Estaba deseando llegar a la montaña, donde ocurría la acción. Por eso Murphy le ahorró los detalles de los dos últimos días. Sólo conseguiría que Vern se sintiera aún más frustrado.

—No te preocupes, Vern. Llevaremos las provisiones al campamento 2 en las mochilas.

—¿En qué parte del mapa está?

—En la meseta este, a unos 3.962 metros. Después, exploraremos la zona de la cumbre este hasta Abich Dos, por encima de la garganta de Ahora. Algunos de los avistamientos del arca se han producido en esa zona.

—Me siento culpable, Murph. ¡Yo estoy alojado en un cómodo hotel mientras vosotros estáis chupando frío!

—No te preocupes. Te llamaremos si surge algún problema o si descubrimos algo. Asegúrate de tener cargado el teléfono. Y, Vern, todavía no ha terminado. Tú también disfrutarás de tu ración de emociones.

—¡Ojalá!

Murphy colgó. *Cuidado con lo que deseas, Vern,* pensó para sí mismo. *Si Julie supiera lo que está pasando, me cortaría en pedacitos.*

* * *

Murphy y el equipo emplearon el resto del día en el agotador proceso de transportar el equipo y las provisiones del campamento 1 al campamento 2. La montaña era tan escarpada que tuvieron que atarse y ascender en zigzag hasta el campo de nieve. En un par de puntos, el viento había levantado montículos de nieve blanda por la que tuvieron que nadar, literalmente. Al final del ascenso a pie de 914,5 metros, todos sudaban profusamente a pesar del frío.

Murphy miró a Isis mientras llegaba a duras penas a la meseta.

—¿Qué tal vas? —Ella asintió con la cabeza y mostró una sonrisa forzada. No tenía suficiente aire en los pulmones como para hablar.

La meseta este se extendía alrededor de 183 metros hasta que empezaba a elevarse hacia la cumbre, que se encontraba casi 1.219 metros más arriba. Lundquist, Reinhold y Bayer empezaron a montar el campamento y a anclar las tiendas.

—Puede que aquí arriba haga más frío, pero parece un lugar más seguro —le dijo Isis a Murphy mientras contemplaban la majestuosa cumbre nevada, enmarcada por un cielo azul celeste.

—Aquí no hay nada para los perros.

—Salvo nosotros —replicó Murphy.

Isis se echó a reír.

—Por muy tentadora que sea mi carne, no creo que escalen 914,5 metros por entre la nieve y el hielo para disfrutar de ese privilegio.

—Entonces es que son tontos —dijo Murphy, e Isis se sonrojó a pesar del frío.

De repente, Murphy no supo qué decir y fue un alivio que Hodson anunciara que iba a volver a bajar para traer un segundo cargamento de provisiones. Murphy sonrió avergonzado a Isis y dio media vuelta para unirse a Hodson.

* * *

El viaje hacia la cumbre este empezó con las primeras luces del alba para aprovechar todo el día. Murphy había pedido a todo el equipo que se colocara los crampones y se situó en cabeza, con Hodson pisándole los talones. Detrás del coronel iban Bayer, Isis y Lundquist. El profesor Reinhold y Valdez formaban la retaguardia. Whittaker estaba atado a la cuerda principal y revoloteaba alrededor del equipo tomando fotos, como de costumbre.

Eran alrededor de las once cuando se oyó un chillido. El equipo estaba cruzando una cresta junto a la cumbre. Todos se giraron justo a tiempo para ver desaparecer a Whittaker.

Se había aproximado a lo que parecía el borde de la cresta. El resto de los escaladores estaban ligeramente por debajo formando una línea recta. Pero no era una cresta. Se trataba de una grieta y Whittaker se había colado por ella y estaba colgando en el aire sobre un abismo de 609,5 metros de profundidad. Por una vez, no se acordaba de sacar fotografías.

Los siete cayeron al suelo al mismo tiempo y quedaron con los pies enterrados en la nieve. La cuerda se extendió y desapareció en la nieve por el agujero hasta que se tensó. Murphy gritó una serie de órdenes y el equipo empezó a alejarse lentamente de la cresta. Finalmente, aparecieron la cabeza y los hombros cubiertos de nieve de Whittaker. Siguieron retrocediendo hasta que estuvo en una parte sólida de la cresta. Whittaker se quedó sentado unos instantes, ligeramente aturdido, pero poco después se sacudió y se puso de pie. A continuación, volvió a sentarse, pues le cedieron las rodillas. Hodson dibujó un cuadrado con los dedos y emitió un clic. Whittaker lo miró y frunció el ceño, pero después se dibujó una sonrisa en su rostro.

—¡Todavía llevas puesta la tapa de las lentes, pedazo de animal!

Tras un breve descanso para comprobar que Whittaker no estaba herido, continuaron la escalada. Enseguida el ascenso se hizo más escarpado y difícil. Valdez se dio cuenta de que Reinhold hacía señas a izquierda y derecha mientras escalaba. Su ritmo se estaba reduciendo. Murphy retrocedió para averiguar cuál era el problema.

—Vértigo —anunció Valdez—. No ha tomado suficiente agua. Sigue con el equipo, os alcanzaremos en cuanto se haya hidratado.
—Murphy asintió—. Sólo tenéis que seguir nuestras huellas.

* * *

Veinte minutos después, Valdez ataba una sección de cuerda de más de nueve metros al profesor.

—Ve delante —dijo Valdez—. Yo te seguiré. Ve al ritmo que quieras. Utiliza el mosquetón a modo de bastón si lo necesitas.

Una nieve ligera estaba empezando a arremolinarse en torno a los dos hombres, pero las huellas del equipo todavía se veían con claridad. Reinhold giró la cabeza al viento y empezó a subir el abrupto ascenso. Avanzaron rápidamente durante una media hora, pero después el profesor dio un paso y se le hundió el pie en la nieve, haciéndole perder el equilibrio. Cayó hacia un lado y su cuerpo empezó a resbalar cuesta abajo, ganando velocidad rápidamente.

—¡Utiliza el mosquetón! —le gritó Valdez.

Reinhold intentó desesperadamente clavar el mosquetón en la nieve para poder escarbar con la hoja más ancha, pero antes de poder hacerlo, la cuerda se agotó y se tensó, tirando al suelo a Valdez. Ahora ambos estaban resbalando montaña abajo. Valdez rodó sobre su estómago y puso el peso de su cuerpo en el mosquetón, frenando inmediatamente la caída.

Reinhold había hecho lo propio y ambos se detuvieron. Durante un minuto, ninguno de los dos se movió por miedo a soltar los mosquetones.

—¿Estás bien? —gritó Valdez.

—Creo que sí… —Reinhold valoró la situación y se dio cuenta de que no sentía el suelo bajo sus piernas.

—¡Tengo un problema! ¡Estoy colgando sobre un desfiladero!

Valdez clavó un pie en la nieve con la ayuda de los crampones y empezó a liberar lentamente del peso de su cuerpo al mosquetón para comprobar si su pie podía soportarlo. No se movió. Suspiró, aliviado.

Comenzó a cavar un agujero en la nieve junto a él con el mosquetón. Tenía que ser lo bastante profundo como para sentarse en él, como si fuera un asiento envolvente. Rezó para que el banco de nieve fuera lo suficientemente sólido como para soportar el peso de dos hombres.

Cuando terminó, volvió a clavar el mosquetón con un potente golpe y apoyó su peso en la nieve. Aguantó. Sacó lentamente un pie, después el otro y rodó hasta el asiento envolvente. Una vez más, levantó su peso lentamente mientras se sujetaba al mosquetón. Ahora llegaba la prueba de fuego. ¿Aguantaría el peso de los dos?

—¡Valdez! —chilló Reinhold, histérico—. ¡No creo que aguante mucho más!

—Puedes aguantar y aguantarás —respondió Valdez.

Hizo un nudo prúsico en la cuerda y la ató al mosquetón de su arnés. Empezó a tirar de la cuerda atada al profesor y a deslizar la cuerda sobrante por el nudo prúsico por seguridad.

—Vale, ¡voy a izarte! —Valdez gritaba más alto para que se le oyera sobre el rugido del viento.

El profesor intentaba ayudarlo tirando de su mosquetón. Se desplazó un par de metros.

—Intenta clavar los pies en la nieve y ponerte en pie sobre los crampones.

El profesor siguió sus instrucciones y consiguió fijar los pies en la nieve.

—Ahora, saca el mosquetón y clávalo en la nieve por encima de ti. A ver si puedes empezar a escalar.

Reinhold volvió a hender la nieve con el mosquetón y empezó a escalar la empinada montaña. Cuando sacaba uno de los crampones e intentaba clavarlo en la nieve, el crampón sobre el que se estaba sujetando se rompió y cayó. El profesor retrocedió un par de metros y la cuerda se tensó.

El peso de los dos hombres sobre la cuerda hizo que el asiento de Valdez se comprimiera unos 152 milímetros. Valdez estaba seguro de que ambos iban a volar por el precipicio, cuando la nieve dejó de comprimirse. Iba a aguantar.

Valdez sentía cómo se le dormían los dedos por el frío y por el esfuerzo de sujetar la cuerda, pero sabía que no tendría que seguir aguantando mucho tiempo. Reinhold ascendía dificultosamente hacia el asiento de nieve poco a poco. Justo cuando Valdez sintió que la cuerda empezaba a escaparse de entre sus dedos, Reinhold llegó hasta él y pudo sujetarse mientras Valdez cavaba otro asiento a su lado. Diez minutos después, ambos estaban sentados a más de nueve metros por encima de un precipicio, en plena tormenta de nieve.

—¿Estás bien, profesor?

Reinhold asintió, demasiado agotado para hablar.

—Vale, profesor, tengo buenas noticias. A unos veintiún metros por encima de nosotros hay un afloramiento de rocas. Voy a escalar hasta él y a atar una cuerda. Después, te lanzaré la cuerda, te la atarás al arnés y escalarás.

Reinhold parecía aterrorizado. Era evidente que quería quedarse en su cómodo asiento de nieve todo el tiempo que fuera posible y que la perspectiva de otra escalada no le atraía ni un ápice.

Valdez se dio cuenta de que la fuerza de voluntad de Reinhold era prácticamente inexistente.

—No te preocupes. Te izaré. No tendrás que hacer nada.

Reinhold asintió cansado y Valdez salió cuidadosamente del asiento de nieve y empezó a escalar. A causa de la nevada torrencial, tardó veinte minutos en llegar al afloramiento. Sacó la cuerda de la mochila e intentó atarla a una de las rocas. Tenía las manos muy frías y le estaba costando hacer el nudo con los guantes puestos. Se puso uno de los dedos del guante entre los dientes y se lo quitó. Consiguió hacer el nudo, pero los dedos le ardían de dolor. Sabía que estaban empezando a congelarse, pero no tenía tiempo de calentárselos. Volvió a ponerse el guante, se ató a la cuerda y se dejó caer unos tres metros y medio para poder ver mejor. Empezó a lanzarle la cuerda al profesor.

Gritó a Reinhold, pero no obtuvo respuesta. El viento era demasiado fuerte.

El profesor estaba empezando a sentir frío sentado en la nieve. No entendía por qué Valdez tardaba tanto. ¿Estaría en un aprieto?

Entonces, algo llamó su atención. Era una cuerda de color naranja fuerte deslizándose cuesta abajo, a unos tres metros de donde se encontraba.

Sacó el cuchillo delicadamente de su escondite. Extendió la mano lentamente y la hoja tocó ligeramente la tensa cuerda. La cuerda naranja se rompió y desapareció. Uno de sus deshilachados extremos salió volando en alas del viento, que era cada vez más fuerte.

¡Reinhold vio descender lentamente la cuerda, pero, de repente, ganó velocidad. ¿Qué ocurría? Entonces, horrorizado, vio pasar a Valdez como una exhalación. Cayó por el precipicio seguido de una pequeña avalancha de nieve.

A Reinhold le daba vueltas la cabeza. No podía moverse, no podía creer lo que acababa de ver. *Voy a morir aquí*, pensó.

* * *

—¡Valdez! ¡Reinhold! —gritaba Hodson tan fuerte como podía. Después, escuchaba, intentando oír una respuesta, pero sólo se oía el bramido del viento.

Continuó bajando hasta el lugar donde el equipo los había dejado. *Quizá el profesor se encontraba mal y regresaron al campamento*, pensó. *Regresaré con el equipo. Deberíamos volver.*

En el camino de vuelta, Hodson vio una ligera depresión en la nieve. Como *ranger* del ejército, le habían enseñado a percibir cualquier cosa que se saliera de lo normal. ¿Había caído alguien allí? ¿Y si uno había resbalado y había arrastrado al otro cuesta abajo al estar unidos por una cuerda? Gritó sus nombres un par de veces más. Entonces, le pareció oír un grito ahogado en respuesta.

Hodson empezó a descender lentamente. Se detuvo y volvió a gritar. Parecía Reinhold. Miró a su alrededor y vio un racimo de rocas sobresaliendo de la nieve. Se dirigió hacia él con la idea de atar una cuerda de seguridad para ayudarse a descender hacia el sonido.

Reinhold oyó gritar a alguien. Ahuecó las manos y chilló en dirección al sonido. Unos diez minutos después, vio una cuerda roja descendiendo a unos tres metros de donde se encontraba, donde había aparecido la cuerda naranja.

Entonces, vio a Hodson bajando en *rappel*. Se apoderó de él una sensación de paz y cerró los ojos.

* * *

Cuando Reinhold recuperó la conciencia, Hodson lo estaba alimentando con una bebida azucarada y el resto del equipo se encontraba arremolinado a su alrededor.

Murphy fue el primero en hablar.

—¿Dónde está Valdez?

—Se ha ido —dijo Hodson sencillamente.

—¿Cómo que se ha ido?

—Murió intentando salvar al profesor.

A Murphy se le crispó el rostro de dolor.

—No sé qué decir.

—No, no lo entiendes —replicó Hodson con la voz ahogada por la emoción—. Alguien cortó la cuerda. Fue asesinado.

37

Esa noche, Murphy se hizo cargo de la primera guardia. Hodson lo relevaría una hora después, y a continuación, sería el turno de Bayer. Después, empezarían el ciclo otra vez. Murphy acunaba la automática de Hodson en el regazo, mirando a la oscuridad mientras el helado viento mordía su cara. Sin embargo, apenas notaba el frío. El traicionero clima de la montaña estaba siendo la menor de sus preocupaciones.

Al amanecer, los demás salieron de las tiendas. Ninguno parecía haber dormido demasiado. Se reunieron lentamente en la zona de cocina y compartieron una taza de té hirviendo, esperando a que Murphy les hablara.

—De acuerdo, escuchad. Tengo malas noticias que daros. Hodson cree que la muerte de Valdez no fue un accidente. Alguien cortó la cuerda deliberadamente. Fue asesinado.

Se oyeron jadeos alrededor del fuego. Lundquist dejó caer la taza de la impresión y el té salpicó el fuego, siseando ruidosamente.

—Pero eso es inexplicable... Es decir, ¿quién? —farfulló.

—¿Estás seguro? —preguntó Whittaker—. A lo mejor la cuerda simplemente se rompió.

Hodson sacudió la cabeza sombríamente.

—La he revisado. La cortaron con un cuchillo.

Whittaker miró a Bayer.

—Rebeldes, ¿no crees? ¿Una venganza por los tres de los suyos que eliminaste?

Bayer sacudió la cabeza.

—No creo que escalaran tanto. Y ¿por qué sólo matar a Valdez? No tiene sentido.

—¡Nada de esto tiene sentido! —exclamó Reinhold, poniéndose en pie de un salto—. Estamos en una misión para encontrar un antiguo artefacto histórico. ¿Por qué nadie querría asesinarnos? —Era obvio que estaba histérico. Isis lo obligó a sentarse y a beber más té.

—Ya os lo he dicho —respondió Murphy—. *Hay* personas que no quieren que encontremos el arca. O quizá quieren que los guiemos hasta ella, y entonces... —Se interrumpió—. Mirad, si alguno quiere dejarlo ahora, lo entenderé. Yo estoy dispuesto a arriesgar mi vida para encontrar el arca, pero no tengo derecho a pediros que hagáis lo mismo. Todos sabíais que tendríamos que afrontar peligros en el Ararat, pero esto es diferente.

Miró a Isis, que lo estaba mirando con expresión decidida.

—La doctora McDonald y yo hemos experimentado lo que sólo puedo denominar las fuerzas del mal que trabajan en el mundo. Personas poderosas y despiadadas que no se detendrán ante nada para conseguir lo que quieren. Creo que podrían ser responsables de la muerte de Valdez y tengo motivos para pensar que no se contentarán con eso —añadió lúgubremente.

El silencio se apoderó del campamento mientras todos intentaban procesar lo que Murphy acababa de decir.

—Hagamos una votación —añadió Murphy un rato después.

—¿Quién quiere volver a Dogubayazit?

Nadie alzó la mano. Murphy se quedó sorprendido cuando habló Reinhold.

—Puedes contar conmigo, Murphy. Puede que suene cursi, pero un hombre ha muerto para salvarme la vida y no quiero que haya hecho ese sacrificio para nada. Si encontramos el arca, voy a llevarme un pedazo para la familia de Valdez.

Hodson miró a Reinhold como si lo viera bajo una nueva luz.

—Bien dicho, profesor. —Se giró hacia Murphy.

—También puedes contar conmigo. Sé que a Valdez le gustaría que fuera así.

Murphy miró al resto del equipo reunido alrededor del fuego. Uno a uno, todos asintieron.

—Hemos logrado llegar hasta aquí y puede que lleguemos mucho más lejos. Todos queremos ser famosos, ¿verdad? —dijo Lundquist con una sonrisa forzada.

—De acuerdo —dijo Murphy—. Os lo agradezco, pero, a partir de ahora, tenemos que estar especialmente atentos por si aparecen extraños.

Y *quizá no sólo extraños*, pensó.

* * *

Tardaron la mayor parte del día en trasladar las provisiones del campamento 2 al campamento 3. Todos sentían en los pulmones el ascenso de 3.962,5 a 4.572 metros. Era una subida escarpada sobre nieve en polvo.

El equipo se encontraba a unos 150 metros del campamento 3 cuando oyeron un helicóptero. En la distancia, pudieron ver a Peterson llegando desde el sur. El sonido de las palas les subió la moral. Se quedaron quietos, saludaron y gritaron. Cuando Peterson sobrevoló al grupo, el teléfono por satélite de Murphy empezó a sonar.

—Eh, Murph. He seguido las coordinadas que Hodson me dio. He visto el precipicio. Reinhold tenía razón. Según mi altímetro, creo que la caída es de 883,92 metros. No vi nada más que nieve recién caída en el fondo. Sería imposible encontrarlo.

A Murphy se le cayó el alma a los pies. La última y frágil esperanza de encontrar a Valdez había desaparecido.

—¡Recibido!

—Murph, voy a regresar. Aquí no puedo hacer gran cosa. Mantenme informado. Rezo por todos vosotros. Si encontráis el arca, ¡hacédmelo saber!

—Gracias, Vern. Es un placer verte volar. Estamos deseando que nos lleves de vuelta a casa cómodamente en el helicóptero dentro de unos días. En cuanto terminemos, nos vamos.

El equipo contempló a Peterson desaparecer en la luminosidad.

En el campamento 3, Murphy dejó a Isis, Reinhold, Lundquist y

Whittaker montando las tiendas. Con Bayer y Hodson, empezó a bajar la colina para ir a buscar el segundo cargamento. A Isis se le encogió el corazón al ver a Murphy marcharse.

—¡Chicos, tened cuidado! —gritó.

Murphy se giró y la saludó.

* * *

El viento había empezado a levantarse cuando Murphy, Hodson y Bayer terminaron de empaquetar las provisiones. Rachas de nieve en polvo flotaban alrededor de las tiendas que habían dejado en el campamento 2.

Murphy y Hodson estaban embalando la última tienda cuando Bayer emitió lo que sonó como una maldición en turco. Sacó su pistola.

Girándose, vieron a alguien subiendo con dificultad por la cuesta que empezaba en el campamento 1.

Tenía una mochila sobre un abrigo con aspecto de toga y un cinturón de cuero. Llevaba un gorro envuelto en piel con dos viseras que le colgaban tapándole las orejas y la nieve estaba empezando a amontonarse en su barba.

Nadie habló mientras lo veían acercarse, pero Bayer seguía con la pistola preparada para disparar.

A unos nueve metros, se detuvo y los miró. Después, dio un paso adelante y empezó a hablar con una voz profunda y resonante. Les sorprendió que hablara en perfecto inglés.

—¿Van a seguir escalando la montaña?

—Sí, vamos a subir hasta unos 609,5 metros —respondió Murphy—. Me alegro de volver a verle. El otro día nos salvó de los perros. Quería darle las gracias.

El extraño hizo una ligera reverencia.

—No fue nada. Me llamo Azgadian. Vivo en la montaña.

Hodson había dado un par de pasos hacia la izquierda del extraño para anticiparse a cualquier movimiento que pudiera hacer. El hombre ya no llevaba el cayado, pero quién sabe qué otras cosas podría esconder bajo el abrigo. Aunque los hubiera salvado de los perros, Hodson no quería arriesgarse.

El extraño señaló la cumbre.

—¿Van hacia allí?

—No —respondió Murphy. Hizo una pausa, buscando el rostro del hombre—. Estamos buscando el arca de Noé.

Los ojos del extraño brillaron momentáneamente, pero no dijo nada. Sostuvo la mirada de Murphy, como si lo estuviera midiendo desde la distancia. Finalmente, pareció ver lo que estaba buscando y apartó la mirada.

—¿Ha oído algo sobre el arca? —preguntó Murphy.

El extraño asintió.

—Cuando era niño, mi padre solía traerme aquí, a Agri Daugh. Es una montaña sagrada.

Su tono se endureció repentinamente.

—¿Y por qué están buscando el arca de Noé?

Murphy midió sus palabras.

—Sería fantástico para nuestra fe. Nuestra fe en Jesucristo y en la palabra de Dios.

El extraño pareció satisfecho.

—Estábamos buscando el arca detrás del glaciar que hay sobre Abich Dos pero no tuvimos éxito —dijo Bayer, claramente impaciente por el derrotero que estaba tomando la conversación.

Sorprendentemente, el extraño se echó a reír.

—Ah, no. ¡Está mucho más arriba!

—¡Qué! —exclamó Murphy con los ojos como platos—. ¿Más arriba?

—Sí, a un lado de un valle. Hay mucha nieve.

—Entonces, ¿la ha visto? —preguntó Hodson, incrédulo.

—Oh, sí —dijo el extraño—. He escalado hasta allí muchas veces. Este año, el invierno ha sido suave en la montaña. Casi la mitad del arca está a la vista. El resto se encuentra en el glaciar. La mayoría de las veces toda el arca está cubierta de nieve.

Murphy no podía creer lo que estaba oyendo. Ese hombre hablaba como si ver el arca de Noé fuera lo más normal del mundo.

—Tienen que buscar encima del glaciar, hacia el nordeste —continuó el extraño—. Escalarán una cresta y entonces la verán en el extremo del valle, sobre unas rocas. —Hizo una reverencia—. Tengo que volver a casa antes de que caiga la noche. Les deseo buena suerte en su búsqueda. —Y, entonces, sin una palabra más, comenzó a descender.

Los tres hombres observaron como se desvanecía gradualmente en la distancia. Cuando desapareció tras un afloramiento de rocas, fue como si acabaran de despertar de un sueño.

—¿Era real? —preguntó Hodson con las manos en las caderas.

—Sólo hay un modo de averiguarlo —respondió Murphy.

38

Todo el mundo se había levantado antes del amanecer con el fin de prepararse para la caminata hasta el emplazamiento del arca. Murphy les había pedido que embalaran comida y agua para tres días y que llevaran sus sacos de dormir polares. Hodson ya estaba listo y estudiando los mapas. La emoción se palpaba en el aire. Todos parecían sentir que la aparición del hombre que se hacía llamar Azgadian, justamente después de tomar la decisión de continuar con la búsqueda, era un buen augurio. Casi les parecía estar viendo ya el arca.

Para Murphy, la emoción se mezclaba con la preocupación. Desde la muerte de Valdez, había empezado a desconfiar de todos y cada uno de los miembros del equipo, salvo de Isis. A esas alturas, todos habían demostrado su valía, tanto física como intelectual. Sin embargo, no conseguía librarse de la molesta sospecha de que al menos uno de ellos no era lo que aparentaba.

Por ejemplo, Bayer. Demostró poseer todas las letales habilidades de un comando de élite de las Fuerzas Especiales cuando se enfrentó a los rebeldes que habían secuestrado a Isis y lo cierto era que Murphy no debería sentir otra cosa que agradecimiento hacia él. Entonces, ¿por qué se preguntaba el motivo por el que Bayer no estaba cerca del campamento cuando los rebeldes atacaron? ¿Sabía que iban a aparecer? ¿Estaba todo preparado? Apartó de su mente esos pensamientos. ¿Por qué iba a permitir Bayer que los rebeldes secuestraran a Reinhold e Isis para después tomarse la molestia de rescatarlos? No tenía sentido.

Al menos Bayer no pudo haber cortado la cuerda de Valdez, arrancándole la vida. Sólo Hodson había tenido la oportunidad de hacerlo y, a pesar de la rivalidad que existía entre ellos, Murphy estaba seguro de que Hodson jamás haría una cosa así. El dolor que sentía por la muerte de Valdez parecía totalmente auténtico.

En cuanto a Reinhold, se pasaba la mayor parte del tiempo envuelto en situaciones cercanas a la muerte. Lo que dejaba a Whittaker y Lundquist. El endurecido fotógrafo siempre estaba en el extremo del grupo, no llegaba a integrarse totalmente. Sin embargo, Murphy sospechaba que, simplemente, su personalidad era así. Para sacar fotografías, hay que mirar desde fuera.

El enigma era Lundquist. En primer lugar, sus motivos para unirse a la expedición eran los menos convincentes y, por lo tanto, los más poderosos para marcharse después del asesinato de Valdez. ¿Por qué no lo hizo? ¿Qué le animaba a seguir adelante?

Murphy recordó que le había preguntado a Levi si Lundquist era de la CIA e intentó acordarse de la reacción de su amigo. Lo cierto es que no lo había negado directamente. Por lo tanto, si Lundquist pertenecía a la CIA, ¿cuál era su misión? Al igual que Welsh había hecho todo lo posible por impedir que Murphy pusiera las manos en el archivo Anomalía del Ararat, ¿estaba Lundquist haciendo todo lo posible para que no pusiera las manos en el arca? ¿O estaba siendo un poco paranoico? ¿Era Lundquist un mero observador, asegurándose de que la CIA se enterara de todo lo que Murphy sabía sobre el arca?

Cerró los ojos, intentando calmar el caos que reinaba en su cabeza. No había forma de averiguarlo por ahora. Tendría que conformarse con vigilar a todos los miembros del equipo como un halcón. De ahora en adelante, no iba a perder de vista a Isis ni un segundo. Metió los últimos objetos en la mochila y ató las cuerdas.

Ha llegado el momento de centrarse en lo que hemos venido a buscar, pensó.

* * *

Para cuando el sol estaba alto en el cielo, quedó claro que iban a disfrutar de un día perfecto en la montaña. Cielo azul y ni una brizna de aire. Además, como el campamento 3 ya estaba situado a 4.572 metros, les esperaba una escalada sencilla. Sólo tenían que atravesar la montaña y descender alrededor de 150 metros para llegar a su destino. Durante unas cuatro horas, marcharon lentamente a través de campos de nieve situados prácticamente a la misma altura. Eran alrededor de las diez y media cuando el ascenso se hizo más abrupto y peligroso. Murphy, que iba en cabeza, fue el primero en darse cuenta de que la nieve blanda se estaba endureciendo y convirtiendo en hielo. Levantó la mirada y vio algunas rocas descubiertas. Estaban orientadas hacia un muro de hielo. El agua goteaba desde las rocas más altas y creaba grandes carámbanos estriados que colgaban por encima de una caída recta de alrededor de 305 metros. No podían escalarla ni bajar por ella.

Iban a tener que atravesarla.

El muro de hielo parecía doblar en una esquina y después, desaparecía. En alguna parte del otro lado, se imaginaba Murphy, tropezarían de nuevo con más campos de nieve. Sin embargo, no podía estar seguro hasta que llegaran al extremo exterior de la esquina.

Murphy pensó que lo mejor era dividir el grupo en tres equipos más reducidos. Así les resultaría más fácil entrar y salir de las estrías de carámbanos.

Murphy lideraba el primer equipo, formado por Isis, Whittaker y él mismo. Hodson y Reinhold iban después. Lundquist y Bayer cerraban la marcha. Se ataron con cuerdas de seguridad más cortas con una separación de alrededor de tres metros entre cada uno de ellos.

Murphy comenzó fijando un clavo de hielo y atándole un mosquetón y una cuerda. A continuación, introdujo el piolet, consiguiendo un punto de apoyo firme. Colocando su peso sobre el piolet, clavó las puntas de los crampones en el muro y empezó a moverse de lado a través del hielo.

Cada cuatro metros y medio, aproximadamente, Murphy insertaba otro clavo de hielo por seguridad y le ataba la cuerda. Los miembros del equipo lo seguían agarrados a la cuerda con la mano izquierda y clavaban los piolets con la derecha. Después, hundían las puntas de los crampones, como había hecho Murphy, y avanzaban lentamente entrando y saliendo de las enormes estrías de hielo.

Murphy fue el primero en doblar la esquina. Tenía razón. El muro de hielo terminaba tras unos cuatro metros y medio, y allí estaban los campos de nieve una vez más. La inclinación ascendió a alrededor de 30 grados, mucho más seguro que la pared vertical en la que se encontraban.

Murphy, Isis y Whittaker llegaron al campo de nieve y se quitaron los clavos de hielo. Isis parecía aliviada de haber salido del muro y estar de nuevo sobre nieve.

Hodson estaba escalando detrás de Reinhold y lo animaba amablemente, consciente de que, tras la terrible experiencia del precipicio, la caída de 305 metros desde el muro de hielo no se le iba de la cabeza. Murphy observó atentamente mientras Reinhold salía del muro de hielo y llegaba a la nieve.

Repentinamente, oyeron un grito al otro lado de la esquina.

* * *

Cuando Lundquist clavaba el piolet para seguir avanzando, se le aflojó un crampón y empezó a caer. Como había soltado la cuerda, no pudo sujetarse con la mano izquierda. Todo el peso de su cuerpo tiró del extremo de la cuerda de tres metros, arrancando a Bayer de la pared, y ambos cayeron otros cuatro metros y medio. Por un momento, pareció que el segundo clavo de hielo frenaría la caída, pero también se soltó y los dos hombres siguieron cayendo.

Lundquist estaba chillando con todas sus fuerzas cuando, de repente, se detuvieron. El tercer clavo de hielo había aguantado.

El mosquetón de Bayer estaba sujeto a la cuerda de seguridad y Lundquist se encontraba colgando tres metros por debajo de él. Bayer estaba lo bastante cerca del muro como para tocarlo con el piolet, pero no podían apuntar bien. Se había golpeado con un carámbano de hielo durante la caída y la sangre se filtraba en sus ojos, cegándolo. Además, se sentía desorientado. Ambos estaban colgando en el aire sobre una caída de vértigo.

* * *

Hodson, que todavía estaba sujeto a la cuerda de seguridad, sintió como se tensaba cuando Bayer y Lundquist cayeron. Esperó a ver si él también era arrancado del muro, pero todos los clavos de hielo de su lado de la esquina aguantaron.

Rápidamente, Hodson desató la cuerda de seguridad de tres metros que estaba atada a Reinhold. Gritó a Murphy, que ya había empezado a moverse hacia la cuerda.

—Dame todas tus poleas y otra cuerda. Clavaré una polea en cada uno de los clavos de hielo de regreso a la esquina y pasaré la cuerda por ellos. Vosotros excavad asientos de nieve y preparaos para tirar de la cuerda cuando os dé la señal. Tendréis que ayudar a levantarlos. No podré hacerlo solo.

Hodson retrocedió por el muro de hielo en dirección a la esquina, clavando las poleas y pasando la cuerda. Ahora podía verlos. Lundquist estaba girando en círculos debajo de Bayer, que había conseguido clavar el piolet en el muro justo por encima de él y estaba intentando tirar de ambos.

Debe de haberse vuelto loco, pensó Hodson. *Nadie tiene fuerza suficiente para hacer algo así.*

Hodson gritó y les lanzó el extremo de la cuerda. Lundquist todavía estaba girando demasiado violentamente como para sujetarse. Hodson volvió a subir la cuerda y la lanzó tres veces más hasta que al final Lundquist hizo un esfuerzo supremo y la agarró. A continuación, Hodson ató el otro extremo de la cuerda a su arnés. Podía ver la expresión de agonía en la ensangrentada cara de Bayer. Se estaba quedando sin fuerzas.

Hodson clavó la última polea en la esquina de las estrías. Después, insertó dos clavos de hielo más por seguridad y se ató a ellos. Hizo una señal al resto del equipo para que tiraran. Él también agarró la cuerda y ayudó a izar a Lundquist, para alivio de Bayer.

Tardaron unos cinco minutos en conseguir izar a Lundquist hasta un punto donde pudiera utilizar el piolet para ayudarse a escalar. De ese modo, Bayer pudo elevarse lo bastante como para clavar los crampones en el muro y ayudarlos.

Lundquist fue el primero en llegar hasta la posición de Hodson. Tuvo que sacar y volver a fijar los clavos al otro lado de la polea.

Entonces, ambos ayudaron a izar a Bayer, mientras el resto del equipo sujetaba la cuerda con firmeza.

Cuarenta y cinco minutos después de la caída, todos descansaban en el campo de nieve, exhaustos, comiendo barritas energéticas y bebiendo agua para recuperar fuerzas.

Lundquist parecía estar dándose cuenta del tremendo error que había cometido al decidir continuar el viaje. Sin embargo, era demasiado tarde para regresar y lo sabía.

—¿Cuánto falta para llegar al supuesto emplazamiento del arca? —preguntó.

Murphy observaba el campo de nieve con una mirada extraña en el rostro.

—¿No lo sientes? Ya casi hemos llegado.

39

Animado por la fe de Murphy en que se encontraban cerca de su objetivo, el equipo empezó a avanzar por el campo de nieve. Sin embargo, tras la prisa de Murphy se escondía otra razón. Era consciente de que tenían que avanzar rápidamente porque se estaban levantando nubes y la temperatura descendía drásticamente. Aunque no encontraran el arca, tendrían que salir del campo de nieve y buscar un lugar protegido donde acampar durante la noche. Se encontraban en plena zona de avalanchas y el viento empezaba a levantarse.

Todos se abrigaron y se calaron hondo los gorros. Sentían como el viento se abría camino entre las más diminutas rendijas. Poco después, ya venía acompañado de diminutos copos de nieve.

A última hora de la tarde, oscureció y los copos eran más grandes, dificultando la visibilidad. Murphy les pidió que encendieran los faros para no perder a nadie entre las sombras.

—No podemos seguir avanzando —gritó Murphy a Hodson, mientras el viento se llevaba alguna de sus palabras—. No podemos ver qué hay más adelante con esta tormenta de nieve. No quiero que nos caigamos de alguna cornisa. Vamos a tener que cavar grutas en la nieve. Estamos justo al lado de un enorme banco. Es un lugar tan bueno como cualquier otro.

Hodson y Reinhold empezaron a cavar de inmediato. Murphy, Isis y Whittaker empezaron a cavar una cueva para tres personas. Bayer y Lundquist asintieron y comenzaron a cavar la suya.

Primero excavaron una pequeña puerta de entrada con los piolets. A continuación, uno de ellos siguió cavando en el banco de nieve, extrayendo la nieve de la entrada. Estuvieron cuarenta y cinco minutos cavando y extrayendo nieve, hasta que el espacio en el banco de nieve fue lo bastante amplio para dos o tres sacos de dormir. Para asegurarse de que había suficiente aire en sus habitaciones de nieve, abrieron un par de agujeros en la pared exterior.

Después, los tres grupos se arrastraron a sus cuevas y se tumbaron envueltos en los sacos de dormir. Cada grupo colocó una pequeña cocina de propano en la entrada y empezó a preparar comida caliente. Poco después, todos se sentían sorprendentemente a gusto. Después de comer, colocaron las mochilas delante de la entrada para impedir que entrara el viento y se introdujeron en sus sacos de dormir polares. Fuera, podían oír el rugido de las avalanchas sobre el campo de nieve que acababan de cruzar.

Murphy estuvo dando vueltas toda la noche, con la cabeza llena de sueños extraños. Soñó que estaba atravesando un denso campo de nieve, pero cuanto más se esforzaba, menos avanzaba, hasta que se quedó atascado, incapaz de avanzar o retroceder, con la nieve subiéndole hasta el pecho. Después, vio descender un ángel. Un ángel delgado, pelirrojo y de resplandecientes ojos verdes. Se mantuvo inmóvil en el aire delante de él y extendió una mano. Él la agarró y, al instante, notó que lo sacaba de la nieve. Después, se encontró flotando en el aire de la mano del ángel pelirrojo, mientras el viento acariciaba su cara y los suaves aleteos de las sedosas alas del ángel le acariciaban los hombros. Después, el ángel se giró hacia él, sonriendo, y supo que iba a besarlo.

Se oyó un chirrido, como un disparo de rifle. El ángel gritó. Murphy sintió cómo perdía su mano. Después, ambos estaban cayendo.

Se despertó, jadeando. Durante un instante, no sabía dónde estaba.

Vio la luz filtrándose por las rendijas de la puerta y apartó la mochila. Salió a la nieve, protegiéndose los ojos de la repentina luminosidad y respiró hondo. Poco a poco, sus ojos se acostumbraron a la luz y se encontró mirando por encima de un profundo valle hacia un racimo de rocas.

Se quedó sin aliento.

Allí estaba.

El arca.

* * *

Podía ver la proa sobresaliendo de la nieve. Era inconfundible. Aunque estaba sonriendo —una estúpida sonrisa que no podía controlar—, le corrían lágrimas por las mejillas. Sentía una mezcla de emociones que no podía describir: alegría, sorpresa, gratitud, humildad. Se puso de rodillas en la nieve para dar las gracias, pero no podía cerrar los ojos para rezar. Era incapaz de apartar la mirada de esos antiguos fragmentos de madera navegando por un mar de nieve. Pensó en cuántos millones de hombres y mujeres habían imaginado el arca a lo largo de los siglos, y ahora él estaba frente a ella.

Todo lo que tenía que hacer era recorrer unos cientos de metros de nieve y podría tocarla.

Sintió una mano posarse en su hombro. Era Reinhold.

—Dios mío, Murphy, la has encontrado. Ahí está. El arca de Noé.

Reinhold empezó a reír incontrolablemente, despertando a los que todavía descansaban en las grutas de nieve. Uno a uno, salieron a la luz hasta que estaban todos allí, reunidos, paralizados por la visión que les daba los buenos días. Isis se arrodilló y rodeó a Murphy con el brazo. Apoyó la cabeza en su hombro. No había nada que decir.

Entonces, el clic de la cámara de Whittaker rompió el silencio y todos empezaron a dar brincos de alegría y a abrazarse.

Murphy sacó el teléfono por satélite y marcó un número.

—Vern, ¿estás sentado? ¡La hemos encontrado!

—¡Estás de broma! ¡No puedo creerlo! ¿Qué aspecto tiene? ¿Ya habéis subido a bordo?

—Todavía no. Sólo la hemos visto. Todavía estamos a cierta distancia de ella. Cuando vengas, podrás verla. Probablemente necesitaremos que tomes algunas muestras, ¿de acuerdo?

—Dalo por hecho —respondió Vern—. Dalo por hecho y que

Dios te bendiga. Murphy guardó el teléfono en un bolsillo del abrigo. Todos estaban esperando a que hiciera el primer movimiento.

—¡Vamos!

Al instante, el equipo al completo corría por la cuesta hacia el arca, mientras a cada escasos metros, Whittaker se detenía para sacar más fotos. Lundquist se cayó y empezó a rodar cuesta abajo. Todos rieron. Reinhold le lanzó una bola de nieve, provocando aún más carcajadas.

Parece Navidad, pensó Isis con una sonrisa. *Y nos acaban de hacer el mejor regalo del mundo.*

Cuando llegaron hasta el arca, Reinhold se sacudió y empezó a estudiar el contorno en la nieve. En su opinión, entre 75 y 61 metros de la superestructura estaban fuera del glaciar. Recordó que la Biblia decía que el arca tenía unos cuatrocientos metros y medio de largo y dos metros de ancho. *Es increíble*, pensó. *Creía que sólo encontraríamos unos cuantos fragmentos dispersos. Pero está ahí, el arca completa. De hecho, vamos a poder entrar en ella.* No podía evitar imaginar lo celosos que se pondrían sus colegas de la universidad si pudieran verlo en este momento. Estaba a punto de convertirse en el científico más famoso del mundo.

Lundquist no estaba pensando en la ciencia, pero sí en la fama. Como una de las primeras personas que había puesto los pies en el arca de Noé, se convertiría en el diplomático más laureado de Estados Unidos. Incluso podría llegar a embajador. Quizá escribiría un libro sobre sus aventuras en el Ararat. *No es mal título*, pensó. *Aventuras en el Ararat.* La terrible experiencia de colgar de un muro de hielo estaba empezando a parecerle una anécdota magnífica.

Bayer caminaba hacia el arca con la cabeza bien alta. Le enorgullecía representar a su país en esa histórica ocasión. También estaba orgulloso de haber salvado las vidas de dos de sus compañeros de equipo.

Isis no sabía qué resultaba más emocionante, ver cómo el sueño de Murphy se hacía realidad o por fin encontrarse cara a cara con un artefacto de la Biblia. Un sentimiento extraño, desconocido, comenzó a embargarla. Recordó que, en una ocasión, Murphy dijo que existe un vacío en todos nosotros, un vacío con la forma de Dios que sólo él puede llenar. Mientras miraba más allá de los escasos metros que la separaban del arca, empezó a sentir cómo se llenaba ese vacío de su corazón.

Sin embargo, ¿se estaba llenando del amor de Dios o sólo del amor a Murphy? Todo era demasiado confuso.

Pero también era increíblemente emocionante.

Por fin habían llegado todos junto a la proa, cuya oscura madera parecía suave y resplandeciente bajo la brillante luz del sol. Miraron a Murphy, esperando que subiera al arca. Nadie iba a negarle ese privilegio.

Murphy cerró los ojos y rezó un instante.

Dios, gracias por el privilegio de ver tu gran arca. Permíteme ser un fiel maestro del bien y vivir como Noé.

Entonces, extendió una mano temblorosa y la tocó.

40

Por mucho que lo intentara, Noé no podía dormir. Las palabras de Dios resonaban incesantemente en su mente. Había empezado a construir el arca hacía ciento veinte años. Pensar en el número de horas, días y meses que sus hijos y él habían empleado en la tarea lo sobrepasaba. Durante ciento veinte años, su familia y él habían sido objeto de maldiciones de sus enemigos, de abucheos de extraños y de burlas de sus amigos. Durante ciento veinte años, había avisado a todo el mundo del juicio venidero de Dios por su maldad. Les había rogado que se apartaran de los malos pensamientos y que acudieran al arca de salvación.

Ni un solo hombre, ni una sola mujer, ni un solo niño lo había escuchado.

—Dentro de una semana, enviaré una lluvia que durará cuarenta días y cuarenta noches y borraré de la faz de la tierra a todas las criaturas vivientes que he creado.

Noé sabía que era cierto. Era la palabra de Dios y sin duda iba a suceder tal y como él había dicho. Sin embargo, todavía no podía terminar de creerlo.

A la mañana siguiente, Naamá lo encontró sentado, solo.

—¿Qué estás haciendo levantado tan temprano? ¿Ocurre algo?

—Sólo disponen de siete días —respondió Noé con voz preocupada.

—¿De qué estás hablando?

—¡Siete días!

Naamá seguía sin comprender de lo que estaba hablando.

—¿Quién?

—¡Nuestros vecinos! ¡Todo el mundo! Tienen siete días antes de que Dios cierre la puerta del arca de salvación ¡Tengo que avisarlos otra vez antes de que sea demasiado tarde!

Naamá suspiró.

—Los has avisado miles de veces. Hasta ahora no te han escuchado, ¿por qué iban a hacerlo ahora?

Noé le dirigió una mirada febril.

—¡Deben hacerlo! Diles a Cam, Sem y Jafet que terminen de cargar las provisiones. Tengo que intentarlo una vez más. Diles que volveré en seis días.

Noé se puso la capa a toda prisa. Metió unas cuantas cosas en un saco y cogió su cayado. Se inclinó para abrazar y besar a Naamá.

—Debo marcharme.

Naamá suspiró.

—Lo sé. Rezaré por ti.

Observó a su marido desaparecer.

* * *

Cam estaba trabajando en el recubrimiento de una ventana cuando levantó la mirada y vio a alguien en la distancia que se aproximaba al arca. No tardó ni un segundo en reconocer el paso firme, enérgico y decidido de su padre.

—¡Viene padre! —gritó por una de las enormes ventilaciones del suelo.

Todos salieron a dar la bienvenida a Noé.

Jafet fue el primero en hablar.

—Bueno, ¿has tenido éxito? ¿Te ha escuchado alguien? Todos hemos estado rezando por ti.

Los ojos verdes de Noé, normalmente brillantes y resplandecientes, estaban velados de dolor cuando se giró hacia su familia. Sacudió la cabeza.

—Nadie. Nadie me ha escuchado. Simplemente, se han reído de mí y me han abucheado al igual que han hecho en el pasado. Insistí hasta que se pusieron a recoger piedras y empezaron a lanzármelas.

Podían ver cortes y moratones recientes en su padre.

—Les dije que mañana sería su última posibilidad. Después, todo habría terminado. Quizá venga alguien.

—¿Viste a mis padres y a mi familia? —preguntó Bithiah con voz temblorosa.

—He oído que habían ido a visitar a unos parientes.

Noé la rodeó con el brazo cariñosamente

—Sí. Les dije que apenas quedaba tiempo. Les pedí que vinieran.

—¿Y?

Noé se encogió de hombros. No encontraba las palabras.

Bithiah se puso a llorar.

✳ ✳ ✳

Al mediodía del día siguiente, Noé y su familia subían lentamente por la rampa y entraban en el arca, pero también podría haber sido de noche. Nunca habían visto el cielo oscurecerse tanto. Nubes negras se agolpaban en la distancia, tapando la luz. Parecían estar más cerca a cada minuto.

Los corazones les pesaban de malos augurios.

Se detuvieron en lo alto de la pasarela, justo debajo del tejado, y miraron por las ventanas. No podían hacer más que esperar.

—Mirad —dijo Sem—. Viene gente.

Podían ver lo que parecía un grupo de cincuenta o sesenta personas aproximándose al arca. Reconocieron a algunos de sus amigos y vecinos. También había muchas personas que no conocían.

—¡Mis padres, hermanos y hermanas! —gritó Bithiah.

—Esperemos que vengan al arca de salvación —dijo Achsah con una sonrisa.

Todos rezaron para que fuera así.

Noé salió por la enorme puerta y se quedó de pie en la plataforma, en lo alto de la zigzagueante rampa de entrada.

—Bienvenidos, amigos. Me alegra que hayáis decidido venir. Por favor, subid la rampa y entrad antes de que sea demasiado tarde.

En el fondo de su corazón sabía lo que iba a ocurrir. Empezaron a reírse. Unas cuantas personas recogieron piedras y las lanzaron en dirección a Noé. Las piedras golpearon el lateral del arca como si fueran granizo.

Bithiah pidió desesperadamente a sus padres, hermanos y hermanas que subieran al arca.

—¡No seas tonta, Bithiah! ¡Noé está loco! ¡No escuches esas tonterías que dice sobre el fin del mundo! Vuelve con nosotros —respondieron.

Dudó por un instante, pero en el fondo de su corazón sabía que no podía marcharse. Las lágrimas corrían a raudales por sus mejillas cuando se giró hacia su marido. Cam la rodeó con el brazo y la empujó dentro.

Noé entró en el arca y se quedó de pie con su familia junto a las ventanas, mirando a la multitud con tristeza.

Lo que ocurrió a continuación cogió a todo el mundo por sorpresa. La enorme puerta se cerró de golpe con un ruido ensordecedor.

—¿Qué ha pasado? —gritó Noé—. ¿Alguno de vosotros ha quitado el freno?

—¡No! —respondieron a coro, pero Noé ya conocía la respuesta.

Dios había cerrado la puerta.

Había llegado la hora.

Noé y su familia no podían creer lo que veían. El cielo derramaba agua. Nunca había llovido así en la tierra. Era un panorama sobrecogedor.

Un rayo de luz brilló en el cielo y un impresionante rugido los aterrorizó, eran los primeros rayos y truenos. Entonces, vieron surgir del suelo manantiales de agua que creaban fuentes hasta el cielo.

Para entonces, la actitud de la multitud reunida junto al arca había cambiado. Gritaban, chillaban y corrían en todas direcciones, buscando refugio de la pantagruélica tormenta. Una docena o más de vecinos de Noé subían a toda velocidad por la zigzagueante rampa.

Noé los oía llamar a la gigantesca puerta.

—¡Noé! ¡Déjanos entrar, Noé!

—¡Ahora te creemos, Noé!

—¡Estábamos equivocados, Noé! Por favor, déjanos entrar.

Cam, Sem y Jafet se precipitaron hacia la puerta. Empujaron con todas sus fuerzas. Poco después se les unieron Noé, Naamá, Achsah,

Bithiah y Hagaba. Todos gritaban y empujaban intentando abrir la puerta.

No se movió.

Bithiah oía a su familia gritar y llamar a la puerta. Cayó al suelo, llorando histérica.

Noé la sostuvo, sollozando.

—La puerta que Dios cierra no puede abrirla el hombre —dijo suavemente.

Durante varias horas escucharon los gritos y sollozos... hasta que todo quedó en silencio, salvo por el ruido de la lluvia.

41

Emociones intensas embargaban a Murphy cuando escalaba por el banco de nieve para subir al tejado del arca. *¡Es cierto!* *¡Es cierto!*

Podía oír en su mente las palabras de Jesús: «Como sucedió en los días de Noé, así será en los días del hijo del hombre. Comían, bebían y se casaban ellos y ellas, hasta que Noé entró en el arca, vino el diluvio y acabó con todos».

Intentó imaginar lo que debió de ser construir un barco de dimensiones tan increíbles. Menuda visión tuvo que ser el ver a Dios llevar a todos los animales al arca. Qué maravilloso y terrible soportar lluvia durante cuarenta días y cuarenta noches.

Entonces, se acordó de que el propio Jesús había avisado de que habría otro juicio.

La euforia de Murphy se trocó en ansiedad. *¿Cómo puedo avisar a la gente? ¿Cómo podré convencerlos? Quizá este descubrimiento contribuya a que el mundo se dé cuenta de que necesitamos correr hacia Dios para que nos proteja del juicio.*

—¡Mirad allí! —dijo Hodson, que estaba de rodillas mirando por encima del extremo del tejado—. Hay una hilera de ventanas de un metro de altura, aproximadamente.

Reinhold trepó.

—Ventilación, creo. ¡Entremos! —dijo con una sonrisa.

—¡Para eso hemos venido! —replicó Murphy, apartando sus sombríos pensamientos mientras ataba una cuerda a uno de los postes de la ventana—. Lo hago por seguridad. No sabemos si hay peldaños o escaleras al otro lado. No quiero que alguien caiga tres pisos después de todo lo que hemos pasado para llegar hasta aquí.

Después de probar la cuerda y atarla a su arnés, Murphy sacó el faro y se lo puso.

—Será mejor que os los pongáis. El arca es un milagro de la construcción, pero dudo que tenga luz eléctrica en el interior.

A continuación, se coló por una de las ventanas y dibujó lentamente un arco con el haz del faro. Justo debajo de la ventana había una pasarela. Bajó y miró por encima del extremo. No vio más que oscuridad. Alumbró y pudo distinguir lo que parecían tres plantas más abajo.

El centro del barco parecía estar abierto desde allí hasta el fondo, formando una vasta habitación.

Poco después, el resto del equipo escalaba por las ventanas y descendía a la pasarela. Reinhold comenzó de inmediato a estudiar su longitud.

—¡Cuidado! —le avisó Murphy.

—¡Mira! —dijo Reinhold—. Hay una rampa que desemboca en el piso de abajo.

Murphy se puso en cabeza, seguido de Hodson. Caminaban con cuidado, comprobando la firmeza de la rampa mientras descendían, pero las planchas de madera parecían sólidas. En el fondo se abría una habitación grande. Había una barandilla unida a los baos para que nadie cayera al hueco del centro del barco. Por todas partes se veían pasarelas que cruzaban al otro lado del hueco.

—Probablemente, Noé y su familia utilizaban esta gran habitación como lugar de reunión —dijo Isis—. Quizá encontremos el lugar donde dormían.

Mientras se movían entre la oscuridad del barco, los faros empezaron a revelar jaulas y establos de distintos tamaños. Reinhold y Murphy se quedaron boquiabiertos al descubrir barras de metal delante de las jaulas.

—Increíble. ¿Cómo es posible que tuvieran unos conocimientos tan avanzados sobre el metal? —preguntó Reinhold, maravillado.

Whittaker se unió a ellos y empezó a tomar fotografías. El *flash* de la cámara producía pequeños destellos de luz que iluminaban la increíble escena.

—¡Mirad ahí arriba! —gritó Lundquist. Señalaba a lo que parecían jaulas de pájaros que colgaban del techo en cada establo—. Así pudieron acomodar a tantos animales en el arca.

No tardaron demasiado en tropezar con el hielo y la nieve del glaciar, que formaba un muro que les impedía seguir explorando. Regresaron y cruzaron una de las pasarelas hasta el otro lado del arca. Mientras se abrían paso hacia la habitación grande, encontraron más jaulas y establos. En muchos de ellos había estructuras que parecían comederos.

Cerca de la habitación grande descubrieron lo que parecían ser los dormitorios, con camas y lugares de almacenamiento con estanterías. Más allá de la habitación había otras salas con restos de cerámica y cestos.

—Apuesto a que aquí es donde almacenaban parte de la comida —dijo Bayer, sujetando un fragmento de cerámica bajo la luz de su faro.

Después de explorar la mayor parte de la primera planta, se trasladaron a la segunda. Cuando se estaban moviendo lentamente por otra gran sala, Lundquist se detuvo y gritó.

—¡Mirad!

Los seis se giraron en la dirección que señalaba y alumbraron la pared con los faros.

—Hay algo grabado en un lateral del barco.

Murphy y Reinhold bajaron la rampa corriendo.

Isis se acercó y deslizó los dedos por los símbolos.

—Parece una historia escrita en una especie de protohebreo. Quizá la historia de la construcción del arca. —Dejó escapar un grito ahogado al darse cuenta de lo que implicaba—. ¡Podría ser el escrito más antiguo jamás descubierto!

Se apartó con desgana y continuaron. Poco después se encontraban en una habitación repleta de mesas —o quizá bancos de trabajo— y estanterías. Bajo un bao que se había desplomado encontraron lo que parecía un baúl. Con mucho esfuerzo, consiguieron sacarlo y Murphy intentó abrirlo con el piolet. La madera cedió con un ruidoso crujido y Murphy abrió el baúl.

Se asomó al interior y vio un bulto cubierto de tela. El tejido se convirtió en polvo en sus manos, revelando un metal brillante. Inclinándose sobre sus hombros para ver, los demás se quedaron boquiabiertos al ver una espada tallada muy elaborada acompañada de una daga. El metal brillaba bajo la luz de los faros como si lo hubieran forjado el día anterior. A continuación, Murphy sacó unos objetos de bronce y se los pasó a Reinhold.

—¿Qué crees que son, profesor?

Reinhold los puso a la luz y los examinó desde todos los ángulos. Finalmente, dijo:

—Creo que juntos forman una especie de equipo de sondeo.

—Tiene sentido —dijo Murphy, asintiendo—. Josefo escribió en su libro, *Vida y obras*, que Caín estableció límites de propiedad y construyó una ciudad fortificada. También dice que se trasladó a la ciudad con su familia y la llamó Henoc. Supongo que estos instrumentos de sondeo pasaron de Caín a Tubalcaín, su hijo. Se cree que la hermana de Tubalcaín, Naamá, estaba casada con Noé.

Murphy empezó a extraer otros objetos del baúl. Sacó un hacha y una sierra corta que parecía estar hecha del mismo material que la espada y la daga.

Reinhold sacudía la cabeza, incrédulo.

—Juraría que es acero wolframio —golpeó la hoja de la espada contra uno de los baos y emitió un sonido agudo—. Tiene el punto de fusión más elevado de todos los metales. También la resistencia a la tensión más elevada, que hace el metal más elástico. Las mejores herramientas de corte son de wolframio. Pero, sencillamente, no es posible que dominaran ese proceso en la época de Noé.

Las hojas de wolframio habían conseguido sorprenderlo, pero aún quedaba más. Murphy estaba abriendo una tela cubierta de pez y apareció una máquina de bronce de aspecto curioso con cuadrantes, agujas, engranajes y ruedas.

—¡Esto es imposible! —exclamó Reinhold—. Este bronce es anterior a la Era de Bronce. ¡Fijaos en la precisión de este instrumento! —Fueron pasándolo de uno a otro y lo examinaron.

Bajo la máquina había dos placas de metal con inscripciones antiguas. Murphy se las pasó a Isis para ver si podía traducirlas. Mientras examinaba las placas, sacaron una caja del baúl que contenía lo que parecían ser pesos y medidas.

—Josefo menciona en sus escritos que «Caín era el padre de los pesos y medidas, así como de los ingenios» —mencionó Murphy mientras cogía uno de los pesos de bronce.

—¡Ya lo tengo! —dijo Isis para la sorpresa del resto—. Creo que la primera placa explica cómo utilizar la máquina de bronce. Estas marcas se asemejan a la posición de los planetas y las estrellas.

—Tiene sentido —dijo Murphy—. Josefo también dice que «Set y sus hijos fueron los inventores de la sabiduría relativa a los cuerpos celestiales y su orden». También dice que los hijos de Set grabaron sus descubrimientos en un pilar de ladrillo y en un pilar de piedra. Dice que el de piedra todavía puede verse en la tierra de Siriad. Apuesto a que esta máquina se utilizó para determinar el movimiento del sol, la luna y los planetas. Probablemente, incluso el movimiento de las mareas. ¡Es increíble! ¿Y la segunda placa?

—Parece hablar sobre Adán y cómo predijo las dos destrucciones del mundo. Una sería con un diluvio y la otra con fuego.

Murphy asintió, sumido en sus pensamientos.

—En el Nuevo Testamento, san Pedro, en su segunda carta, no sólo habla sobre Noé y el Diluvio, sino que también menciona que los cielos y la tierra serían destruidos en un juicio de fuego. Josefo afirma prácticamente lo mismo cuando dice: «Adán predijo que el mundo sería destruido una vez con agua y otra con fuego». Dios también debe de haber revelado estos juicios a Adán.

Sacaron una última caja del baúl y la abrieron. Contenía un hermoso cofre dorado con diseños de hojas y dos bandejas de bronce. También había pequeñas muestras de distintas rocas, cada una de ellas con elementos de metal diferentes. La caja dorada brilló bajo el *flash* de Whittaker. Una vez más, le dieron las bandejas de bronce a Isis para que tradujera las inscripciones.

Murphy abrió cuidadosamente la tapa y vio varios cristales de colores, elementos que parecían arena y pequeñas partículas de metal.

—¿Qué son? —preguntó Bayer, extendiendo la mano para coger un puñado de cristales antes de dar un salto hacia atrás con la mano chamuscada.

—No lo sé —rió Murphy—. Pero, sea lo que sea, ¡parece que todavía funciona!

Isis tiró de la manga del abrigo de Murphy.

—Michael, no pretendo insistir en el tema, pero estas bandejas de bronce se parecen extraordinariamente a la que procedía supuestamente del monasterio de San Jacobo. La que creías que era falsa —añadió significativamente.

—Por supuesto —admitió Murphy—. Tienes razón.

—¿De qué estáis hablando? —preguntó Reinhold con impaciencia.

La voz de Murphy sonó lúgubre.

—Creo que originariamente existían tres bandejas. Una terminó en el monasterio de San Jacobo a principios del siglo XIX. La mandaron a Erzurum para que la tradujeran y creo que la robaron, probablemente hace muy poco. Estoy prácticamente seguro de que las tres bandejas son piezas de un rompecabezas y que necesitarás las tres para descifrarlo.

Golpeó fuertemente la mesa con el puño.

—Tenía la tercera en las manos y ¡la dejé escapar!

42

Murphy, Hodson y Reinhold observaron como desaparecía el helicóptero por el valle, dieron media vuelta y volvieron a entrar en el arca. No había sido fácil convencer al resto del equipo para que regresara, pero Murphy había sido inflexible. Habían conseguido lo que habían ido a buscar. Todos ellos tenían las pruebas que necesitaban para demostrar la existencia del arca y muchas más. Después de todo lo que habían pasado, estaba decidido a no exponerlos a ningún peligro más.

Los tres hombres regresaron a la habitación cargando con el enorme baúl de madera para decidir qué objetos llevarse y transportarlos fuera del barco. La curiosidad se apoderó de Hodson y eligió uno de los jarrones pequeños. Al mirar en su interior, vio algunos de los cristales que habían quemado la mano de Bayer. Sobresalían dos pequeñas piezas de metal. Mientras Murphy y Reinhold conversaban entretenidos sobre la traducción que había hecho Isis de las bandejas de bronce, Hodson empujó una de las varillas de metal contra un bao para ver si se movía. Cuando las varillas se aproximaban, se produjo un estallido repentino y una luz brillante.

Murphy y Reinhold se giraron hacia Hodson y lo vieron alejándose del jarrón, que se le había caído al suelo. Un intenso resplandor emergía de él, iluminando toda la habitación. Se quedaron inmóviles unos instantes.

Murphy extendió lentamente la mano y agarró el jarrón por la parte inferior. Después, lo dejó sobre uno de los baos. A causa del resplandor, todos tuvieron que ponerse las gafas de nieve para poder mirarlo detenidamente.

Reinhold fue el primero en hablar.

—¡Increíble! La mezcla de los cristales y las varillas de metal forma una especie de fuente de energía ¿Cómo aprenderían a hacerlo?

Murphy estudiaba el objeto en silencio.

—¿Qué opinas, Michael? —preguntó Reinhold.

—Estaba pensando en una antigua historia mitológica. Tiene sentido. Josefo menciona que Tubalcaín era el padre de la metalurgia. Me pregunto si descubrió algún proceso secreto para trabajar con metales y otros elementos, como los cristales de los jarrones y el baúl. Algunos eruditos creen que el nombre de Vulcano, el dios romano del fuego y padre de los herreros, procede de Tubalcaín. Según la mitología, Vulcano fue expulsado del cielo. Cuando aterrizó en la tierra, enseñó a los hombres el arte de la metalurgia.

—Parece una mezcla de la historia de Caín y de su hijo Tubalcaín —dijo Reinhold—. Caín fue expulsado de la presencia de Dios y Tubalcaín se convirtió en el padre del proceso de la fusión.

Murphy continuó.

—El término *volcán* procede del nombre Vulcano. Los antiguos creían que los volcanes eran chimeneas naturales de herreros que vivían en las entrañas de la tierra.

—La luz de ese jarrón surgió cuando hice que se unieran dos piezas de metal —explicó Hodson—. Me pregunto qué ocurriría si las separáramos.

—Inténtalo —lo animó Murphy.

Hodson encontró una astilla de madera y separó las dos varillas de metal. La luz se desvaneció. Entonces, volvió a unirlas y la luz surgió de nuevo.

—Es como un interruptor —dijo.

—¡Ahora lo entiendo! —gritó Reinhold de repente.

—¿De qué estás hablando? —preguntó Murphy.

—¡La Piedra Filosofal! A lo largo de la historia, los hombres de ciencia han estado buscando la Piedra Filosofal. En realidad no es tanto una piedra como un proceso. Se creía que todos los metales tienen o proceden de la misma fuente. A grandes rasgos, la tesis es la siguiente: si se mezclan determinados químicos, se puede transformar cualquier metal en oro. En otras palabras, disponiendo de los químicos adecuados y de la temperatura correcta, se podría transformar el plomo en oro.

Reinhold caminaba de arriba abajo, emocionado.

—Una de las bandejas de bronce habla sobre distintos tipos de rocas y metales. Otra menciona la cantidad de cristal que se necesita para cada tipo de metal. Apuesto a que la tercera bandeja de bronce que visteis en Erzurum habla sobre el tipo de fuego que se necesita. ¡Tubalcaín descubrió la Piedra Filosofal! —Reinhold comenzó a frotarse la barbilla.

—Por supuesto, si alguien se hiciera con la Piedra Filosofal hoy en día, no malgastaría su tiempo transformando el plomo en oro. ¿No? —preguntó Hodson.

—No, no —continuó Reinhold, sacudiendo la cabeza enérgicamente—. ¡Platino! Ése es el metal más valioso del mundo en la actualidad.

—¿Platino? ¿Por qué?

—¡Para hacer funcionar las células de combustible de hidrógeno! Te lo explicaré. El hidrógeno es el elemento más abundante del universo. Se estima que forma el noventa por ciento de todos los átomos. Si pudiéramos convertir el hidrógeno en energía, podríamos dejar de utilizar combustibles fósiles, que provocan contaminación. Y el hidrógeno nunca se acabaría. Mediante la electrólisis del agua, el hidrógeno se convertiría en un recurso renovable y no contaminante.

—De acuerdo, hasta ahora te sigo. El agua se puede transformar en energía, pero ¿qué tiene todo eso que ver con el platino? —preguntó Hodson.

—En la actualidad, Daimler-Benz, Ford, Chrysler, Motorola, Westinghouse, Toyota, 3M y muchas otras empresas están trabajando con células de combustible de hidrógeno. Hasta el ejército de Estados Unidos está construyendo un generador de células de combustible del tamaño de una mochila para suministrar energía a los equipos electrónicos de los soldados, como ordenadores portátiles, gafas de visión nocturna y sensores térmicos de infrarrojos —continuó Reinhold.

—Vale. Oí hablar de ello antes de dejar los Rangers.

—Mira, coronel, las células de combustible no tienen partes móviles. Al penetrar en las células, el hidrógeno pasa por una fina capa de platino. El platino hace que el gas se separe en electrones y protones. Los protones se mezclan con el oxígeno y producen agua. Los electrones que no pueden atravesar la membrana de platino se canalizan y se aprovechan para suministrar energía a un motor eléctrico. Con este tipo de energía, los vehículos podrían ser 2,8 veces más potentes que los de motor de combustión interna. Ballard Company ya está desarrollando un generador de hidrógeno de 250 kilovatios. Podrá suministrar energía a un hotel pequeño o a un centro comercial. Coronel, la única razón por la que la industria de las células de combustible está avanzando tan lentamente es porque el platino es raro y muy caro.

Murphy ya estaba muy por delante.

—Así que, si la Piedra Filosofal pudiera convertir metales en platino, quien la posea controlaría el suministro de energía renovable del mundo entero. Tendría poder para hacer lo que quisiera.

Los dos hombres se miraron al ponerse de manifiesto las implicaciones de lo que estaba diciendo Reinhold.

Murphy fue el primero en moverse.

—Voy a guardar algunas de estas cosas en mi mochila y a bajar al punto de recogida. Después, volveré y embalaremos el resto.

Hodson asintió y Reinhold volvió a examinar los cristales cuidadosamente, mientras Murphy recogía algunos de los objetos más grandes, los guardaba en la mochila y volvía al tejado del arca.

Unos minutos después, habló Hodson.

—¿Crees que podrías hacer más cristales de ésos?

—Creo que sí —respondió Reinhold.

—¿Por qué?

—Porque creo que es lo primero que querrán saber mis directores. Y creo que acabas de darme la respuesta correcta.

—¿Tus directores? ¿De qué estás hablando?

—Voy a contártelo, ya que no vivirás para repetirlo. Estoy contratado por ciertas personas de la CIA que creen desde hace tiempo que el arca contiene una tecnología muy útil. Una tecnología que debe terminar en las manos adecuadas por encima de todas las cosas.

Hemos estado planeando nuestra propia expedición clandestina para buscar el arca, pero nuestra información no era lo bastante buena para localizarla. Entonces, apareció Murphy y decidimos que lo más inteligente era pegarnos a él. Dejar que él nos guiara.

A pesar del terror que empezaba a apoderarse de él, el cerebro del profesor seguía funcionando con rapidez.

—Tú asesinaste a Valdez, ¿verdad? ¿Por qué?

—Fue instructor. No me quitaba el ojo de encima. No podía arriesgarme a que lo echara todo a perder. Por eso, cuando vi la oportunidad de deshacerme de él, la aproveché.

Reinhold empezó a temblar.

—¿Por qué no me mataste a mí también? ¿Por qué no dejaste que muriera congelado en el saliente?

Hodson sonrió.

—Buena pregunta, profesor. Necesitaba su experiencia en caso de que descubriéramos el arca. Por si se lo está preguntando, intenté ocuparme de Bayer y Lundquist en el muro de hielo. Iba delante de ellos y aflojé los dos clavos de hielo. Pensé que, al caer, el peso de ambos aseguraría su fin. Sin embargo, tengo que reconocerlo, Bayer es un tipo duro. Consiguió sujetarse, así que, al final, tuve que regresar y rescatarlos para que el resto del equipo no sospechara.

—Pero ¡ya han regresado al punto de recogida!

Hodson se encogió de hombros.

—No importa. Antes de que se marcharan, no habíamos descubierto nada interesante. La Piedra Filosofal, eso es lo importante. De todas formas, todavía me queda mucho tiempo para eliminarlos. Cuando vuelva Murphy, voy a matarlo también. Entonces, cuando llegue Peterson con el helicóptero, le diré que vosotros dos iréis en el próximo viaje. Cuando aterricemos, lo eliminaré. Dejaré que Isis muera congelada en el campamento 2. Sólo quedan Bayer, Lundquist y Whittaker. No debería costarme librarme de ellos. Es un grupo muy compacto, ¿no cree, profesor?

Reinhold había utilizado el tiempo que tardó Hodson en explicar sus planes para fraguar uno propio. Sabía que podía mantener la calma en circunstancias normales, es decir, ante un borracho poniéndose pesado en un bar de la universidad. Pero no estaban en circunstancias normales. Y Hodson no era un borracho. Era un asesino entrenado, sin duda con docenas de cadáveres a sus espaldas. Matar a Reinhold no le supondría ningún problema —como no se lo había supuesto asesinar a Valdez.

Reinhold iba a tener que ser inteligente si quería mantenerse con vida durante los minutos siguientes.

Estaban a unos tres metros de distancia, con la caja de cristales en el suelo entre ellos. Si Reinhold pudiera distraerlo lo justo para coger un puñado de cristales y lanzárselos a la cara, entonces podría coger la daga que estaba sobre la mesa detrás de ellos y quizá...

Mientras Reinhold seguía calculando los tiempos y distancias, Hodson dio dos pasos rápidos hacia delante y lanzó una patada lateral envenenada al profesor en pleno plexo solar y lo envió contra la mesa. Cayó desplomado, con las rodillas en el pecho, gimiendo débilmente. Hodson se acercó y se arrodilló junto a él, le agarró un mechón de pelo con una mano y la mandíbula con la otra y giró.

Se oyó un crujido y el cuerpo de Reinhold quedó flácido.

—Supongo que podríamos estar de charla todo el día, profesor, pero tengo cosas que hacer, ¿sabe?

Hodson se puso en pie y miró a su alrededor, comprobando si podría llevarse todo lo que necesitaba en una mochila.

De repente, oyó un ruido. Eran aplausos y procedían de la oscuridad que reinaba encima de la rampa.

Se giró y vio a un hombre vestido de negro saltando desde un bao. Aterrizó sin hacer ruido, como un gato.

—¿Qué demonios?

—Bonita técnica —dijo el hombre de negro—. Pero demasiado rápido para mi gusto. Sinceramente, esperaba que fuera más entretenido.

Hodson llevo rápidamente la mano a la mochila, pero cuando todavía estaba hurgando en ella para sacar la pistola automática, el otro hombre le dio una patada en el brazo que lo dejó sin aliento. Hodson rodó a un lado y se levantó adoptando una postura de lucha, intentando ignorar el dolor que sentía en el antebrazo.

—¿Quién eres? ¿Qué quieres?

—Me llamo Garra y quiero exactamente lo mismo que tú. Antes de llevármelo, me gustaría darte las gracias por evitarme el trabajo sucio. En cuanto acabe contigo, sólo necesito los cristales y las dos bandejas de bronce y habré terminado mi trabajo.

Tras la sorpresa inicial, Hodson había recuperado la compostura. Años de entrenamiento intensivo le habían enseñado a reaccionar instintivamente a las circunstancias cambiantes e incluso estaba empezando a ver el lado bueno de la situación. Garra no había hecho ningún ademán de coger la pistola y no parecía llevar ningún arma. Si era uno de esos supermachos que querían arreglarlo todo por las manos, por él no había problema. Y si Hodson lo derrotaba, Garra le venía estupendamente como cabeza de turco para las muertes de Reinhold y todos los demás.

Perfecto. El poder de pensar de forma positiva. Sonrió para sí mismo. Garra notó la expresión y le devolvió la sonrisa.

—Creo que esto va a ser muy divertido.

Hubo una pausa y ambos esperaron a ver quién hacía el primer movimiento. Entonces, Hodson se lanzó con una patada frontal directa a la sien de Garra. Notó que su pie golpeaba el vacío y aterrizó presa del pánico, esperando un golpe traidor en su espalda descubierta. Sin embargo, no ocurrió nada. Se giró y vio a Garra de pie, relajado, con las manos a los lados.

De acuerdo, este tipo es mejor de lo que esperaba, pensó Hodson. *Se acabaron los movimientos espectaculares. Veamos qué sabe hacer y limitémonos a responder a sus ataques.*

Adoptó una postura de lucha y esperó.

Garra no se movió. Ni un ápice, como si fuera un robot. Mientras los segundos pasaban como si fueran minutos, Hodson empezó a sentirse hechizado. Sacudió la cabeza para no perder la concentración.

—Eres estudiante de artes marciales —dijo Garra de repente—. Estoy seguro de que has estudiado todo ese rollo del kung-fu. Ya sabes, la grulla, el tigre, el mono, lo que sea. —Mientras hablaba, realizó rápidamente una serie de movimientos sin moverse del sitio —patadas, paradas, puñetazos— que parecían imitar los movimientos de los distintos animales.

Hodson se concentró en sus ojos, intentando no distraerse.

—Muy bonitos —continuó Garra—. Pero ¿cuántos animales has visto que puedan hacer esto?

Antes de que las palabras terminaran de salir de su boca, Garra dio dos pasos hacia delante y lanzó un revés a la mandíbula de Hodson. Sin pensar, Hodson se preparó para esquivar el golpe, levantando ambos brazos para formar una X que atrapara el brazo de Garra y poder rompérselo.

Pero el brazo de Garra ya no estaba allí.

En su lugar, sus dos brazos se extendieron de nuevo con las palmas hacia afuera y asestó un golpe doble a sus desprotegidas costillas. Hodson gruñó mientras se quedaba sin aire, sabiendo que le había roto varias de ellas, Garra parecía un martillo humano.

También supo que estaba a punto de morir.

A pesar del dolor, su cuerpo adoptó una vacilante postura de lucha por puro instinto.

Garra había retrocedido, pensativo, situándose fuera de su alcance.

—Sería divertido continuar un rato más —suspiró—. Pero, como tú mismo dijiste, tengo muchas cosas que hacer. A veces, el placer hay que tomarlo en sorbos breves, como un gato, ¿no crees?

Hodson intentó hablar, pero no se oyó ninguna palabra. Sentía una oleada de náuseas recorriéndole el cuerpo. *No son sólo las costillas*, pensó. *Me ha dañado algún órgano interno. Estoy sangrando por dentro.*

Mientras empezaba a perder la conciencia, se preguntó si Garra le enseñaría ese movimiento. Probablemente tendría que practicar mucho, pero le gustaba entrenar. De hecho, estaba deseando hacerlo. Intentó imaginarse a Garra entrenando. *Supongo que extiendes el brazo derecho para golpear al mismo tiempo que...*

Cayó sobre las rodillas y después hacia un lado. Estaba muerto antes de dar contra el suelo.

Garra se giró y se dirigió hacia el baúl de madera. Cogió la espada de Tubalcaín, blandiéndola lentamente de un lado a otro mientras se aproximaba al cadáver.

—Ahora —dijo con una sonrisa sombría—. Veamos si esta belleza es tan afilada como dicen.

43

¡Isis ya había recogido dos de las seis tiendas cuando empezó a levantarse viento. Se abrochó la chaqueta y tiró de las cuerdas del gorro para conservar el calor corporal. Fuertes rachas lanzaban nieve en polvo contra su cara.

Sabía que no podría desmontar las otras cuatro tiendas sin que salieran volando... quizá con ella detrás. Decidió guardar el equipo y las provisiones en dos de ellas. En sólo un par de minutos, el viento se volvió tan fuerte que tuvo que dejar la tarea y guarecerse en una de las tiendas.

Colocó el equipo y las provisiones alrededor de la tienda y abrió un espacio en el centro para el saco de dormir polar. Se introdujo en él a esperar que amainara el viento.

Su mente voló al día en que conoció a Murphy, en la sala de emergencias del hospital Preston General. Estaba sentado en una silla junto a la cama de Laura, agonizante. Parecía tan cansado y afectado. Isis había ido al hospital con un fragmento de la Serpiente de Bronce de Moisés con la esperanza de que el misterioso artefacto poseyera propiedades curativas.

Pero Murphy la había rechazado. *Sería pecado*, dijo. Había puesto su fe en Dios y sólo en él. Ni reliquias ni talismanes mágicos.

Y Laura murió.

En aquel momento, Isis no entendió cómo Murphy había permitido que sucediera. Si realmente amaras a alguien, ¿no intentarías cualquier cosa? ¿Qué más da si era pecado? Le pareció insensible que pusiera su fe por encima de la vida de su esposa.

Pero ahora, en la montaña, sola en la tienda y rodeada de una terrible tormenta de nieve, estaba empezando a comprenderlo. Se sintió tan sola y desesperada, tan impotente contra los elementos, tan dependiente de fuerzas que estaban fuera de su control, que no le costó entender que el destino ya no estaba en sus manos. Sintió como renunciaba a algo —la pretensión de poder controlar las cosas, de estar al mando— y, al mismo tiempo, sintió como invitaba a entrar a otra cosa.

No estaba segura de qué se trataba, pero en medio del frío y la oscuridad, era una presencia reconfortante.

Se puso a pensar en lo que habían descubierto. Su mente repasaba todo lo que habían encontrado en el arca. Todavía no terminaba de creer que había pisado por donde había pisado Noé, sobre las mismas planchas de madera. Pero la emoción estaba siendo sustituida lentamente por unos pensamientos distintos y unos sentimientos más profundos. Sabía que, para Murphy, el descubrimiento del arca era más que un espectacular hallazgo arqueológico. Era la prueba de que la Biblia era literalmente cierta. Y no sólo por lo que respecta a la historia de Noé y el arca.

Era la prueba de que había existido un juicio.

Y de que otro llegaría pronto.

Si llegara ahora, pensó, *¿sería uno de los tripulantes del arca? ¿O uno de esos estúpidos que se quedaron fuera, abucheando y riendo hasta que las aguas los sumergieron en el olvido?*

Mientras una ola de cansancio la invadía, sus últimos pensamientos fueron una oración. *Si el juicio llega ahora, Dios, por favor, cuida de Murphy. Y si escuchas mis oraciones, por favor, evítale...*

* * *

Isis no sabía cuánto tiempo había estado durmiendo. La tienda seguía sumergida en la oscuridad. El viento había cesado y reinaba un silencio lúgubre. Tanteó hasta que encontró la mochila y la abrió. Buscó a tientas entre los distintos objetos hasta que encontró el faro y lo encendió. Miró el reloj, pero las agujas no se movían. *Debe de haberse acabado la pila.*

Abrió la cremallera de la tienda y una pila de nieve le cayó encima. Había unos quince centímetros de nieve en el suelo y parecía que iba a seguir nevando. Se dio cuenta de que nadie iba a venir a buscarla. No en medio de una tormenta de nieve.

Empezó a recordar el entrenamiento que había recibido en el monte Rainier. *Tengo que comer y beber agua. Tengo que guardar fuerzas, permanecer hidratada.*

Rebuscó entre las provisiones hasta que encontró una pequeña cocina y una botella de propano. No parecía quedar mucho. Recogió un puñado de nieve de fuera antes de volver a cerrar la tienda. Entonces, comenzó a derretirla para conseguir agua y sopa.

Después de comer, intentó mantenerse ocupada comprobando el equipo y preparándose para pasar una fría noche en la montaña. Intentó no pensar en lo asustada que se sentía. No quería ni imaginar lo que ocurriría si nadie viniera a buscarla. ¿Existía alguna posibilidad de que pudiera descender la montaña sola? Lo cierto era que no había prestado atención a cómo habían llegado al campamento 2. ¿Qué sucedería si tuviera que cruzar una grieta o se cayera por una cornisa?

—¡Oh, no! —exclamó. La luz del faro estaba empezando a apagarse. Se estaba quedando sin pilas. Rápidamente, colocó los objetos más importantes donde pudiera encontrarlos.

Entonces, se hizo la oscuridad.

44

Mientras Murphy se abría camino hacia el arca, pensaba en Noé y en cómo debió haber suplicado a la gente que subiera a bordo y escapara del juicio de Dios. Sin embargo, sólo ocho personas se salvaron del Diluvio.

Imaginaba el impresionante peso de la responsabilidad y en la tristeza que debió de sentir Noé al no conseguir convencer a más personas de la verdad de su mensaje. Y, entonces, empezó a sentir ese mismo peso de la responsabilidad. *Cuando llegue el siguiente juicio, tenemos que asegurarnos de que más personas escuchan los avisos de Dios,* pensó.

Escaló el banco de nieve que había junto al arca y llegó al tejado. Se agachó para examinar la madera, maravillado ante la capacidad de conservación de la pez.

Se coló por una de las ventanas hasta la pasarela, se puso el faro y bajó la rampa hasta el piso intermedio. Extrañamente, el arca estaba en silencio.

—¡Coronel Hodson! ¡Profesor! —llamó a gritos. Pero no obtuvo respuesta. Gritó sus nombres varias veces más. ¿Dónde se habrían metido?

Todas las alarmas de Murphy saltaron. Lentamente, entró en la habitación donde estaba el enorme baúl de madera. Miró rápidamente a su alrededor, con la luz siguiendo la dirección de su cabeza. No vio nada. Estaba mirando hacia el otro lado cuando sus pies chocaron con algo que había en el suelo. Apuntó el faro y vio la cara del profesor Reinhold.

Se agachó rápidamente y le buscó el pulso. Nada. Se fijó más detenidamente y se dio cuenta de que el cuello de Reinhold presentaba un ángulo extraño, como si estuviera roto.

De repente, todo encajó. Hodson *había* asesinado a Valdez. Y ahora a Reinhold. Hodson había mostrado mucho interés por la Piedra Filosofal. Con Murphy fuera de su camino, había aprovechado la oportunidad para librarse de Reinhold y quedarse con los cristales.

Miró a su alrededor. La caja había desaparecido.

¿Estaba Hodson descendiendo la montaña con el botín? ¿O tenía una cita con alguien más? ¿Otro helicóptero, quizá?

¿O estaba escondido entre las sombras esperando a que Murphy regresara?

Alumbró alrededor de la habitación describiendo un amplio arco con el foco. No vio a nadie más. A estas alturas, Hodson ya lo habría eliminado con su pistola automática, pues sabía que Murphy estaba desarmado. No había razón para que se agazapara en la oscuridad.

Entonces, gracias al haz del foco vio algo y se quedó sin respiración.

La cabeza de Hodson estaba sobre un bao.

Antes de que pudiera reaccionar, escuchó una voz.

—¿Sabes, Murphy?, estas espadas cantarinas están a la altura de su fama. Ese tal Tubalcaín era un tipo listo. La cabeza del pobre Hodson cayó como una manzana madura. Aunque hubiera estado vivo, no habría sentido nada.

De repente, uno de los cristales de Tubalcaín brilló y Murphy vio un hombre vestido de negro apoyado contra la pared más lejana.

—¡Garra!

—Qué rapidez —dijo Garra alegremente, dando un paso adelante—. Para ser un profesor de arqueología bíblica, eres muy inteligente. —Y con la espada cantarina trazó un círculo amplio delante de él. Tras él, Murphy pudo ver una mochila abultada.

Durante unos segundos, Murphy estaba demasiado furioso como para sentir miedo. Lo único que quería era acortar la distancia que los separaba y despedazar a Garra con sus propias manos.

La espada brilló cuando Garra la lanzó como si fuera un misil. Murphy se agachó instintivamente, pero Garra había apuntado a otra parte. La espada penetró profundamente en una pared de madera que había a su izquierda sonando como un cuchillo de carnicero atravesando el cuerpo de un animal.

—Lo justo es justo —dijo Garra—. Parece que esta vez no tienes tu arco y no quiero disfrutar de una ventaja injusta. —Sus relucientes dientes brillaron cuando sonrió—. Sabes que en el fondo soy todo un caballero.

Murphy luchó por controlar sus emociones. La ira sólo conduce a juicios erróneos. Necesitaba tener la cabeza fría. Tenía que apartar a Laura de su mente, si no, Garra ganaría.

Y era esencial que Garra no saliera victorioso. No podía permitir que se llevara las maravillas que habían descubierto en el arca.

Miró a los ojos del hombre que había ahogado a Laura... que había disparado a Hank Baines... que había intentado asesinar a Isis... y que había matado a Hodson y a Reinhold.

Y no sintió nada.

Empezaron a rodearse, mientras la luz que emergía del jarrón que había en el suelo agrandaba sus sombras en las paredes. Parecía una danza macabra. Una danza mortal.

—Cuando termine contigo, voy a enterrar tu preciosa arca con una avalancha. Vas a poder disfrutarla para siempre, porque va a ser tu tumba. —De repente, Garra se echó a reír.

—¿No resulta irónico que vayas a morir en el arca de salvación?

Murphy no respondió a las provocaciones de Garra. Lo embargaba una intensidad pura y blanca que estaba más allá de la ira, de la emoción. Intentó imaginar que era un arma que empuñaba una fuerza más grande que él mismo.

Entonces, Garra golpeó. Cubrió la distancia que los separaba de un salto, lanzando una patada a la cara de Murphy. Murphy se agachó hacia un lado sin cambiar de postura. Sintió el aire que levantó el pie de Garra mientras pasaba junto a su cara y le respondió con un puñetazo a sus omóplatos mientras pasaba a su lado, haciendo que se tambaleara al aterrizar. Se recuperó rápidamente y miró a Murphy.

—Mi querido profesor. Has estado entrenando.

Pero el primer ataque de Garra no había ido en serio. Sólo estaba probando los reflejos de Murphy. Esta vez, hizo un barrido con la pierna y Murphy se encontró cayendo al suelo. Consiguió rodar hacia delante en lugar de caer, pero al volver a ponerse en pie, Garra le asestó una potente patada lateral en las costillas y lo lanzó contra la mesa.

Murphy se levantó y se concentró en conservar el escaso aliento que le quedaba. Su cuerpo gritaba pidiendo aire. Lentamente, expulsó el resto del aire de sus pulmones, cerró la boca y aspiró por la nariz. Sus dos pies estaban firmes en el suelo. No sentía dolor.

Garra avanzó, sonriendo.

Lanzó una patada trasera envenenada. Murphy esperó hasta la última milésima de segundo para agacharse y golpear con el talón la mandíbula de Garra, tumbándolo. Garra se levantó frotándose la mandíbula y con el ceño fruncido.

—Quizá te he infravalorado, Murphy. Eres mucho mejor de lo que recordaba. Dejemos de jugar y vayamos al grano.

Buscó algo detrás de él y sacó dos cuchillos de su cinturón.

Garra sonrió con suficiencia.

—No estoy siguiendo precisamente las reglas del marqués de Queensberry, pero ¿quién va a enterarse?

Levantó las manos y de un solo movimiento lanzó los dos cuchillos. Murphy tuvo tiempo de ver un brillo plateado borroso y, sin pensar, se agachó hacia su derecha contra la barandilla de seguridad que protegía el hueco de ventilación principal. La antigua madera se rompió en pedazos y cayó en la oscuridad. Garra se precipitó hacia el borde para escuchar el ruido sordo de Murphy al golpear el suelo. Lanzó el jarrón por el hueco hasta que vio el cuerpo de Murphy hecho un ovillo en el suelo de madera.

Durante un instante, Garra consideró la posibilidad de saltar tras él, pero era demasiado arriesgado. Era obvio que Murphy no iba a marcharse a ninguna parte, y aunque no estuviera muerto, lo estaría dentro de poco, cuando llegara la avalancha.

Garra cogió la mochila, subió por la rampa hasta la planta superior y salió por una de las ventanas. Se puso de pie sobre el tejado y miró a su alrededor. Quería estudiar su ruta de escape una vez que colocara la carga explosiva que provocaría la avalancha. Calculó que serían unos 450 metros de escarpada subida antes de poder colocar la carga.

Empezó a escalar trabajosamente la colina que había tras el arca.

—Adiós, Murphy —dijo para sus adentros.

45

Bayer, Lundquist y Whittaker estaban sentados en el Huey contemplando el paisaje nevado que se abría a sus pies. Habían transcurrido tres días de dura escalada hasta llegar al arca. El viaje de vuelta de Dogubayazit —donde los esperaban duchas con agua caliente, camas cómodas y un festín de comida— sólo duraría una hora y veinte minutos. Por primera vez en varios días, se permitieron relajarse. El trabajo duro había terminado.

—Eh, Vern, ¿puedes hacer aterrizar esta cosa en ese punto, junto a la garganta? —Whittaker estaba señalando hacia abajo, a la derecha.

—¿Por qué?

—Quiero una foto del helicóptero con el Ararat de fondo. Sólo tienes que pasar un par de veces. Diez minutos máximo.

—Claro, encantado si me consigues una bonita imagen para Julie y Kevin.

Whittaker se echó a reír.

—No hay problema. Me llevaré el otro teléfono por satélite y os llamaré para daros instrucciones. Quiero conseguir la mejor foto posible.

Whittaker volvió a subir al helicóptero Hey y le explicó el plan a Bayer y Lundquist. Ambos asintieron y sonrieron. Whittaker buscó a tientas en su mochila, sacando los objetos que no necesitaba, mientras Peterson hacía aterrizar suavemente el Huey en un parche de terreno rocoso plano.

—Dame dos minutos para prepararme y después pasa desde el

sur a una distancia aproximada de treinta metros por encima de la nieve. Te llamaré para decirte cuál es el mejor ángulo.

—¡Recibido! —dijo Peterson, levantando el pulgar mientras el fotógrafo saltaba del helicóptero.

Whittaker observó cómo el helicóptero se elevaba y después se dirigió hacia el sur. Esperó hasta perderlo de vista y entonces marcó el número en el teléfono por satélite.

—Eh, Vern. ¿Me oyes?

—Alto y claro, Larry.

—Genial. Haz la primera pasada, continúa dos kilómetros y medio y después gira y vuelve. Te grabaré todo el tiempo.

—¡Recibido!

Peterson hizo la primera pasada con el Ararat al fondo. El aire era limpio y Whittaker podía ver la sonrisa en los rostros de Bayer y Lundquist. Ambos lo saludaban.

Whittaker tomó varias fotos más en la segunda pasada y después volvió a sacar el teléfono.

—¿Puedes descender por la garganta, fuera de mi campo de visión, y volver a ascender? Sería una fotografía espectacular, con el helicóptero surgiendo de la nada y la cumbre del Ararat como telón de fondo. Sigue subiendo hasta que te lo diga y, entonces, mantente inmóvil en el aire.

—Eso es pan comido —contestó Peterson.

El Huey giró y desapareció por encima del borde de la garganta. Se hizo el silencio y, a continuación, Whittaker empezó a oír el sonido de las palas, que iba haciéndose más fuerte por momentos. El Huey parecía surgir de la nieve.

Fantástico, pensó Whittaker. *Esta fotografía lleva premio escrito por todas partes. Es una pena que nadie vaya a verla jamás.*

—Adiós, Vern. Gracias por el viaje.

Peterson parecía confuso.

—¿Qué has dicho, Larry?

Whittaker no respondió. Volvió a guardar el teléfono por satélite en la mochila y sacó una pequeña caja de mandos.

Miró hacia arriba y vio el helicóptero girar describiendo un apretado círculo antes de volver a descender por la garganta.

—Tienes instinto de supervivencia, Vern —susurró Whittaker para sí mismo—. Pero no es suficiente.

Apretó el botón rojo justo cuando el Huey desaparecía en la garganta.

Al trueno de la explosión le siguió unos instantes después una bola de fuego naranja que se hacía cada vez más grande. Después, empezó a caer una lluvia oscura de detritos.

Whittaker se alejó corriendo unos veinte metros de la garganta, hasta que estuvo a salvo de la lluvia de fragmentos. Guardó rápidamente la cámara y volvió a ordenar la mochila. Sacó una barrita energética y comió durante un rato mientras contemplaba la belleza de la cumbre nevada. A continuación, tiró el envoltorio al suelo y observó como se lo llevaba la brisa.

Suspiró.

—Habría sido fantástico viajar en helicóptero a Dogubayazit —dijo para sus adentros—. Pero ¡qué demonios! El trabajo es el trabajo.

Marcó otro número en el teléfono por satélite.

—Soy Whittaker. Hecho. —Escuchó unos segundos—. ¿Supervivientes? —No. Parecía el cuatro de julio.

* * *

Mientras Whittaker empezaba a descender por el sendero que conducía a Dogubayazit, los chamuscados restos del Huey se hundían en la nieve que bordeaba la garganta, enviando una cascada de rocas al abismo. Unos treinta metros más lejos, Vern Peterson levantó la cabeza y abrió los ojos. Intentó girar el cuello para ver si Bayer o Lundquist habían conseguido saltar a tiempo, pero en el fondo sabía que habían muerto en la bola de fuego. A él lo había salvado el sexto sentido de los veteranos en combate... y por los pelos.

Se desplomó sobre la nieve y cerró los ojos. Sus pensamientos volvieron a Vietnam. Imaginó que estaba tumbado en un arrozal, intentando no moverse para guardar fuerzas. Esperando a que enviaran otro helicóptero a buscarlo.

Pero estaba en el monte Ararat.

¿Quién iba a salvarlo?

46

Azgadian se detuvo cuando oyó el ruido. Llevaba viviendo en el Ararat desde que era niño y ya estaba más que acostumbrado a los ruidos de la montaña. Pero ese sonido era distinto. No era una avalancha de rocas o de nieve. Era un sonido que no había oído jamás.

Sin embargo, supo instintivamente de qué se trataba.

Miró en la dirección de la que provenía el eco de la explosión pero no vio nada. Después, le pareció ver humo en la distancia, hacia la garganta.

Había visto al helicóptero volando hacia el campamento 2 y después hacia la garganta mientras escalaba hacia el arca por una ruta diferente. Si había caído, seguramente no habría supervivientes.

Azgadian aceleró el paso. No estaba lejos de la meseta del fondo del valle que se abría a los pies del arca. Poco después, llegó a terreno llano y miró hacia el arca. No veía a nadie, pero presentía que algo no marchaba bien.

Se encontraba a medio camino del arca cuando sus agudos ojos detectaron movimiento en el campo de nieve. Echó un vistazo al mar blanco. Vio a alguien con ropa polar de color blanco escalando el empinado ascenso. *¿Qué está haciendo ahí arriba?* Podría producirse una avalancha en cualquier momento. No sobreviviría y el arca quedaría enterrada bajo toneladas de nieve.

Poco después, Azgadian llegó a la base del arca y escaló el banco de nieve hasta llegar al tejado. Miró hacia la colina que se levantaba por encima de él. El hombre de blanco seguía escalando el banco de nieve.

Azgadian abrió la mochila y sacó una linterna. Se coló por una de las ventanas y desapareció en el interior del arca. Hizo una pausa y prestó atención. No se oía nada, salvo su respiración. Bajó por la rampa y recorrió todas las plantas.

El cuerpo de Reinhold estaba frío cuando lo encontró. El de Hodson todavía estaba caliente y yacía en un charco de sangre. Levantó la mirada y vio la cabeza.

Se le escapó un grito ahogado de la impresión, se persignó y susurró una antigua oración.

¿Los habría asesinado el hombre de blanco? ¿Quién era ese malvado personaje?

Mientras corría desde el tejado, vio la barandilla rota junto al hueco de ventilación. Se acercó con precaución e iluminó hacia abajo con la linterna. En el fondo vio otro cuerpo. Estaba a punto de marcharse cuando se dio cuenta de que el pecho del hombre se movía.

Todavía está vivo. Tengo que sacarlo de aquí antes de que muera congelado.

Azgadian bajó a la planta baja y examinó al herido. Reconoció al hombre con el que había hablado sobre el arca. Con un gran esfuerzo, cargó a Murphy sobre sus hombros y lo llevó al piso superior, sacándolo cuidadosamente por la ventana hasta el tejado. Después, bajó las rampas hasta la habitación del baúl de madera. Vio las mochilas de Reinhold y Hodson y cogió un saco de dormir, una cuerda y dos piolets antes de volver a toda prisa a las rampas.

En el tejado, Azgadian volvió a mirar hacia el banco de nieve que había por encima del arca. El hombre de blanco seguía escalando decididamente, como si supiera exactamente lo que estaba haciendo.

Iba a provocar una avalancha.

Rápidamente, ató una cuerda alrededor del pecho de Murphy y recogió los piolets y el saco de dormir. Arrastró a Murphy al borde, agarró la cuerda y empezó a bajarlo.

Azgadian descendió al banco de nieve, sacó el cuchillo y cortó la cuerda en dos. Abrió un agujero a cada lado del saco de dormir y pasó los extremos de las cuerdas por ellos para después atarlos al saco. Después, cogió los otros dos extremos y los ató a un piolet.

Arrastró a Murphy sobre el saco de dormir y lo metió dentro. Clavó los dos piolets y empujó a Murphy a lo alto del banco de nieve. El saco de dormir resbaló por encima del borde y empezó a deslizarse colina abajo. Los piolets aguantaron cuando el saco tiró de los extremos de las cuerdas.

Azgadian sacó uno de los piolets y volvió a clavarlo unos sesenta centímetros por debajo del otro. Repitió la operación con el segundo piolet. Poco a poco, fue bajando a Murphy por el valle.

Cuando Azgadian llegó a la meseta, miró hacia el banco de nieve. El hombre de blanco se había detenido.

Arrastró a Murphy por la meseta y empezó a bajarlo al otro lado de la montaña. Para cuando oyó la explosión y el estruendo distante de la avalancha, ya estaban a salvo.

Se detuvo unos instantes para escuchar los últimos sonidos de la avalancha. Imaginó la nieve llenando el arca vacía y apilándose sobre ella. En el fondo de su corazón sabía que no volvería a verla nunca más.

Cuando Azgadian llegó a la cueva, ya estaba oscureciendo. Encendió la linterna y la colocó en un soporte que había en el muro. Después, calentó sopa en una cocina de propano. El aire de la cueva empezó a calentarse. Abrió el saco de dormir y le tomó la temperatura a Murphy. No parecía que tuviera ningún hueso roto.

Azgadian puso varias mantas gruesas sobre el saco antes de comerse la sopa y un pedazo de pan seco. Cuando terminó, tenía la ceja levantada, pensativo. Tenía que tomar una serie de decisiones difíciles. Si Murphy recuperaba la conciencia durante la noche, tendría que darle a beber líquido caliente o probablemente moriría antes del amanecer.

Pero sabía que el sonido que había oído era el de un helicóptero estrellándose en la garganta. Si había algún superviviente en la ladera de la montaña, no sobreviviría sin ayuda.

Juntó las manos, rezó y pidió ayuda.

Unos minutos después, oyó un ruido en la entrada de la cueva. Lo más silenciosamente que pudo, cogió el cayado que estaba apoyado contra el muro y se acercó a rastras a la entrada. Quienquiera que entrara tendría que agacharse para pasar por la estrecha abertura y eso le daría una oportunidad.

Se preparó al sentir como alguien apartaba el manto de piel de la entrada y levantó el cayado por encima de la cabeza. Un paso más y...

Mientras el cayado bajaba como una exhalación, vio un rostro pálido y alargado rematado por una mata de pelo rojo.

La cara lo miró y gritó.

Desvió el golpe justo a tiempo y el cayado golpeó el suelo sin herir a nadie. Era la mujer. Sonrió para tranquilizarla y extendió la mano. Aún temblando, Isis se la cogió y lo siguió hasta el interior de la cueva.

Azgadian señaló a Murphy.

—Me alegro de que haya venido. Dios me ha escuchado y ha respondido a mis oraciones. —Azgadian le explicó brevemente a Isis el accidente del helicóptero y cómo había encontrado a Murphy—. Ahora tengo que irme. Quédese con él. Si se despierta, dele de beber. Hay sopa junto al fuego. Volveré por la mañana, si Dios quiere.

Se envolvió en la capa y recogió la mochila. Se giró antes de deslizarse fuera de la cueva. La mujer estaba de rodillas junto al hombre inconsciente con una mirada de ternura infinita en su rostro.

Si hay alguien que puede salvarlo, ese alguien es ella, pensó.

47

Isis pasó la noche entera hablando suavemente a Murphy, rezando para que el sonido de su voz lo despertara del coma.

—Lo admito, permanecer en esa tienda era lo que más me asustaba. Creí que iba a volverme loca. Por eso, cuando amainó el viento y dejó de nevar, decidí comprobar cuánto aguantaba descendiendo la montaña. —Se echó a reír—. Una locura, lo sé, pero para entonces estaba empezando a perder la cabeza. Si hubiera habido otra tormenta de nieve, me habría perdido y no sé qué habría sido de mí. De todas formas, poco después vi esta luz en la falda de la montaña. Al principio me quedé petrificada de miedo, creí que eran más rebeldes o... o no sé qué creí. Pero *algo* me empujó a subir aquí arriba. —Lo miró mientras su pecho subía y bajaba suavemente y se enjugó una lágrima—. Me alegro tanto de haberlo hecho.

—Yo también.

—¡Murphy!

Había abierto los ojos e intentaba sonreír.

Isis le cogió una mano y la apretó entre las suyas.

—Estás despierto. ¡Gracias, Dios mío!

Reía y lloraba al mismo tiempo. Después, le soltó la mano y se obligó a comportarse de forma práctica. Todavía no estaba fuera de peligro. Se acercó al fuego y sirvió un plato de sopa.

Murphy empezó a tartamudear y ella se llevó un dedo a los labios.

—No hables. Sólo intenta comer un poco de sopa. Azgadian me

dijo que la había preparado con hierbas curativas. Fue él quien te encontró en el arca y te trajo a esta cueva.

Isis empezó a darle cucharadas de sopa pero él le apartó la mano.

—¿Dónde está Azgadian? —preguntó con voz quebrada—. ¿Por qué no está aquí?

Isis suspiró.

—El helicóptero... ha habido un accidente. Ha ido a buscar a los supervivientes.

Murphy gimió.

—Tiene otra cueva, una más grande, más abajo en la montaña, junto a la garganta. Cuando tengas fuerzas, intentaremos llegar hasta ella. Ahora no hay nada que podamos hacer. Intenta comer.

Murphy se tumbó. De repente, se sintió demasiado débil para pensar, mucho menos para hablar.

* * *

Poco a poco, las hierbas fueron haciendo su efecto a lo largo de la noche. Por la mañana, Murphy se sentía como si tuviera una resaca tremenda y hubiera estado peleando con Mike Tyson pero, por lo demás, se encontraba bastante bien. Estaba decidido a ir a la segunda cueva de Azgadian para ver si alguien había sobrevivido al accidente del helicóptero.

Tras dos horas de dura escalada, Isis divisó una amplia abertura en la ladera de la montaña, a unos treinta metros del sendero.

—Tiene que ser eso —dijo.

La entrada de la cueva sólo era ligeramente más grande que la de la otra en la que habían pasado la noche, pero en el interior era enorme. Además, estaba repleto de provisiones. Había una pequeña zona de comedor con una cocina de propano, una mesa de basta madera y un par de sillas. El suelo estaba cubierto de pieles a modo de alfombras y una serie de curiosas pinturas colgaban de las paredes. Estaban viejas y cubiertas de suciedad, pero parecían describir la construcción del arca, el arca flotando en medio del Diluvio y los animales siendo conducidos a tierra seca, con un arco iris de fondo.

—¡Azgadian! —gritó Murphy—. ¿Estás ahí?

Se levantó una piel y apareció la zona del dormitorio. Allí estaba Azgadian, sonriendo.

—Me alegro de que estén aquí. Su amiga lo ha cuidado muy bien.

Murphy cogió a Isis de la mano.

—Sí, lo ha hecho. Pero usted fue el que me salvó del arca. Le debo la vida.

Azgadian se inclinó ligeramente en una reverencia y no dijo nada.

—¿Había...? —preguntó Murphy vacilante.

Azgadian les hizo ademán de que se acercaran. Atravesaron la zona del dormitorio y vieron una figura hecha un ovillo sobre un colchón de paja.

Era Vern Peterson.

—¿Está bien? —preguntó Murphy, arrodillándose.

—Lo estará. Tiene algunos cortes con mala pinta y se ha torcido un tobillo, creo. No sé cómo logró sobrevivir a la explosión.

—Es un milagro —dijo Isis con una sonrisa—. Creo que estoy empezando a creer en ellos.

Justo entonces, se oyó un grito, seguido de unas carcajadas ásperas que finalizaron en un acceso de tos.

Azgadian sonrió.

—Me parece que su amigo del helicóptero se ha despertado.

Murphy abrazaba a Peterson, con lágrimas rodándole por las mejillas. ¡No te haces una idea de cuánto me alegro de verte, Vern, viejo amigo!

—Lo mismo digo —dijo Peterson antes de sufrir otro ataque de tos.

Murphy esperó a que su amigo pudiera respirar mejor.

—¿Qué ha pasado, Vern? ¿Has sido el único superviviente?

Peterson asintió con tristeza.

—Íbamos camino de la montaña cuando Whittaker me pidió que lo dejara bajar para sacar unas fotos. Estábamos hablando por el teléfono por satélite y dijo algo que me pareció extraño. Entonces, sacó una especie de caja de mandos y supongo que mi instinto dio la señal de alarma. Intenté esconder el helicóptero en la garganta para que no lo alcanzara la señal electrónica, pero supuse que era demasiado tarde y salté. —Su voz se ahogó de emoción—. No tuve tiempo de explicárselo a Bayer y Lundquist. Esperaba que me imitaran, pero supongo que... —No pudo continuar.

Murphy apretó la mandíbula, furioso.

—*Whittaker*. Estuve vigilando a la persona equivocada todo el tiempo.

—¿Y el resto? —preguntó Vern, intentando incorporarse—. ¿Dónde están Reinhold y Hodson?

—Muertos —respondió Murphy.

—¿Cómo? —preguntó Peterson, incrédulo.

A Murphy le costaba hablar.

—Garra. Es un demonio. Debe de habernos seguido todo el camino hasta el arca. Casi acaba conmigo también. Si no fuera por Azgadian, ahora estaría enterrado bajo una avalancha. Whittaker debe de haber estado colaborando con Garra. Intentaron eliminar a todo el equipo. —Se giró hacia Isis—. Gracias a Dios, te marchaste del campamento y conseguiste encontrar la cueva. Estoy seguro de que Garra iba a por ti también.

Isis palideció al imaginarse otro encuentro con Garra.

Peterson estaba intentando ordenar los acontecimientos.

—Pero no entiendo, Murph. ¿Por qué ese tal Garra nos quería a todos muertos? ¿Qué buscaba?

—Los secretos del arca —respondió Murphy—. Reinhold descubrió que las bandejas de bronce que encontramos eran un manual de instrucciones... instrucciones para crear lo que él denominó la Piedra Filosofal.

Peterson parecía perdido.

—Un método para transformar un elemento en otro. Por ejemplo, plomo en oro. O platino. Según Reinhold, el que pudiera crear reservas ilimitadas de platino controlaría el suministro de energía del mundo. Yo diría que se trata de un secreto por el que muchas personas estarían dispuestas a matar.

Peterson intentaba asimilar lo que Murphy estaba diciendo.

—Y ese tal Garra, ¿quiere dominar el mundo?

Murphy lo miró lúgubremente.

—No sé cuáles son los motivos de Garra, aparte de matar por el puro placer de hacerlo, pero la gente para la que trabaja, sí.

—¿Y quién demonios son?

—Ojalá lo supiera, Vern. Ojalá lo supiera. Lo único que sé es que son malvados y que hay que detenerlos.

Murphy se puso en pie y se giró hacia Azgadian, que había estado escuchando con expresión interesada.

—Azgadian, me ha salvado la vida dos veces y a mi amigo Vern también. Nunca podremos pagarle lo que ha hecho pero, dígame, ¿por qué ha decidido llevar esta extraña vida en la montaña? ¿Por qué está aquí?

Azgadian los miró, serio.

—Me parece justo que lo sepan. Soy uno de los guardianes del arca sagrada. Durante siglos, mi familia se ha dedicado a esta labor. Todo empezó con un monje llamado san Jacobo. Encargó a mis ancestros armenios la tarea de vigilar el arca de Noé. Mis parientes y amigos del pueblo me facilitan las provisiones. Tengo que vigilar la montaña dos años y después alguien me reemplazará. Después, volverá a ser mi turno.

Vern sacudía la cabeza, incrédulo.

—Ahora sí que lo he oído todo.

—¿Ha habido muchas personas que hayan encontrado el arca y se hayan llevado reliquias? —preguntó Murphy.

—Unos cuantos, a lo largo de los siglos —respondió Azgadian—. Pero conseguimos recuperar la mayor parte de los objetos sagrados.

—¿Por qué nos dijo dónde se encontraba el arca? ¿Por qué no dejó que exploráramos por nuestra cuenta, como todos los demás? —preguntó Isis.

Azgadian se giró hacia Murphy.

—Algo en usted y su... sinceridad. Su fuerza de voluntad. Supe que no había venido a desvalijar el arca. Llevamos años esperando al hombre adecuado. Está escrito que vendrá un demonio al mundo. Será tan malvado e impío que conseguirá muchos adeptos. —Asintió para sí mismo—. Ese hombre que usted llama Garra. Creo que debe de ser un súcubo de ese demonio. Creemos que ha llegado la hora de que Dios desvele el arca para recordar al mundo su juicio contra la maldad. Creemos que usted es el elegido para hacerlo.

Michael se quedó mudo. Se sentía como Moisés cuando Dios le

pidió que condujera a los hijos de Israel. Moisés le había pedido a Dios que eligiera a otro. En ese momento, Murphy deseaba que escogieran a otro, alguien mejor y más fuerte que él.

—Pero el arca ha desaparecido, Azgadian, ¿no?

Azgadian sacudió la cabeza con tristeza.

—La avalancha la ha enterrado bajo toneladas de nieve. El lugar donde estaba ubicada siempre fue inestable. Los restos deben de haberse perdido en una grieta que creó el glaciar. Quizá nadie vuelva a verla jamás.

Isis emitió un grito ahogado.

—Entonces, ¿cómo vamos a demostrar que estaba allí? ¿Y los objetos?

Murphy gimió.

—¡Mi mochila! La dejé junto al arca para que la recogiera Vern. ¡Quizá todavía esté allí!

Se precipitó hacia la entrada de la cueva, pero Azgadian le puso una mano en el hombro con suavidad. Sacudió la cabeza.

—Ha desaparecido —dijo.

Murphy puso la cabeza entre las manos.

—Entonces, Garra tiene las bandejas de bronce. ¡Tiene el secreto!

Murphy reflexionó durante unos instantes.

—Azgadian, sé que ya ha hecho mucho por nosotros, pero si cuidara a mi amigo Vern hasta que esté lo bastante fuerte para volver a Dogubayazit, tendría mi agradecimiento eterno. Me gustaría poder compensarle de alguna forma por su valor y su amabilidad.

Azgadian hizo un ademán, restándose importancia.

—La tarea de los guardianes es descubrir si los que buscan el arca tienen el corazón puro. No me debe nada, pero voy a pedirle un favor. Cuando Dios le pida que sea su mensajero, no lo rechace.

Murphy sostuvo su mirada.

—Haré todo lo que esté en mi mano por cumplir la voluntad de Dios, cualquiera que sea. —Se giró hacia Isis, agarrándola delicadamente por los hombros.

—Tú también te quedas aquí, Isis. Estoy seguro de que Azgadian necesitará ayuda para cuidar a Vern.

Los ojos de Isis se entrecerraron.

—¿Y qué vas a hacer tú mientras tanto?

Murphy hizo una pausa.

—Voy a buscar a Garra.

Un cóctel de emociones se reflejó en sus ojos verdes.

—Maldito seas, Murphy. Crees que puedes hacerlo todo solo, ¿verdad? Pues esta vez, no va a ser así.

—¿Qué quieres decir?

Isis tenía una mirada desafiante en los ojos.

—Voy contigo, por supuesto.

48

Shane Barrington alzó su antigua copa de cristal y propuso un brindis.

—Por nosotros. Y por muchos momentos como éste.

Chocaron las copas y bebieron un sorbo del champán de reserva.

—Bueno, debo admitir que me sentí decepcionado cuando cancelaste la cena en el restaurante, pero supongo que merecía la pena —dijo Stephanie con una sonrisa deslumbrante.

De hecho, el lugar que había elegido Barrington era mucho más impresionante que los restaurantes más elegantes de la ciudad. La planta superior del edificio de Barrington Communications había sido transformada en el sueño de un florista. Toda la superficie estaba cubierta de flores. Ramos enormes adornaban todas las esquinas, había pétalos de rosa en el suelo y toda la habitación estaba bañada en su aroma.

Barrington sonrió.

—Sólo quería demostrar mi agradecimiento por todo lo que has trabajado, Stephanie. Y aún más importante, por tu lealtad. Sé que te gusta hacer preguntas constantemente —al fin y al cabo, es tu trabajo—. Pero nunca cuestionaste ninguna de las cosas que te pedí que hicieras. Y eso es fundamental. Por eso confío en ti.

Stephanie eligió sus palabras cuidadosamente.

—Estoy segura de que siempre hay un buen motivo tras tus decisiones. No necesito preguntarte por qué constantemente. Al fin y al cabo, tú eres el jefe.

Barrington volvió a alzar la copa y se bebió el resto del champán de un trago.

—Cierto. Pero sé que debe de resultarte difícil morderte esa lengua de reportera tuya. Por eso, como recompensa especial, esta noche voy a dejar que me preguntes todo lo que quieras. Y te responderé.

Stephanie trató de seguir sonriendo, pero en el fondo estaba preocupada. Cuando accedió a convertirse en la amante de Barrington y hacer todo lo que él le ordenara, había sentido una curiosidad natural por muchas cosas. ¿Por qué lanzaba una campaña tan agresiva contra los cristianos evangélicos? ¿Por qué estaba tan interesado en Michael Murphy? ¿Cómo sabía las cosas antes de que sucedieran? Pero había ido aprendiendo poco a poco a contener su curiosidad. Ése era el precio que tenía que pagar.

Sin embargo, existía otra razón por la que no hacía preguntas.

Tenía miedo de las respuestas.

Era inteligente y tenía la experiencia suficiente para saber que las personas como Shane Barrington no llegaban a lo más alto del escalafón empresarial respetando las reglas. Estaba segura de que tenía unos cuantos cadáveres escondidos en el armario. Quizá literalmente, incluso. Pero no era eso lo que le preocupaba.

Lo que le preocupaba era su convicción, cada vez más firme, de que Barrington estaba haciendo algo más que amasar una montaña de dinero y acumular poder. Estaba haciendo algo... malvado.

Se sorprendió de haber elegido esa palabra. No formaba parte de su vocabulario. Sin duda, la había empleado múltiples veces en sus reportajes más sensacionalistas para la televisión al describir a un violador o un asesino en serie, pero no la utilizaba de forma literal. Era una palabra que utilizaba para dar emoción a los reportajes.

Sin embargo, cuanto más tiempo pasaba con Barrington, más empezaba a entender el significado del término.

Y con más frecuencia se preguntaba cómo iba a escapar de él.

—De acuerdo —dijo por fin—. Ahí va una. ¿Cómo sabías que Michael Murphy estaba organizando una expedición para buscar el arca de Noé? ¿Y cómo supiste antes que las demás cadenas que el agente del FBI Hank Baines había recibido un disparo?

El rostro de Barrington se oscureció.

—Son dos preguntas, Stephanie.

La miró fijamente, sus ojos perforando los de ella, y Stephanie se dio cuenta de que había ido demasiado lejos. Sin embargo, la cara de Barrington se iluminó y se echó a reír.

—Bueno, están relacionadas, así que las consideraremos una sola pregunta. Pero antes de responder, tienes que prometerme una cosa, Stephanie.

Stephanie tragó saliva.

—Claro.

—Prométeme que no cometerás ninguna tontería. No quiero verme obligado a… encargarme de ti. Te he cogido mucho cariño, Stephanie. Odiaría que nuestra relación terminara trágicamente.

Ahora estaba asustada de verdad.

—Mira, si no quieres responderme, no pasa nada. Sólo quería charlar.

—No, no —insistió él—. Una promesa es una promesa. —Volvió a reír—. Incluso para mí. Te diré lo que quieres saber... Y, entonces, pasarás a formar parte de la familia —añadió con tono inquietante.

—De acuerdo —susurró ella, incapaz de hablar.

De repente, Barrington se puso de pie y caminó hacia la ventana, mirando hacia las iluminadas calles que se abrían varios pisos más abajo.

—Me estaba arruinando —comenzó, todavía mirando por la ventana—. Mi empresa tenía unas deudas enormes que había conseguido ocultar gracias a la creatividad contable, pero no iba a poder seguir haciéndolo durante mucho tiempo. Y también había cosas por las que iría a la cárcel si alguien las descubría. Y alguien las descubrió. Me pusieron una pistola en la cabeza y me hicieron una de esas ofertas imposibles de rechazar. Inyectaron cinco mil millones a mi empresa para convertirla en la empresa de medios de comunicación más poderosa del mundo. Para ponerme donde estoy hoy. Y todo lo que yo tenía que hacer era ayudarlos en su misión.

A Stephanie se le escaparon las palabras de la boca antes de poder retenerlas.

—¿Y qué misión es ésa?

Él se giró hacia ella y sonrió sombríamente.

—Dominar el mundo, por supuesto.

Volvió a sentarse frente a ella, rellenó la copa y se la bebió rápidamente.

—Y todo eso está relacionado con Murphy y el arca de Noé. Mira, la gente para la que trabajo, la gente que me *posee*, está decidida a establecer un único gobierno que controle el mundo entero. Y también una sola religión. Y las personas como Murphy saben que va a suceder, lo ven en la Biblia. Por eso, hay que detenerlo antes de que convenza al resto para que se resistan.

—¿Y el arca?

—Ah, sí, el arca. Si se encontrara el arca en el monte Ararat, sería un duro golpe para mis amigos. Demostraría que la Biblia es cierta y la gente pensaría que lo que dice la Biblia sobre un gobierno único para todo el mundo es cierto también. Imagino que ya entiendes por qué no quieren que algo así ocurra.

Stephanie asintió, sin saber qué decir. Su cerebro todavía no se había recuperado de la extraña confesión de Barrington ¿Esa increíble historia estaba sucediendo de verdad en el mundo? ¿Y ella estaba atrapada en medio?

—¿Y Baines? ¿Qué problema planteaba?

—No estoy seguro. Creo que mis jefes tienen un topo en la CIA y Baines estaba a punto de descubrirlo. Por eso se encargaron de él.

Stephanie se sintió como si estuviera cayendo al vacío, como si estuviera atrapada en un ascensor precipitándose hacia el suelo, salvo que no *había* suelo. Este ascensor iba a seguir cayendo hasta que... hasta que llegara al mismísimo infierno.

Entonces, inesperadamente, empezó a escuchar una voz en el fondo de su mente. Una voz esperanzadora. Una vocecita que le decía que quizá ésta era su oportunidad para redimirse. Su oportunidad para demostrar que no era mala. Si Barrington iba a contarle sus secretos, si conseguía que siguiera confiando en ella y que no se *encargara* de ella, quizá podría hacer algo.

Ya estaba bosquejando un plan en su mente. Lo primero que tenía que hacer era ponerse en contacto con Murphy.

Pero ¿dónde estaba?

49

Murphy se detuvo en medio de la estrecha calle abarrotada de tiendas diminutas y se llevó las manos a las caderas.

—Todas me parecen iguales, Isis. ¿Cómo vamos a encontrarla?

—No puede estar lejos —dijo Isis—. Estábamos cerca del museo cuando ese tipo nos abordó y, después, lo seguimos durante unos cinco minutos. Tiene que estar en un radio de un kilómetro y medio alrededor del museo.

—Un kilómetro y medio. Hay muchos callejones y edificios que tienen exactamente el mismo aspecto. Podríamos tardar siglos.

De repente, Murphy hizo una mueca de dolor.

—¿Es la pierna? —preguntó Isis, preocupada.

—No es nada —respondió, frotándose la cadera—. Estoy bien.

Isis chasqueó la lengua.

—Debes de haber caído unos nueve metros sobre un duro suelo de madera. Lo raro sería que no tuvieras ninguna herida. ¿Por qué los hombres no podéis admitir que os duele algo?

—Ese tema lo discutiremos en otro lugar y en otro momento, cuando hayamos encontrado las bandejas de bronce. Cuando hayamos encontrado a Garra.

—Como quieras —replicó Isis. Se giró en círculo lentamente—. Por aquí —señaló de repente. Rechinando los dientes mientras la seguía, Murphy siguió bajando por la calle.

—Estábamos caminando hacia el sur, después dimos la vuelta y tropezamos con él. Entonces, nos llevó en otra dirección... hacia el oeste. Así que... —Giró hacia la izquierda, mientras Murphy se esforzaba por seguirle el ritmo. A continuación, giró a la derecha por un callejón atestado de carros cargados de naranjas y limas. Consiguieron abrirse paso y desembocaron en una calle más ancha flanqueada de portales de madera de aspecto antiguo.

—Eso empieza a sonarme —dijo Murphy.

—A mí también —dijo Isis—. Lo que significa que en esa esquina debería haber una arcada y al otro lado...

Doblaron la esquina a toda velocidad. Como había dicho Isis, había un arco bajo. Se miraron y se agacharon para pasar por debajo, desembocando en un diminuto patio cubierto de piezas de motos.

—¿Te he dicho alguna vez que eres un genio? —exclamó Murphy.

—No lo suficiente —respondió Isis con una sonrisa. Señaló una puerta que en el pasado, hacía muchos años, debía de haber estado pintada de azul.

—Vamos, debe de ser ésta.

Murphy llamó a la puerta, se alejó y esperó. Volvió a llamar más fuerte. Seguía sin oírse nada en el interior.

Entonces, oyeron el inconfundible sonido de una pistola siendo cargada y miraron hacia arriba. Un hombre rubio de barba poco poblada estaba asomado a una ventana del segundo piso, apuntándolos con una escopeta de repetición. Murphy sabía que no había modo de escapar. La escopeta tenía demasiado alcance.

—¿Qué queréis? —gritó el hombre.

Murphy se colocó delante de Isis. Si el hombre disparaba, al menos serviría de escudo y la protegería del disparo.

—Estamos buscando a alguien. Un hombre alto, de pelo gris y que lleva un abrigo de cuero.

—Mi hermano, Amin.

—Sí. ¿Sabe dónde podemos encontrarlo?

—Claro. Pero necesitaréis una pala para hablar con él. Lo enterré hace una semana.

Isis dejó escapar un grito ahogado. Había soportado demasiadas muertes en los últimos días.

—Lo siento, no lo sabíamos.

—¿Cómo sé que no fuisteis vosotros los que lo matasteis? —preguntó el hombre rubio—. Quizá debería aprovechar para vengarme.

Murphy alzó las manos.

—Mire, si hubiéramos sido nosotros, no estaríamos buscándolo. No lo sabíamos.

El hombre rubio reflexionó durante un instante y después desapareció en el interior de la casa. Poco después, abrió la puerta y les hizo señas con la escopeta de que entraran.

La habitación era tal y como la recordaban. La única diferencia era una mancha de color rojo pálido en una pared. Isis intentó no pensar en lo que significaba.

El hombre rubio les hizo señal de que se sentaran.

—¿Por qué estáis buscando a mi hermano?

—Tenía algunos artefactos, algunas cosas que, según él, eran del arca de Noé. Procedían del museo —le explicó Murphy. Tuvo cuidado de no decir *robadas* del museo—. Se ofreció a vendérnoslas, pero cuando volvimos al día siguiente se había marchado. O eso creímos.

—Sí, se había marchado, probablemente al infierno —dijo el hombre rubio, escupiendo ruidosamente en el suelo—. Alguien más quería esas cosas, supongo. Alguien que no quería pagar por ellas.

—¿Ya no están aquí? —preguntó Isis.

El hombre rubio extendió el brazo.

—Comprobadlo vosotros mismos.

Sin dejar de vigilar a su anfitrión, Isis y Murphy estudiaron la habitación concienzudamente. No había lugar a dudas, las bandejas de bronce no estaban.

—Así que ahora tiene las tres —dijo Murphy, compungido.

—¿Quién? ¿Sabéis quién lo hizo? —preguntó el hombre rubio con voz impaciente.

Murphy asintió.

—¿Podéis decirme qué aspecto tiene?

Isis evocó de repente el alargado y pálido rostro de Garra y sus oscuros ojos como en una fotografía.

—No hay problema —respondió.

—¿Pero qué sentido tendría? —inquirió Murphy—. Ya se ha marchado de Erzurum, le apuesto lo que quiera.

—Nuestra familia es muy numerosa. Tengo primos por toda Turquía. Si ese hombre todavía está en el país, lo encontraremos.

Murphy sabía a qué tipo de... familia se refería el hombre rubio.

—Entiendo. Hagamos un trato. Si le proporcionamos una descripción del hombre, tiene que prometer avisarnos si alguien de su... *familia* da con él. Quiero encontrarme con él cara a cara.

El hombre rubio se golpeó la barbilla unos segundos, con la escopeta en el regazo.

—Entonces tenéis que *prometerme* una cosa. Si lo cogéis, tenéis que matarlo.

Murphy se mordió el labio mientras emociones contradictorias se apoderaban de él. Isis lo miró, preguntándose qué iba a decir. Sabía lo poderoso que era el instinto de venganza cuando asesinaban a un ser querido, pero ¿podía un cristiano hacer semejante promesa?

—Prometido —dijo Murphy.

50

Era temprano cuando oyeron el ruido por primera vez. Vistiéndose rápidamente, la familia de Noé se reunió en la pasarela que había encima del tercer piso. Forzaron una ventana, pero sólo recibieron el golpe del viento como respuesta. La ventana se cerró de un golpe en su cara.

—¿Qué está ocurriendo, padre? —preguntó Cam—. Las aguas están en calma desde que las cumbres de las montañas desaparecieron bajo las olas. ¿Está Dios enfadado por algo? ¿Hemos cometido algún error? Hemos cuidado de los animales con mucho esfuerzo.

—No lo sé —contestó Noé—. Estamos en manos de Dios. Si no hemos cumplido su voluntad, sin duda nos lo hará saber.

Toda la familia cerró los ojos y oró mientras oían el viento rugir fuera del arca.

* * *

El viento seguía soplando día tras día. Entonces, una mañana, Noé oyó gritar nerviosamente a Jafet.

—Padre, ven rápido. Mira por la ventana. Allí. ¿Ves la cumbre de la montaña?

Noé se mesó la larga barba y asintió.

—Creo que ya sé por qué Dios ha enviado esos vientos huracanados. Para secar el mar. El agua está retrocediendo.

Con el paso de los días, más tierra emergía de entre las aguas y se veían cumbres de montañas en todas direcciones. Empezaron a desear pisar tierra pronto.

Entonces, un día oyeron un estruendoso chirrido y el arca se detuvo.

Corriendo hacia la pasarela del tercer piso, se arremolinaron en torno a una de las ventanas. Lo que vieron los dejó sin aliento.

—¡Mirad! —gritó Cam—. ¡Ya no flotamos! ¡Mirad afuera! Estamos en una montaña. —Y, de hecho, la gigantesca embarcación había varado en el fondo de un barranco en la rocosa ladera de una montaña. Tenían la sensación de que con sólo extender las manos podrían tocar todo aquello con lo que llevaban soñando tanto tiempo: tierra, rocas...

—Las aguas han retrocedido mucho —dijo Noé con una sonrisa. Puso las manos en los hombros de Jafet—. Pero debemos asegurarnos de que la tierra está preparada para recibir a todos los animales.

—¿Cómo lo sabremos? —preguntó Cam con impaciencia.

—Enviaremos un cuervo y esperaremos a ver si se posa —contestó Noé.

Jafet sacó a uno de los cuervos de su jaula. Le cubrió los ojos con la mano hasta que estuvo totalmente inclinado por encima de la borda y lo lanzó al aire. El cuervo graznó ruidosamente, como si se hubiera olvidado de volar, y, con unos aleteos vigorosos, desapareció en el cielo.

Esperaron, impacientes, algunos incapaces de apartar los ojos del horizonte. Unas horas después, el cuervo regresó. No había encontrado tierra.

Una semana después, Noé envió una paloma, pero regresó incluso antes que el cuervo.

—Llevamos en este barco casi un año —se quejó Naamá—. ¿Cuánto tiempo más tendremos que soportar esto?

—Ten paciencia —dijo Noé. Era consciente de que se encontraban en el momento más difícil, con el fin tan cerca.

Pasó otra semana y Noé volvió a enviar una paloma. Esta vez, el ave regresó con una rama de olivo recién cortada en el pico.

Todos miraron a Noé. ¿Era el signo que estaban esperando?

—Ya falta poco —anunció—. Muy poco, estoy seguro.

La tercera vez, Noé soltó a la paloma y no regresó.

—Ya podemos salir del arca —anunció—. Probad a ver si podéis abrir la puerta. —Al instante, Cam, Sem y Jafet pusieron los hombros contra la puerta y empujaron. Estaban deseando salir de los confines del arca que había sido su hogar durante tanto tiempo que ahora les parecía una prisión.

Para su sorpresa, se abrió sin dificultad. A medida que la luz inundaba el arca, vieron árboles verdes en el valle que se abría a sus pies. El aire fresco era lo más maravilloso que habían sentido en la vida.

Todos reían y se abrazaban, hasta que Sem les puso los pies en la tierra.

—Tendremos que montar las poleas y utilizarlas para bajar las herramientas —dijo—. Vamos a tener que construir otra rampa para sacar a los animales del arca.

Los días pasaron rápido mientras trabajaban febrilmente construyendo una rampa hasta el tercer piso. Entonces, comenzó el increíble éxodo. Los hijos de Noé corrían por los establos abriendo jaulas y, de dos en dos, el vasto mar de criaturas vivientes corrió, voló, correteó, serpenteó y se deslizó fuera del arca y pisó un mundo nuevo.

Sólo quedaron a bordo los animales para los sacrificios. Noé y su familia descendieron hasta el oloroso suelo y construyeron un altar enseguida. Agradecieron a Dios que hubiera puesto fin a su suplicio y pudieran comenzar una nueva vida.

Al principio, caminaban lentamente, pues habían perdido la costumbre de pisar sobre suelo firme que no se moviera bajo sus pies. Todavía no podían creerlo.

—¿Qué es eso que se ve en el cielo? —preguntó Achsah, señalando hacia el este.

Todo el mundo se giró para mirar. Se quedaron maravillados ante la belleza multicolor de un gran arco que enmarcaba el cielo.

Noé sonrió.

—Es un arco iris. Es la promesa que nos hace Dios de que nunca volverá a enviar un diluvio a la tierra. Servirá de recordatorio para futuras generaciones de la fidelidad y la magnanimidad de Dios.

—Padre, ¿traigo las cosas del baúl? —inquirió Sem.

—No, hijo. Todavía no. Primero tenemos que decidir dónde viviremos. Tenemos que explorar esta nueva tierra. Pero pronto volveremos a por la caja dorada y las bandejas de bronce de Tubalcaín.

—¿Qué nombre le pondremos a este lugar, padre? —preguntó Jafet.

Noé reflexionó un instante, observando el majestuoso paisaje de rocas, árboles y hierba del valle.

—Lo llamaremos Ararat.

Hagaba se inclinó sobre Naamá y le susurró algo al oído:

—Lo llamaremos el lugar donde te enteraste de que pronto serías abuela.

51

John Bartholomew sabía que estaba incumpliendo una de las reglas no escritas, pero las circunstancias parecían exigirlo así. La mayor parte del tiempo, los miembros de los Siete llevaban una vida completamente normal, ya fuera como banquero, abogado, ministro de la Iglesia o general. Nadie sospecharía jamás que formaban parte de una conspiración que tenía por objetivo destruir el sistema monetario mundial, el Estado de derecho, la Iglesia cristiana y la potencia militar de las naciones soberanas. Sólo se reunían en el castillo y únicamente los lugartenientes en los que más confiaban eran testigo de sus reuniones. A veces, incluso ni siquiera sabían de su existencia. Era fundamental que nadie relacionara a estas siete personas. Por eso, tenían terminantemente prohibido encontrarse fuera de los confines del castillo, salvo que se encontraran casual y momentáneamente por motivos de negocios.

Pero se estaban acercando a su objetivo, estaban tan cerca del triunfo que sentía que podía relajar las normas ligeramente. En este momento, pasara lo que pasara, nadie podría detenerlos.

Clavó los palos de esquí firmemente en la nieve y miró hacia el suave descenso. El general Li estaba acortando rápidamente el terreno que los separaba a decididas zancadas, seguido de cerca por Méndez, colorado y sudando pero claramente decidido a ser derrotado por su compañero conspirador, que estaba mucho más en forma. El majestuoso porte de sir William Merton destacaba, inconfundible, al final del grupo, deslizándose cómodamente por la nieve como impulsado por una fuerza mágica. Otro hombre y dos mujeres más se aproximaban, completando el grupo de los Siete.

Bartholomew esperó a que todos lo hubieran alcanzado en la cresta. La mujer de cara delgada y pelo rojo estaba a punto de hacer un comentario sobre por qué no hay que perder el valioso tiempo, por no mencionar las energías, cuando había cosas importantes por hacer, pero de repente se fijó en la vista.

Delante de ellos se extendía un glaciar que desembocaba en un valle. Tras él, una alta fortaleza de piedra oscura rozaba las nubes, como un rascacielos construido por una antigua raza de gigantes.

—Magnífico, ¿verdad? —comentó Bartholomew.

—Claro, claro —respondió un áspero acento de Brooklyn—. Muy bonito, pero ¿de qué se trata todo esto?

Bartholomew sonrió con indulgencia.

—Os he traído aquí porque necesitaba un entorno apropiado para lo que tengo que anunciaros.

Se hizo el silencio mientras todos esperaban a que continuara. Entonces, una mujer de rasgos bastos y pelo rubio rompió el silencio, impaciente.

—Entonces, ¡es cierto! Han encontrado el potasio 40. ¡Tenemos la clave de la vida eterna al alcance de la mano!

Bartholomew sacudió la cabeza.

—Siento decepcionarte, querida. Sé que deseas preservar tus hermosos rasgos para que puedan admirarlos las generaciones futuras. Quizá sea así, pero no es eso lo que Garra ha encontrado en el arca.

—Entonces, ¿qué ha descubierto? —preguntó Merton, intrigado.

—Algo que tendrá un valor incalculable en la próxima fase de nuestra operación. Una tecnología que nos permitirá controlar el suministro de energía del mundo entero, que dejará el petróleo desfasado. Imaginad el poder que nos dará. ¡Nos ahorrará años en la consecución de nuestro objetivo!

—¿Y eso estaba en el arca? —inquirió Merton.

Bartholomew asintió.

—Garra está de camino.

—¿Cuánto tiempo tardará en llegar hasta aquí? —preguntó Méndez.

—Viene por una ruta segura. No puede arriesgarse a ser interceptado. Se vio obligado a eliminar a uno de nuestros amigos de la CIA. Por lo tanto, debemos suponer que utilizarán todos los medios a su alcance para buscarlo. —Se giró hacia la mujer pelirroja.

—Te reunirás con él en Rumanía.

La mujer asintió.

—¿Qué ha sido de los demás miembros de la expedición? ¿Quién más sabe de la existencia de esa tecnología?

—Garra me ha informado de que todos los miembros del equipo han sido eliminados, con una excepción, la mujer, Isis McDonald. Pero no supone una amenaza para nosotros. Garra nos traerá el secreto del arca antes de arreglar ese cabo suelto.

Merton parecía pensativo.

—Entonces, ¿Murphy está muerto?

—Y enterrado bajo miles de toneladas de hielo y nieve. Junto con la barquita de Noé, debo añadir. Garra ha hecho un trabajo magnífico, ¿no creéis? El arca ha sido destruida.

—Amén —rió la mujer pelirroja.

52

El hombre gordo se rascó la barba de tres días y desdobló cuidadosamente la hoja de papel, revelando el dibujo de un hombre de cara alargada, labios finos y unos intensos ojos negros. Sólo era un bosquejo, pero parecía que la ferocidad contenida de su expresión iba a quemar el papel.

Al otro lado de la mesa del cargado almacén trasero del bar, Murphy e Isis esperaban pacientemente.

El hombre miró de cerca el dibujo y después lo separó para observarlo a cierta distancia, como si fuera una de esas ilusiones ópticas que muestran un dibujo distinto según el ángulo desde el que se mire.

Finalmente, dio un palmetazo en la mesa que casi tira el vaso de *raki* medio vacío.

—Mi primo lo ha visto. Y a otro hombre. Creo que viajan juntos. En una pensión que hay junto a los muelles. —Volvió a echar un vistazo al bosquejo.

—Es un hombre muy peligroso. Será mejor que dejen que nosotros nos ocupemos de él.

Murphy lo miró fijamente.

—El hermano de Amin prometió que nos lo dejarían a nosotros.

El gordo se encogió de hombros, como si no fuera con él.

—Como quieran. Pero un hombre así es un lobo al que hay que matar rápidamente. Muestra compasión y te saltará a la garganta.

Murphy asintió solemnemente.

—Lo sabemos. Y también lo que tenemos que hacer. Entonces, ¿dónde podemos encontrarlo?

—No se quedará en Estambul mucho tiempo —dijo el gordo.

—Él y su amigo han reservado pasaje en el *Arcadia*, que va rumbo a Constanza, Rumanía. El barco parte esta tarde. Atravesará el estrecho del Bósforo hasta el mar de Mármara. De ahí al mar Negro y, finalmente, a Rumanía.

Isis estaba boquiabierta.

—¿Por qué viaja en un crucero? ¿Por qué no coge un avión?

—Porque sabe que es lo que esperamos que haga —respondió Murphy—. ¿A quién se le ocurriría buscarlo en un barco?

—Quizá Rumanía tenga algún significado —añadió Isis.

—Quizá. Sea como sea, tenemos que asegurarnos de que no llega hasta allí y le entrega las bandejas de bronce a sus maestros. —Murphy se apoyó en la mesa—. ¿Cómo conseguiremos subir al barco? —preguntó.

El gordo sonrió, mostrando una línea de dientes de oro. Sacó un sobre del bolsillo de su chaqueta de cuero y lo dejó sobre la mesa.

—Sus billetes —anunció—. Que disfruten del viaje.

* * *

El sol se estaba poniendo cuando Isis y Murphy llegaron a los muelles, transformando Estambul en un remanso de romanticismo formado por minaretes y callejuelas serpenteantes. Por un momento, Isis imaginó lo que sería pasar unos días en la ciudad a solas con Murphy. Era el lugar perfecto para ellos, una ciudad rezumante de historia pidiendo a gritos ser explorada. Podrían descubrir sus tesoros juntos y, quizá, también descubrirse el uno al otro.

Al ver de repente surgir el barco ante ella, Isis olvidó sus fantasías y regresó al presente. No iban a disfrutar de unas vacaciones románticas, iban a subir a un barco en el que los esperaban dos asesinos.

Los últimos pasajeros subían a toda prisa por la pasarela y Murphy echó a correr.

—Vamos, Isis, tenemos que darnos prisa.

Mientras subían a bordo, Isis se caló el sombrero hasta los ojos. No le asomaba ni un solo pelo rojizo y un par de gafas de sol le cubrían los ojos, pero aún seguía estando desesperadamente asustada de que Garra la reconociera antes de que ella lo viera a él. En cuanto a Murphy, Isis sospechaba que confiaba en el hecho de que Garra creía que estaba muerto.

—Es un arrogante —le había explicado—. No imagina que la haya fastidiado. —A pesar de todo, Isis insistió en que se calara la gorra de béisbol hasta los ojos mientras no llegaran a su camarote.

Una vez dentro, cerró el pestillo y colocó una silla contra la puerta, por si acaso. Murphy la miró con expresión socarrona.

—Somos *nosotros* los que lo estamos buscando a *él*, ¿te acuerdas? —dijo, intentando animarla. Pero no funcionó. Isis se sentó en una de las camas gemelas.

—Y ahora, ¿qué hacemos?

Murphy se sentó en la otra cama y se puso las manos debajo de la cabeza. Isis tuvo la desagradable sensación de que iba a echarse una siesta.

—Esperar —respondió Murphy.

—¿Esperar? ¿Hasta cuándo? —Isis notó que su voz empezaba a sonar histérica.

—Garra es un cazador —continuó Murphy con calma—. Y como la mayoría de los cazadores, se encuentra más a sus anchas en la oscuridad. Ése es el momento en que se siente cómodo. También es un solitario. Las multitudes no son su estilo. Creo que permanecerá en su guarida hasta que la mayoría de los pasajeros y tripulantes se hayan ido a dormir. Entonces, saldrá de su madriguera.

Isis miró el reloj. Iba a ser una espera muy larga. Vio como Murphy sacaba de su mochila una gastada Biblia con tapas de cuero, se giraba hacia delante y se ponía a leer.

* * *

Cuando sintió una mano sacudiéndola, no tenía ni idea de dónde estaba. El suave movimiento del barco avanzando con la corriente le había hecho caer en un profundo sueño. De hecho, estaba soñando que caminaba con su padre por entre los brezos, camino de su pico favorito de las Tierras Altas.

Entonces, vio el rostro de Murphy y su expresión de fría determinación y regresó al presente.

A Garra.

* * *

Abrieron la puerta del camarote y salieron al pasillo. Aparte del ruido de las máquinas, todo estaba en silencio. Subieron por unas escaleras empinadas que conducían a la cubierta principal y Murphy asomó la cabeza por una puerta estrecha. Tras unos instantes, le hizo señas a Isis de que lo siguiera a la cubierta.

—No hay huella de ellos.

Era plena noche, pero había unas cuantas parejas paseando de la mano y asomadas a las barandillas contemplando la oscuridad. Una risa repentina hizo que Isis apretara el brazo de Murphy. Una de las parejas se tambaleaba, achispada, contra la barandilla.

Murphy la empujó hacia delante suavemente.

—Por lo que veo, hay demasiada gente para Garra. Veamos si podemos encontrar un lugar más tranquilo.

Caminaron junto a la barandilla, con Isis saltando al menor ruido, hasta que llegaron a popa. La cubierta se encontraba en un nivel inferior y una barrera cortaba el paso a los pasajeros. Murphy echó un vistazo a la cubierta de abajo. Vacía. Isis dejó escapar un suspiro de alivio. Rezó por que Garra y Whittaker no estuvieran en el barco, por que, de alguna forma, la mafia turca los hubiese encontrado ya. No estaba segura de cómo reaccionaría si se encontrase cara a cara con Garra otra vez. Lo único que sabía con seguridad es que tenía que permanecer junto a Murphy, pasara lo que pasara.

Estaba a punto de sugerir que volvieran al camarote y elaboraran otro plan cuando vio a Murphy llevarse un dedo a los labios. Sus ojos se abrieron como platos y miró en la dirección en que señalaba.

Nueve metros por debajo de ellos, en lo más alto de la superestructura del barco, junto a un mástil de radio, una figura oscura estaba agazapada como un gato a punto de saltar sobre un pájaro.

El corazón de Isis latía con fuerza y esperó a que sus ojos se acostumbraran a la oscuridad. Poco a poco, fue percibiendo más detalles. Garra estaba hacia estribor, contemplando el mar. No parecía haberlos visto.

Murphy le hizo señas a Isis de que se quedara donde estaba. Señaló hacia arriba.

Isis sacudió la cabeza vigorosamente. *¡No!*, quería gritar, con los ojos abiertos de par en par a causa del miedo. Murphy la miró intensamente, como penetrando en su interior, e Isis comprendió que no merecía la pena discutir. Tras unos instantes, asintió. Notó que le corrían lágrimas por las mejillas y las dejó rodar mientras observaba a Murphy trasladarse a escondidas al otro lado del barco y desaparecer por una escalera.

Cerró los ojos, intentando hacerse invisible, sin atreverse a mover un músculo por si el ruido alertaba a Garra de su presencia. Se apoyó contra la barrera y notó cómo todo su cuerpo empezaba a temblar.

¡Vamos! ¡Recomponte!, se dijo a sí misma, furiosa.

Se forzó a abrir los ojos y levantó la mirada.

Garra había desaparecido.

Se le escapó un grito y rápidamente se tapó la boca con la mano. Los había visto. Tenía que avisar a Murphy de alguna forma. Pensó en seguirlo por la escalera pero temblaba demasiado. Quizá debería chillar lo más alto que pudiera, ¿o era, precisamente, lo peor que podía hacer? Se mordió el labio hasta hacerse sangre. No podía pensar.

Oyó un ruido sordo, como si un gato aterrizara sobre una alfombra, y Garra apareció ante ella, con sus ojos grises brillando en la oscuridad.

—Qué afortunada casualidad —susurró—. Justamente estaba intentando descubrir cómo iba a alcanzarte y cerrarte esa linda boquita antes de que empezaras a contar estupideces sobre el arca de Noé, y aquí estás. Estoy empezando a creer en los milagros.

Dio un paso hacia delante y un escalofrío recorrió el cuerpo de Isis.

—Por si todavía no lo sabes —continuó—. Tengo malas noticias sobre el bueno de Murphy. Me temo que está enterrado a bastantes metros de profundidad. A unos ciento ochenta metros, debo decir. Sin embargo, al final consiguió ver su preciosa arca, así que quizá murió feliz. Esperemos que fuera así, ¿no?

Isis tragó saliva. ¿Dónde estaba Murphy? ¿Los estaba observado en ese preciso instante, esperando a tener la posibilidad de actuar? ¿O todavía estaba intentando sorprender a Garra? Si gritaba, ¿se daría cuenta Garra de que Murphy todavía estaba vivo? ¿Lo pondría en peligro?

—¿Dónde está Whittaker? —preguntó con voz temblorosa.

Garra rió.

—Oh, yo no me preocuparía por él. Lo he enviado a una misión especial. Fotografía submarina. —Entrecerró los ojos.

—Así que viste nuestro pequeño accidente con el helicóptero, ¿verdad?

Isis tragó saliva, intentando no imaginar a Whittaker hundiéndose en las tenebrosas profundidades.

—¿Y las bandejas de bronce?

Señaló detrás de él con el pulgar

—Ahí arriba. A salvo en mi mochila.

—¿Estás seguro?

Garra empujó a Isis fuera de su camino, se precipitó hacia la barrera y miró hacia abajo. Murphy estaba sentado sobre la barandilla de popa, sujetándose con una mano mientras con la otra balanceaba la mochila por encima de la revuelta estela del barco.

—¡Murphy! —masculló Garra—. Debería haberme dado cuenta de que regresarías arrastrándote. ¡Debería haberte atravesado con una de esas espadas mágicas cuando tuve la oportunidad!

Saltó por encima de la barandilla, aterrizó en la cubierta inferior y empezó a aproximarse a Murphy.

Isis se asomó, tapándose la boca con la mano. ¿Qué estaba haciendo Murphy?

Murphy no se movió, mostrando una sonrisa segura en el rostro.

—Supongo que tus jefes se enfadarían muchísimo si volvieras con las manos vacías, ¿no? Yo diría que tu paga extra de fin de año se volatilizaría, ¿no crees? Quizá incluso te despedirían. —Sacudió la mochila y Garra oyó chocar las bandejas de bronce.

Estaba a sólo unos pasos y seguía avanzando cuidadosamente hasta que Murphy se inclinó hacia atrás y acercó aún más la mochila al abismo.

Garra se detuvo y se llevó las manos a las caderas.

—No te atreverás. Sabes lo que significa el contenido de la mochila y no vas a tirarlo por la borda. No después de lo que tus amigos y tú pasasteis para conseguirlo.

—Prueba —dijo Murphy. Abrió la mano y el asa de la mochila empezó a deslizarse de sus dedos.

Garra dio un grito ahogado.

—¡No!

Se precipitó hacia Murphy, que le dio la espalda y balanceó la mochila como si se estuviera preparando para lanzarla por la borda. Garra saltó a la espalda de Murphy con un cuchillo en la mano.

Isis gritó.

Entonces, Murphy soltó el asa en el último momento. Garra se lanzó por encima de la barandilla al mismo tiempo que la mochila abandonaba las manos de Murphy. Gruñó cuando consiguió agarrarla, decidido a no dejarla caer. Entonces, la gravedad entró en juego e Isis vio la mirada de pánico de Garra cuando se dio cuenta de que iba a caer por la borda.

Hubo una ráfaga de aire y Garra y la mochila desaparecieron.

Isis se lanzó escaleras abajo y se enterró en los brazos de Murphy, sollozando incontrolablemente. Ambos estaban temblando. Él la abrazó con fuerza, aliviado. Permanecieron abrazados durante lo que pareció una eternidad hasta que, finalmente, Isis se apartó, sonriendo a través de las lágrimas.

—¿Las bandejas de bronce estaban de verdad en la mochila? ¿De verdad han...?

—Sí —contestó él—. Han desaparecido.

Ella lo miró, con los ojos como platos de la impresión.

—No tenía otra salida. Garra tenía que saber que no estaba tirándome un farol. Mira —dijo, limpiándole las lágrimas delicadamente.

Los primeros tintes rosados de luz iluminaban el horizonte.

Se quedaron allí juntos, abrazados, y contemplaron el amanecer de un nuevo día.